中华现代学术名著丛书

王国维文学论著三种

王国维 著

商务印书馆
创于1897 The Commercial Press

2019年·北京

图书在版编目(CIP)数据

王国维文学论著三种/王国维著.—北京:商务印书馆,2010(2019.10重印)
(中华现代学术名著丛书)
ISBN 978-7-100-07318-9

Ⅰ.①王… Ⅱ.①王… Ⅲ.①古典文学—文学研究—中国—文集 Ⅳ.①I206.2—53

中国版本图书馆CIP数据核字(2010)第153703号

本书据商务印书馆1940年版排印

中华现代学术名著丛书
王国维文学论著三种
王国维 著

商 务 印 书 馆 出 版
(北京王府井大街36号 邮政编码100710)
商 务 印 书 馆 发 行
北 京 通 州 皇 家 印 刷 厂 印 刷
ISBN 978-7-100-07318-9

2010年12月第1版　　开本 880×1240 1/32
2019年10月北京第4次印刷　　印张 8¾ 插页 2

定价:32.00元

王 国 维

(1877—1927)

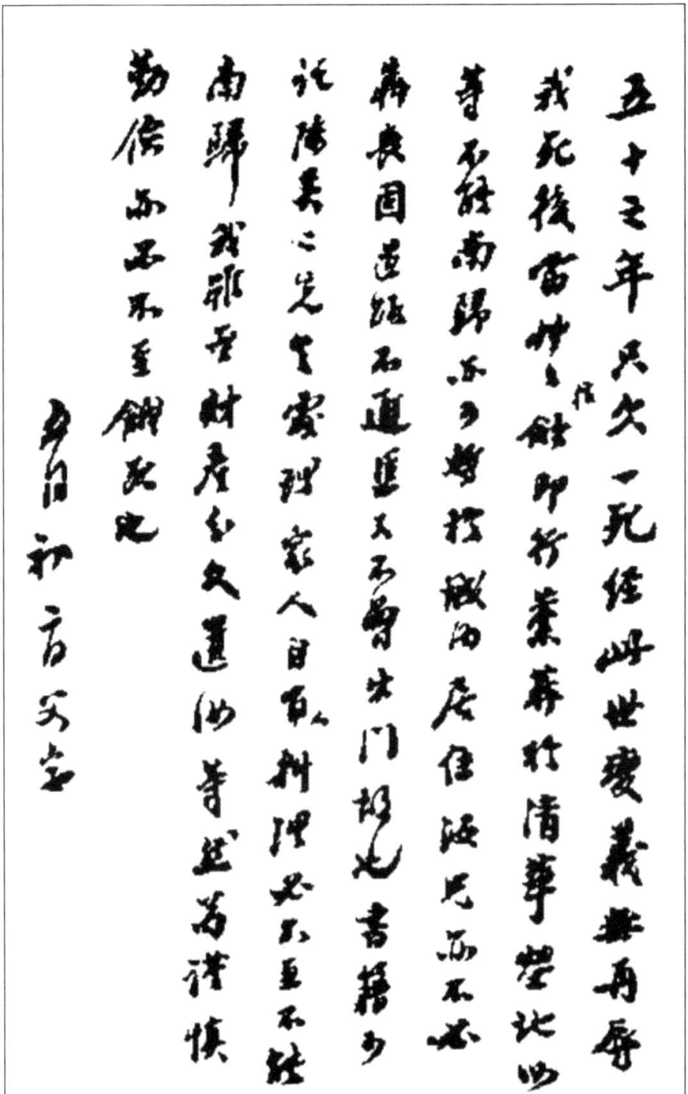
五十之年只欠一死經此世變義無再辱
我死後當草草棺殮即行藁葬於清華塋地
汝等不能南歸亦可暫於城内居住汝兄亦不必
奔喪因道路不通渠又不曾出門故也書籍可
託陳吳二先生處理家人自有人料理必不至不能
南歸我雖無財產分文遺汝等然苟謹慎
勤儉亦必不至餓死也
五月初二日父字

王国维遗书

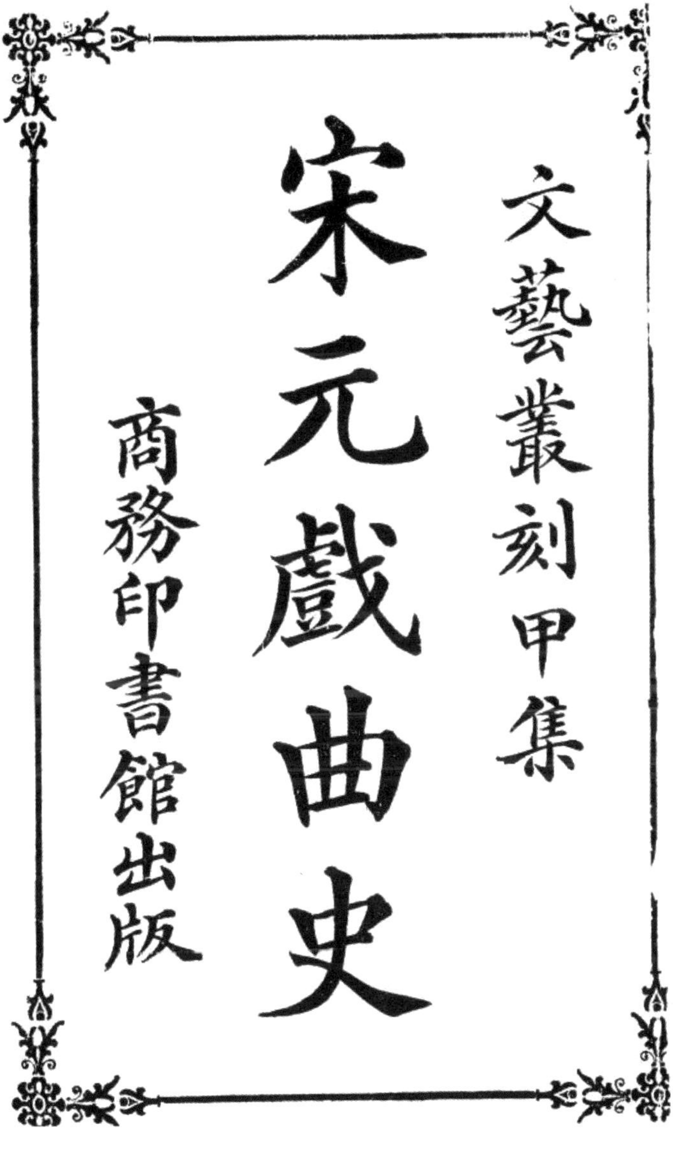
文藝叢刻甲集

宋元戲曲史

商務印書館出版

《宋元戏曲史》书影

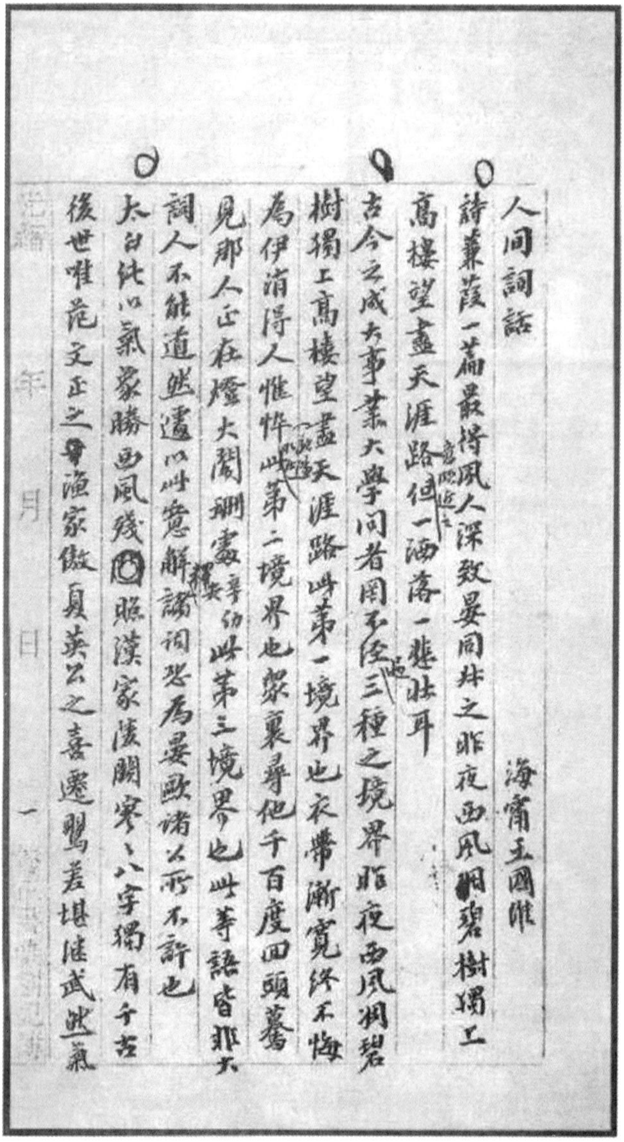

人間詞話

海甯王國維

詩蒹葭一篇最得風人深致晏同叔之昨夜西風凋碧樹獨上高樓望盡天涯路意頗近之但一洒落一悲壯耳

古今之成大事業大學問者罔不經過三種之境界昨夜西風凋碧樹獨上高樓望盡天涯路此第一境界也衣帶漸寬終不悔為伊消得人憔悴歐陽永叔此第二境界也衆裏尋他千百度回頭驀見那人正在燈火闌珊處辛幼安此第三境界也此等語皆非大詞人不能道然遽以此意解釋諸詞恐為晏歐諸公所不許也

太白純以氣象勝西風殘照漢家陵闕寥寥八字獨有千古後世唯范文正之漁家傲夏英公之喜遷鶯差堪繼武然氣

《人间词话》手稿

出版说明

百年前，张之洞尝劝学曰："世运之明晦，人才之盛衰，其表在政，其里在学。"是时，国势颓危，列强环伺，传统频遭质疑，西学新知亟亟而入。一时间，中西学并立，文史哲分家，经济、政治、社会等新学科勃兴，令国人乱花迷眼。然而，淆乱之中，自有元气淋漓之象。中华现代学术之转型正是完成于这一混沌时期，于切磋琢磨、交锋碰撞中不断前行，涌现了一大批学术名家与经典之作。而学术与思想之新变，亦带动了社会各领域的全面转型，为中华复兴奠定了坚实基础。

时至今日，中华现代学术已走过百余年，其间百家林立、论辩蜂起，沉浮消长瞬息万变，情势之复杂自不待言。温故而知新，述往事而思来者。"中华现代学术名著丛书"之编纂，其意正在于此，冀辨章学术，考镜源流，收纳各学科学派名家名作，以展现中华传统文化之新变，探求中华现代学术之根基。

"中华现代学术名著丛书"收录上自晚清下至20世纪80年代末中国大陆及港澳台地区、海外华人学者的原创学术名著(包括外文著作)，以人文社会科学为主体兼及其他，涵盖文学、历史、哲学、政治、经济、法律和社会学等众多学科。

出版“中华现代学术名著丛书”，为本馆一大夙愿。自1897年始创起，本馆以“昌明教育，开启民智”为己任，有幸首刊了中华现代学术史上诸多开山之著、扛鼎之作；于中华现代学术之建立与变迁而言，既为参与者，也是见证者。作为对前人出版成绩与文化理念的承续，本馆倾力谋划，经学界通人擘画，并得国家出版基金支持，终以此丛书呈现于读者面前。唯望无论多少年，皆能傲立于书架，并希冀其能与“汉译世界学术名著丛书”共相辉映。如此宏愿，难免汲深绠短之忧，诚盼专家学者和广大读者共襄助之。

商务印书馆编辑部

2010年12月

凡　　例

一、“中华现代学术名著丛书”收录晚清以迄20世纪80年代末，为中华学人所著，成就斐然、泽被学林之学术著作。入选著作以名著为主，酌量选录名篇合集。

二、入选著作内容、编次一仍其旧，唯各书卷首冠以作者照片、手迹等。卷末附作者学术年表和题解文章，诚邀专家学者撰写而成，意在介绍作者学术成就，著作成书背景、学术价值及版本流变等情况。

三、入选著作率以原刊或作者修订、校阅本为底本，参校他本，正其讹误。前人引书，时有省略更改，倘不失原意，则不以原书文字改动引文；如确需校改，则出脚注说明版本依据，以“编者注”或“校者注”形式说明。

四、作者自有其文字风格，各时代均有其语言习惯，故不按现行用法、写法及表现手法改动原文；原书专名（人名、地名、术语）及译名与今不统一者，亦不作改动。如确系作者笔误、排印舛误、数据计算与外文拼写错误等，则予径改。

五、原书为直（横）排繁体者，除个别特殊情况，均改作横排简体。其中原书无标点或仅有简单断句者，一律改为新式标点，专名号从略。

六、除特殊情况外，原书篇后注移作脚注，双行夹注改为单行夹注。文献著录则从其原貌，稍加统一。

七、原书因年代久远而字迹模糊或纸页残缺者，据所缺字数用“□”表示；字数难以确定者，则用“（下缺）”表示。

目　录

《红楼梦》评论

第一章　人生及美术之概观

老子曰："人之大患，在我有身。"庄子曰："大块载我以形，劳我以生。"忧患与劳苦之与生，相对待也久矣。夫生者，人人之所欲；忧患与劳苦者，人人之所恶也。然则讵不人人欲其所恶，而恶其所欲欤？将其所恶者，固不能不欲，而其所欲者，终非可欲之物欤？人有生矣，则思所以奉其生：饥而欲食，渴而欲饮，寒而欲衣，露处而欲宫室。此皆所以维持一人之生活者也。然一人之生，少则数十年，多则百年而止耳。而吾人欲生之心，必以是为不足。于是于数十年、百年之生活外，更进而图永远之生活。时则有牝牡之欲，家室之累；进而育子女矣，则有保抱、扶持、饮食、教诲之责、婚嫁之务。百年之间，早作而夕思，穷老而不知所终。问有出于此保存自己及种姓之生活之外者乎？无有也。百年之后，观吾人之成绩，其有逾于此保存自己及种姓之生活之外者乎？无有也。又人人知侵害自己及种姓之生活者之非一端也，于是相集而成一群，相约束而立一国，择其贤且智者以为之君，为之立法律以治之，建学校以教之，为之警察以防内奸，为之陆海军以御外患，使人人各遂其生活之欲而不相侵害:凡此皆欲生之心之所为也。夫人之于生活也,欲之如此其切也,用力如此其勤也,设计如此其周且至也,固亦有其真可欲者存欤?吾人之忧患劳苦,固亦有所以偿之者欤?则吾人不得不就生活之本质,熟思而审考之也。

生活之本质何?欲而已矣。欲之为性无厌,而其原生于不足。不足之状态,苦痛是也。既偿一欲,则此欲以终。然欲之被偿者一,而不偿者什佰。一欲既终,他欲随之。故究竟之慰藉,终不可得也。即使吾人之欲悉偿,而更无所欲之对象,倦厌之情即起而乘之。于是吾人自己之生活,若负之而不胜其重。故人生者,如钟表之摆,实往复于苦痛与倦厌之间者也,夫倦厌固可视为苦痛之一种。有能除去此二者,吾人谓之曰快乐。然当其求快乐也,吾人于固有之苦痛外,又不得不加以努力,而努力亦苦痛之一也。且快乐之后,其感苦痛也弥深。故苦痛而无回复之快乐者有之矣,未有快乐而不先之或继之以苦痛者也。又此苦痛与世界之文化俱增,而不由之而减。何则?文化愈进,其知识弥广,其所欲弥多,又其感苦痛亦弥甚故也。然则人生之所欲,既无以逾于生活,而生活之性质又不外乎苦痛,故欲与生活、与苦痛,三者一而已矣。

吾人生活之性质,既如斯矣,故吾人之知识,遂无往而不与生活之欲相关系,即与吾人之利害相关系。就其实而言之,则知识者,固生于此欲,而示此欲以我与外界之关系,使之趋利而避害者也。常人之知识,止知我与物之关系,易言以明之,止知物之与我相关系者,而于此物中,又不过知其与我相关系之部分而已。及人知渐进,于是始知欲知此物与我之关系,不可不研究此物与彼物之关系。知愈大者,其研究愈远焉。自是而生各种之科学:如欲知空间之一部之与我相关系者,不可不知空间全体之关系,于是几何学兴焉。(按:西洋几何学 Geometry 之本义,系量地之意,可知古代视为应用之科学,而不视为纯粹之科学也。)欲知力之一部之与我相关系者,不可不知力之全体之关系,于是力学兴焉。吾人既知一物之全体之关系,又知此物与彼物之全体之关系,而立一法则焉,以应用之。于是物之现于吾前者,其与我之关系,及其与他物之关系,粲然陈于目前而无所遁。夫然后吾人得以利用此物,有其利而无其害,以使吾人生活之欲,增进于无穷。此科学之功效也。故科学上之成功,虽若层楼杰观,高严巨丽,然其基址则筑乎生活之欲之上,与政治上之系统立于生活之欲之上无以异。然则吾人理论与实际之二方面,皆此生活之欲之结果也。

由是观之,吾人之知识与实践之二方面,无往而不与生活之欲相关系,即与苦痛相关系。兹有一物焉,使吾人超然于利害之外,而忘物与我之关系。此时也,吾人之心无希望、无恐怖,非复欲之我,而但知之我也。此犹积阴弥月,而旭日杲杲也;犹覆舟大海之中,浮沉上下,而飘著于故乡之海岸也;犹阵云惨淡,而插翅之天使,赍平和之福音而来者也;犹鱼之脱于罾网,鸟之自樊笼出,而游于山林江海也。然物之能使吾人超然于利害之外者,必其物之于吾人无利害之关系而后可,易言以明之,必其物非实物而后可。然则非美术何足以当之乎?夫自然界之物,无不与吾人有利害之关系,纵非直接,亦必间接相关系者也。苟吾人而能忘物与我之关系而观物,则夫自然界之山明水媚,鸟飞花落,固无往而非华胥之国、极乐之土也。岂独自然界而已,人类之言语动作,悲欢啼笑,孰非美之对象乎?然此物既与吾人有利害之关系,而吾人欲强离其关系而观之,自非天才,岂易及此?于是天才者出,以其所观于自然人生中者复现之于美术中，而使中智以下之人，亦因其物之与己无关系，而超然于利害之外。是故观物无方，因人而变：濠上之鱼，庄、惠之所乐也，而渔父袭之以网罟；舞雩之木，孔、曾之所憩也，而樵者继之以斤斧。若物非有形，心无所住，则虽殉财之夫，贵私之子，宁有对曹霸、韩干之马，而计驰骋之乐，见毕宏、韦偃之松，而思栋梁之用；求好逑于雅典之偶，思税驾于金字之塔者哉？故美术之为物，欲者不观，观者不欲。而艺术之美所以优于自然之美者，全存于使人易忘物我之关系也。

而美之为物有二种：一曰优美，一曰壮美。苟一物焉，与吾人无利害之关系，而吾人之观之也，不观其关系，而但观其物，或吾人之心中，无丝毫生活之欲存，而其观物也，不视为与我有关系之物，而但视为外物，则今之所观者，非昔之所观者也。此时吾心宁静之状态，名之曰优美之情，而谓此物曰优美。若此物大不利于吾人，而吾人生活之意志为之破裂，因之意志遁去，而知力得为独立之作用，以深观其物，吾人谓此物曰壮美，而谓其感情曰壮美之情。普通之美，皆属前种。至于地狱变相之图、决斗垂死之像、庐江小吏之诗、雁门尚书之曲，其人固氓庶之所共怜，其遇虽戾夫为之流涕，讵有子颓乐祸之心，宁无尼父反袂之戚，而吾人观之，不厌千复。格代之诗曰：

> What in life doth only grieve us,
> That in art we gladly see.
> 凡人生中足以使人悲者，于美术中则吾人乐而观之。

此之谓也。此即所谓壮美之情，而其快乐存于使人忘物我之关系，则固与优美无以异也。

至美术中之与二者相反者,名之曰眩惑。夫优美与壮美,皆使吾人离生活之欲,而入于纯粹之知识者。若美术中而有眩惑之原质乎,则又使吾人自纯粹之知识出,而复归于生活之欲。如粔籹蜜饵,《招魂》、《启》、《发》之所陈;玉体横陈,周昉、仇英之所绘;《西厢记》之《酬柬》、《牡丹亭》之《惊梦》;伶元之传《飞燕》,杨慎之赝《秘辛》:徒讽一而劝百,欲止沸而益薪。所以子云有"靡靡"之诮,法秀有"绮语"之诃。虽则梦幻泡影,可作如是观,而拔舌地狱,专为斯人设者矣。故眩惑之于美,如甘之于辛,火之于水,不相并立者也。吾人欲以眩惑之快乐,医人世之苦痛,是犹欲航断港而至海,入幽谷而求明,岂徒无益,而又增之。则岂不以其不能使人忘生活之欲,及此欲与物之关系,而反鼓舞之也哉?眩惑之与优美及壮美相反对,其故实存于此。

今既述人生与美术之概略如左,吾人且持此标准,以观我国之美术。而美术中以诗歌、戏曲、小说为其顶点,以其目的在描写人生故。吾人于是得一绝大著作曰《红楼梦》。

第二章 《红楼梦》之精神

哀伽尔之诗曰:

Ye wise men ,highly, deeply learned,
Who think it out and know,
How, when and where do all things pair?
Why do they kiss and love?

Ye men of lofty wisdom, say
What happened to me then,
Search out and tell me where, how, when,
And why it happened thus.

嗟汝哲人，靡所不知，靡所不学，既深且跻。粲粲生物，罔不匹俦，各啮厥唇，而相厥攸。匪汝哲人，熟知其故？自何时始，来自何处？嗟汝哲人，渊渊其知。相彼百昌，奚而熙熙？愿言哲人，诏余其故。自何时始，来自何处？（译文）

哀伽尔之问题，人人所有之问题，而人人未解决之大问题也。人有恒言曰："饮食男女，人之大欲存焉。"然人七日不食则死，一日不再食则饥。若男女之欲，则于一人之生活上，宁有害无利者也，而吾人之欲之也如此，何哉？吾人自少壮以后，其过半之光阴、过半之事业，所计画、所勤动者为何事？汉之成、哀，曷为而丧其生？殷辛、周幽，曷为而亡其国？励精如唐元宗，英武如后唐庄宗，曷为而不善其终？且人生苟为数十年之生活计，则其维持此生活，亦易易耳，曷为而其忧劳之度，倍蓰而未有已？记曰："人不婚宦，情欲失半。"人苟能解此问题，则于人生之知识，思过半矣。而蚩蚩者乃日用而不知，岂不可哀也欤。其自哲学上解此问题者，则二千年间，仅有叔本华之《男女之爱之形而上学》耳。诗歌、小说之描写此事者，通古今东西，殆不能悉数，然能解决之者鲜矣。《红楼梦》一书，非徒提出此问题，又解决之者也。彼于开卷即下男女之爱之神话的解释。其叙此书之主人公贾宝玉之来历曰：

却说女娲氏炼石补天之时，于大荒山无稽崖，炼成高十二丈、见方二十四丈大的顽石三万六千五百零一块。那娲皇只用了三万六千五百块,单单剩下一块未用,弃在青埂峰下。谁知此石自经锻炼之后,灵性已通,自去自来,可大可小。因见众石俱得补天,独自己无才,不得入选,遂自怨自艾,日夜悲哀。(第一回)

此可知生活之欲之先人生而存在,而人生不过此欲之发现也。此可知吾人之堕落,由吾人之所欲,而意志自由之罪恶也。夫顽钝者既不幸而为此石矣,又幸而不见用,则何不游于广莫之野、无何有之乡,以自适其适,而必欲入此忧患劳苦之世界,不可谓非此石之大误也。由此一念之误,而遂造出十九年之历史与百二十回之事实,与茫茫大士、渺渺真人何与?又于第百十七回中,述宝玉与和尚之谈论曰:

"弟子请问师父,可是从太虚幻境而来?"那和尚道:"什么幻境?不过是来处来,去处去罢了。我是送还你的玉来的。我且问你,你那玉是从那里来的?"宝玉一时对答不来。那和尚笑道:"你的来路还不知,便来问我。"宝玉本来颖悟,又经点化,早把红尘看破,只是自己的底里未知;一闻那僧问起玉来,好像当头一棒,便说:"你也不用银子了,我把那玉还你罢。"那僧笑道:"早该还我了。"

所谓"自己的底里未知"者,未知其生活乃自己之一念之误,而此念之所自造也。及一闻和尚之言,始知此不幸之生活,由自己之所欲;而其拒绝之也,亦不得由自己,是以有还玉之言。所谓玉者,不过生活之欲之代表而已矣。故携入红尘者,非彼二人之所为,顽石自己而已；引登彼岸者，亦非二人之力，顽石自己而已。此岂独宝玉一人然哉？人类之堕落与解脱，亦视其意志而已。而此生活之意志，其于永远之生活，比个人之生活为尤切，易言以明之，则男女之欲，尤强于饮食之欲。何则？前者无尽的，后者有限的也；前者形而上的，后者形而下的也。又如上章所说，生活之于苦痛，二者一而非二，而苦痛之度，与主张生活之欲之度为比例。是故前者之苦痛，尤倍蓰于后者之苦痛。而《红楼梦》一书，实示此生活、此苦痛之由于自造，又示其解脱之道不可不由自己求之者也。

而解脱之道，存于出世，而不存于自杀。出世者，拒绝一切生活之欲者也。彼知生活之无所逃于苦痛，而求入于无生之域。当其终也，恒干虽存，固已形如槁木，而心如死灰矣。若生活之欲如故，但不满于现在之生活，而求主张之于异日，则死于此者，固不得不复生于彼，而苦海之流，又将与生活之欲而无穷。故金钏之堕井也，司棋之触墙也，尤三姐、潘又安之自刎也，非解脱也，求偿其欲而不得者也。彼等之所不欲者，其特别之生活，而对生活之为物，则固欲之而不疑也。故此书中真正之解脱，仅贾宝玉、惜春、紫鹃三人耳。而柳湘莲之入道，有似潘又安；芳官之出家，略同于金钏。故苟有生活之欲存乎，则虽出世而无与于解脱；苟无此欲，则自杀亦未始非解脱之一者也。如鸳鸯之死，彼固有不得已之境遇在；不然，则惜春、紫鹃之事，固亦其所优为者也。

而解脱之中，又自有二种之别：一存于观他人之苦痛，一存于觉自己之苦痛。然前者之解脱，唯非常之人为能，其高百倍于后者，而其难亦百倍。但由其成功观之，则二者一也。通常之人，其解脱由于苦痛之阅历，而不由于苦痛之知识。唯非常之人，由非常之知力，而洞观宇宙人生之本质，始知生活与苦痛之不能相离，由是求绝其生活之欲，而得解脱之道。然于解脱之途中，彼之生活之欲，犹时时起而与之相抗，而生种种之幻影。所谓恶魔者，不过此等幻影之人物化而已矣。故通常之解脱，存于自己之苦痛，彼之生活之欲，因不得其满足而愈烈，又因愈烈而愈不得其满足，如此循环而陷于失望之境遇，遂悟宇宙人生之真相，遽而求其息肩之所。彼全变其气质，而超出乎苦乐之外，举昔之所执著者，一旦而舍之。彼以生活为炉、苦痛为炭，而铸其解脱之鼎。彼以疲于生活之欲故，故其生活之欲，不能复起而为之幻影。此通常之人解脱之状态也。前者之解脱，如惜春、紫鹃；后者之解脱，如宝玉。前者之解脱，超自然的也，神明的也；后者之解脱，自然的也，人类的也。前者之解脱，宗教的；后者美术的也。前者平和的也；后者悲感的也，壮美的也，故文学的也，诗歌的也，小说的也。此《红楼梦》之主人公所以非惜春、紫鹃，而为贾宝玉者也。

呜呼，宇宙一生活之欲而已，而此生活之欲之罪过，即以生活之苦痛罚之：此即宇宙之永远的正义也。自犯罪，自加罚，自忏悔，自解脱。美术之务，在描写人生之苦痛与其解脱之道，而使吾侪冯生之徒，于此桎梏之世界中，离此生活之欲之争斗，而得其暂时之平和，此一切美术之目的也。夫欧洲近世之文学中，所以推格代之《法斯德》为第一者，以其描写博士法斯德之苦痛，及其解脱之途径，最为精切故也。若《红楼梦》之写宝玉，又岂有以异于彼乎？彼于缠陷最深之中，而已伏解脱之种子：故听《寄生草》之曲，而悟立足之境；读《胠箧》之篇，而作焚化散麝之想。所以未能者，则以黛玉尚在耳，至黛玉死而其志渐决。然尚屡失于宝钗，几败于五儿，屡蹶屡振，而终获最后之胜利。读者观自九十八回以至百二十回之事实，其解脱之行程，精进之历史，明了真切何如哉。且法斯德之苦痛，天才之苦痛；宝玉之苦痛，人人所有之苦痛也。其存于人之根柢者为独深，而其希救济也为尤切，作者一一掇拾而发挥之。我辈之读此书者，宜如何表满足感谢之意哉？而吾人于作者之姓名，尚有未确实之知识。岂徒吾侪寡学之羞，亦足以见二百余年来，吾人之祖先对此宇宙之大著述如何冷淡遇之也？谁使此大著述之作者不敢自署其名？此可知此书之精神大背于吾国人之性质，及吾人之沉溺于生活之欲而乏美术之知识有如此也。然则予之为此论，亦自知有罪也矣。

第三章　《红楼梦》之美学上之价值

如上章之说，吾国人之精神，世间的也，乐天的也，故代表其精神之戏曲、小说，无往而不著此乐天之色彩：始于悲者终于欢，始于离者终于合，始于困者终于亨。非是而欲餍阅者之心，难矣。若《牡丹亭》之返魂，《长生殿》之重圆，其最著之一例也。《西厢记》之以惊梦终也，未成之作也，此书若成，吾乌知其不为《续西厢》之浅陋也？有《水浒传》矣，曷为而又有《荡寇志》？有《桃花扇》矣，曷为而又有《南桃花扇》？有《红楼梦》矣，彼《红楼复梦》、《补红楼梦》、《续红楼梦》者，曷为而作也？又曷为而有反对《红楼梦》之《儿女英雄传》？故吾国之文学中，其具厌世解脱之精神者，仅有《桃花扇》与《红楼梦》耳。而《桃花扇》之解脱，非真解脱也：沧桑之变，目击之而身历之，不能自悟，而悟于张道士之一言；且以历数千里，冒不测之险，投缧绁之中，所索之女子，才得一面，而以道士之言，一朝而舍之。自非三尺童子，其谁信之哉？故《桃花扇》之解脱,他律的也;而《红楼梦》之解脱,自律的也。且《桃花扇》之作者,但借侯、李之事,以写故国之戚,而非以描写人生为事。故《桃花扇》,政治的也,国民的也,历史的也;《红楼梦》,哲学的也,宇宙的也,文学的也。此《红楼梦》之所以大背于吾国人之精神,而其价值亦即存乎此。彼《南桃花扇》、《红楼复梦》等,正代表吾国人乐天之精神者也。

《红楼梦》一书与一切喜剧相反,彻头彻尾之悲剧也。其大宗旨如上章之所述,读者既知之矣。除主人公不计外,凡此书中之人有与生活之欲相关系者,无不与苦痛相终始,以视宝琴、岫烟、李纹、李绮等,若藐姑射神人,敻乎不可及矣。夫此数人者,曷尝无生活之欲,曷尝无苦痛?而书中既不及写其生活之欲,则其苦痛自不得而写之;足以见二者如骖之靳,而永远的正义无往不逞其权力也。又吾国之文学,以挟乐天的精神故,故往往说诗歌的正义,善人必令其终,而恶人必离其罚:此亦吾国戏曲、小说之特质也。《红楼梦》则不然:赵姨、凤姊之死,非鬼神之罚,彼良心自己之苦痛也。若李纨之受封,彼于《红楼梦》十四曲中,固已明说之曰:

〔晚韶华〕镜里恩情,更那堪梦里功名。那韶华去之何迅。再休题绣帐鸳衾;只这戴珠冠,披凤袄,也抵不了无常性命。虽说是人生莫受老来贫,也须要阴骘积儿孙。气昂昂头戴簪缨,光灿灿胸悬金印,威赫赫爵禄高登,昏惨惨黄泉路近。问古来将相可还存?也只是虚名儿与后人钦敬。(第五回)

此足以知其非诗歌的正义,而既有世界人生以上,无非永远的正义之所统辖也。故曰《红楼梦》一书，彻头彻尾的悲剧也。

由叔本华之说，悲剧之中又有三种之别：第一种之悲剧，由极恶之人，极其所有之能力以交构之者。第二种，由于盲目的运命者。第三种之悲剧，由于剧中之人物之位置及关系而不得不然者；非必有蛇蝎之性质与意外之变故也，但由普通之人物、普通之境遇，逼之不得不如是；彼等明知其害，交施之而交受之，各加以力而各不任其咎。此种悲剧，其感人贤于前二者远甚。何则？彼示人生最大之不幸，非例外之事，而人生之所固有故也。若前二种之悲剧，吾人对蛇蝎之人物与盲目之命运，未尝不悚然战慄；然以其罕见之故，犹幸吾生之可以免，而不必求息肩之地也。但在第三种，则见此非常之势力，足以破坏人生之福祉者，无时而不可坠于吾前；且此等惨酷之行，不但时时可受诸己，而或可以加诸人；躬丁其酷，而无不平之可鸣：此可谓天下之至惨也。若《红楼梦》，则正第三种之悲剧也。兹就宝玉、黛玉之事言之：贾母爱宝钗之婉嫕，而惩黛玉之孤僻，又信金玉之邪说，而思压宝玉之病；王夫人固亲于薛氏；凤姐以持家之故，忌黛玉之才而虞其不便于已也；袭人惩尤二姐、香菱之事，闻黛玉"不是东风压西风，就是西风压东风"（第八十二回）之语，惧祸之及，而自同于凤姐，亦自然之势也。宝玉之于黛玉，信誓旦旦，而不能言之于最爱之之祖母，则普通之道德使然；况黛玉一女子哉。由此种种原因，而金玉以之合，木石以之离，又岂有蛇蝎之人物、非常之变故，行于其间哉？不过通常之道德、通常之人情、通常之境遇为之而已。由此观之，《红楼梦》者，可谓悲剧中之悲剧也。

由此之故，此书中壮美之部分，较多于优美之部分，而眩惑之原质殆绝焉。作者于开卷即申明之曰：

更有一种风月笔墨，其淫秽污臭，最易坏人子弟。至于才子佳人等书，则又开口文君，满篇子建，千部一腔，千人一面，且终不能不涉淫滥。在作者不过欲写出自己两首情诗艳赋来，故假捏出男女二人名姓，又必旁添一小人拨乱其间，如戏中小丑一般。（此又上节所言之一证。）

兹举其最壮美者之一例，即宝玉与黛玉最后之相见一节曰：

那黛玉听着傻大姐说宝玉娶宝钗的话，此时心里竟是油儿酱儿糖儿醋儿倒在一处的一般，甜苦酸咸，竟说不上什么味儿来了……自己转身，要回潇湘馆去，那身子竟有千百斤重的，两只脚却像踏着棉花一般，早已软了。只得一步一步慢慢的走将下来。走了半天，还没到沁芳桥畔，脚下愈加软了。走的慢，且又迷迷痴痴，信着脚从那边绕过来，更添了两箭地路。这时刚到沁芳桥畔，却又不知不觉的顺着堤往向里走起来。紫鹃取了绢子来，却不见黛玉。正在那里看时，只见黛玉颜色雪白，身子恍恍荡荡的，眼睛也直直的，在那里东转西转……只得赶过来轻轻的问道："姑娘怎么又回去？是要往那里去？"黛玉也只模糊听见，随口答道："我问问宝玉去。"……紫鹃只得搀他进去。那黛玉却又奇怪了，这时不似先前那样软了，也不用紫鹃打帘子，自己掀起帘子进来……见宝玉在那里坐着，也不起来让坐，只瞧着嘻嘻的呆笑。黛玉自己坐下，却也瞧着宝玉笑。两个也不问好，也不说话，也无推让，只管对着脸呆笑起来，忽然听着黛玉说道："宝玉，你为什么病了？"宝玉笑道："我为林姑娘病了。"袭人、紫鹃两个，吓得面目改色，连忙

> 用言语来岔。两个却又不答言，仍旧呆笑起来……紫鹃搀起黛玉，那黛玉也就站起来，瞧着宝玉，只管笑，只管点头儿。紫鹃又催道："姑娘回家去歇歇罢。"黛玉道："可不是，我这就是回去的时候儿了。"说着，便回身笑着出来了，仍旧不用丫头们搀扶，自己却走得比往常飞快。（第九十六回）

如此之文，此书中随处有之，其动吾人之感情何如？凡稍有审美的嗜好者，无人不经验之也。

《红楼梦》之为悲剧也如此。昔雅里大德勒于《诗论》中，谓悲剧者，所以感发人之情绪而高上之，殊如恐惧与悲悯之二者，为悲剧中固有之物，由此感发，而人之精神于焉洗涤。故其目的，伦理学上之目的也。叔本华置诗歌于美术之顶点，又置悲剧于诗歌之顶点；而于悲剧之中，又特重第三种，以其示人生之真相，又示解脱之不可已故。故美学上最终之目的，与伦理学上最终之目的合。由是，《红楼梦》之美学上之价值，亦与其伦理学上之价值相联络也。

第四章　《红楼梦》之伦理学上之价值

自上章观之，《红楼梦》者，悲剧中之悲剧也。其美学上之价值，即存乎此。然使无伦理学上之价值以继之，则其于美术上之价值，尚未可知也。今使为宝玉者，于黛玉既死之后，或感愤而自杀，或放废以终其身，则虽谓此书一无价值可也。何则？欲达解脱之域者，固不可不尝人世之忧患；然所贵乎忧患者，以其为解脱之手段故，非重忧患自身之价值也。今使人日日居忧患、言忧患，而无希求解脱之勇气，则天国与地狱，彼两失之；其所领之境界，除阴云蔽天，沮洳弥望外，固无所获焉。黄仲则《绮怀》诗曰：

> 如此星辰非昨夜，为谁风露立中宵。

又其卒章曰：

> 结束铅华归少作，屏除丝竹入中年；茫茫来日愁如海，寄语羲和快着鞭。

其一例也。《红楼梦》则不然，其精神之存于解脱，如前二章所说，兹固不俟喋喋也。

然则解脱者，果足为伦理学上最高之理想否乎？自通常之道德观之，夫人知其不可也。夫宝玉者，固世俗所谓绝父子、弃人伦、不忠不孝之罪人也。然自太虚中有今日之世界，自世界中有今日之人类，乃不得不有普通之道德，以为人类之法则。顺之者安，逆之者危；顺之者存，逆之者亡。于今日之人类中，吾固不能不认普通之道德之价值也。然所以有世界人生者，果有合理的根据欤？抑出于盲目的动作，而别无意义存乎其间欤？使世界人生之存在，而有合理的根据，则人生中所有普通之道德，谓之绝对的道德可也。然吾人从各方面观之，则世界人生之所以存在，实由吾人类之祖先一时之误谬。诗人之所悲歌，哲学者之所瞑想，与夫古代诸国民之传说，若出一揆。若第二章所引《红楼梦》第一回之神话的解释，亦于无意识中暗示此理，较之《创世纪》所述人类犯罪之历史，尤为有味者也。夫人之有生，既为鼻祖之误谬矣，则夫吾人之同胞，凡为此鼻祖之子孙者，苟有一人焉，未入解脱之域，则鼻祖之罪终无时而赎，而一时之误谬，反覆至数千万年而未有已也。则夫绝弃人伦如宝玉其人者，自普通之道德言之，固无所辞其不忠不孝之罪；若开天眼而观之，则彼固可谓干父之蛊者也。知祖父之误谬，而不忍反覆之以重其罪，顾得谓之不孝哉？然则宝玉"一子出家，七祖升天"之说，诚有见乎所谓孝者在此不在彼，非徒自辩护而已。

然则举世界之人类，而尽入于解脱之域，则所谓宇宙者，不诚无物也欤？然有无之说，盖难言之矣。夫以人生之无常，而知识之不可恃，安知吾人之所谓"有"非所谓真有者乎？则自其反而言之，又安知吾人之所谓"无"非所谓真无者乎？即真无矣，而使吾人自空乏与满足、希望与恐怖之中出，而获永远息肩之所，不犹愈于世之所谓有者乎？然则吾人之畏无也，与小儿之畏暗黑何以异？自已解脱者观之，安知解脱之后，山川之美，日月之华，不有过于今日之世界者乎？读《飞鸟各投林》之曲，所谓"一片白茫茫大地真干净"者，有欤无欤，吾人且勿问，但立乎今日之人生而观之，彼诚有味乎其言之也。

难者又曰：人苟无生，则宇宙间最可宝贵之美术，不亦废欤？曰：美术之价值，对现在之世界人生而起者，非有绝对的价值也。其材料取诸人生，其理想亦视人生之缺陷逼仄，而趋于其反对之方面。如此之美术，唯于如此之世界、如此之人生中，始有价值耳。今设有人焉，自无始以来，无生死，无苦乐，无人世之罣碍，而唯有永远之知识，则吾人所宝为无上之美术，自彼视之，不过蛩鸣蝉噪而已。何则？美术上之理想，固彼之所自有，而其材料，又彼之所未尝经验故也。又设有人焉，备尝人世之苦痛，而已入于解脱之域，则美术之于彼也，亦无价值。何则？美术之价值，存于使人离生活之欲，而入于纯粹之知识。彼既无生活之欲矣，而复进之以美术，是犹馈壮夫以药石，多见其不知量而已矣。然而超今日之世界人生以外者，于美术之存亡，固自可不必问也。

夫然，故世界之大宗教，如印度之婆罗门教及佛教、希伯来之基督教，皆以解脱为唯一之宗旨。哲学家，如古代希腊之柏拉图、近世德意志之叔本华，其最高之理想，亦存于解脱。殊如叔本华之说，由其深邃之知识论、伟大之形而上学出，一扫宗教之神话的面具，而易以名学之论法；其真挚之感情与巧妙之文字，又足以济之：故其说精密确实，非如古代之宗教及哲学说，徒属想像而已。然事不厌其求详，姑以生平所疑者商榷焉：夫由叔氏之哲学说，则一切人类及万物之根本，一也。故充叔氏拒绝意志之说，非一切人类及万物，各拒绝其生活之意志，则一人之意志，亦不得而拒绝。何则？生活之意志之存于我者，不过其一最小部分，而其大部分之存于一切人类及万物者，皆与我之意志同。而此物我之差别，仅由于吾人知力之形式，故离此知力之形式，而反其根本而观之，则一切人类及万物之意志，皆我之意志也。然则拒绝吾一人之意志，而姝姝自悦曰解脱，是何异决蹄跱之水，而注之沟壑，而曰天下皆得平土而居之哉。佛之言曰："若不尽度众生，誓不成佛。"其言犹若有能之而不欲之意。然自吾人观之，此岂徒能之而不欲哉？将毋欲之而不能也。故如叔本华之言一人之解脱，而未言世界之解脱，实与其意志同一之说，不能两立者也。叔氏于无意识中亦触此疑问，故于其《意志及观念之世界》之第四编之末，力护其说，曰：

人之意志，于男女之欲，其发现也为最著。故完全之贞操，乃拒绝意志，即解脱之第一步也。夫自然中之法则，固自最确实者。使人人而行此格言，则人类之灭绝，自可立而待。至人类以降之动物，其解脱与坠落，亦当视人类以为准。《吠陀》之经典曰："一切众生之待圣人，如饥儿之望慈父母也。"基督教中亦有此思想。珊列休斯于其《人持一切物归于上帝》之小诗中曰："嗟汝万物灵，有生皆爱汝。总总环汝旁，如儿索母乳。携之适天国，惟汝力是怙。"德意志之神秘学者马斯太哀克赫德亦云："《约翰福音》云，余之离世界也，将引万物而与我俱。基督岂欺我哉？夫善人，固将持万物而归之于上帝，即其所从出之本者也。今夫一切生物，皆为人而造，又各自相为用；牛羊之于水草，鱼之于水，鸟之于空气，野兽之于林莽，皆是也。一切生物皆上帝所造，以供善人之用，而善人携之以归上帝。"彼意盖谓人之所以有用动物之权利者，实以能救济之故也。

于佛教之经典中，亦说明此真理。方佛之尚为菩提萨埵也，自王宫逸出而入深林时，彼策其马而歌曰："汝久疲于生死兮，今将息此任载。负余躬以遐举兮，继今日而无再。苟彼岸其余达兮，余将徘徊以汝待。"（《佛国记》）此之谓也。（英译《意志及观念之世界》第一册第四百九十二页）

然叔氏之说，徒引据经典，非有理论的根据也。试问释迦示寂以后，基督尸十字架以来，人类及万物之欲生奚若？其痛苦又奚若？吾知其不异于昔也。然则所谓持万物而归之上帝者，其尚有所待欤？抑徒沾沾自喜之说，而不能见诸实事者欤？果如后说，则释迦、基督自身之解脱与否，亦尚在不可知之数也。往者作一律曰：

生平颇忆挈卢敖，东过蓬莱浴海涛。
何处云中闻犬吠，至今湖畔尚乌号。
人间地狱真无间，死后泥洹枉自豪。
终古众生无度日，世尊只合老尘嚣。

何则？小宇宙之解脱，视大宇宙之解脱以为准故也。赫尔德曼人类涅槃之说，所以起而补叔氏之缺点者以此。要之，解脱之足以为伦理学上最高之理想与否，实存于解脱之可能与否。若夫普通之论难，则固如楚楚蜉蝣，不足以撼十围之大树也。

今使解脱之事，终不可能，然一切伦理学上之理想，果皆可能也欤？今夫与此无生主义相反者，生生主义也。夫世界有限，而生人无穷；以无穷之人，生有限之世界，必有不得遂其生者矣。世界之内，有一人不得遂其生者，固生生主义之理想之所不许也。故由生生主义之理想，则欲使世界生活之量，达于极大限，则人人生活之度，不得不达于极小限。盖度与量二者，实为一精密之反比例，所谓最大多数之最大福祉者，亦仅归于伦理学者之梦想而已。夫以极大之生活量，而居于极小之生活度，则生活之意志之拒绝也奚若？此生生主义与无生主义相同之点也。苟无此理想，则世界之内，弱之肉，强之食，一任诸天然之法则耳，奚以伦理为哉？然世人日言生生主义，而此理想之达于何时，则尚在不可知之数。要之，理想者可近而不可即，亦终古不过一理想而已矣。人知无生主义之理想之不可能，而自忘其主义之理想之何若，此则大不可解脱者也。

夫如是，则《红楼梦》之以解脱为理想者，果可菲薄也欤？夫以人生忧患之如彼，而劳苦之如此，苟有血气者，未有不渴慕救济者也，不求之于实行，犹将求之于美术。独《红楼梦》者，同时与吾人以二者之救济。人而自绝于救济则已耳;不然,则对此宇宙之大著述,宜如何企踵而欢迎之也。

第五章　余论

自我朝考证之学盛行,而读小说者,亦以考证之眼读之。于是评《红楼梦》者,纷然索此书之主人公之为谁,此又甚不可解者也。夫美术之所写者,非个人之性质,而人类全体之性质也。惟美术之特质,贵具体而不贵抽象。于是举人类全体之性质,置诸个人之名字之下。譬诸"副墨之子"、"洛诵之孙",亦随吾人之所好名之而已。善于观物者,能就个人之事实,而发见人类全体之性质;今对人类之全体,而必规规焉求个人以实之,人之知力相越,岂不远哉。故《红楼梦》之主人公,谓之贾宝玉可,谓之"子虚"、"乌有"先生可,即谓之纳兰容若,谓之曹雪芹,亦无不可也。

综观评此书者之说,约有二种:一谓述他人之事,一谓作者自写其生平也。第一说中,大抵以贾宝玉为即纳兰性德。其说要非无所本。案性德《饮水诗集·别意》六首之三曰:

> 独拥余香冷不胜,残更数尽思腾腾。今宵便有随风梦,知在红楼第几层?

又《饮水词》中《于中好》一阕云:

> 别绪如丝睡不成,那堪孤枕梦边城。因听紫塞三更雨,却

忆红楼半夜灯。

又《减字木兰花》一阕咏新月云：

莫教星替，守取团圆终必遂。此夜红楼，天上人间一样愁。

“红楼”之字凡三见，而云“梦红楼”者一。又其亡妇忌日作《金缕曲》一阕，其首三句云：

此恨何时已，滴空阶寒更雨歇，葬花天气。

“葬花”二字，始出于此。然则《饮水集》与《红楼梦》之间，稍有文字之关系，世人以宝玉为即纳兰侍卫者，殆由于此。然诗人与小说家之用语，其偶合者固不少。苟执此例以求《红楼梦》之主人公，吾恐其可以傅合者，断不止容若一人而已。若夫作者之姓名（遍考各书，未见曹雪芹何名）与作书之年月，其为读此书者所当知，似更比主人公之姓名为尤要。顾无一人为之考证者，此则大不可解者也。

至谓《红楼梦》一书，为作者自道其生平者。其说本于此书第一回“竟不如我亲见亲闻的几个女子”一语。信如此说，则唐旦之《天国喜剧》，可谓无独有偶者矣。然所谓亲见亲闻者，亦可自旁观者之口言之，未必躬为剧中之人物。如谓书中种种境界、种种人物，非局中人不能道，则是《水浒传》之作者必为大盗，《三国演义》之作者必为兵家，此又大不然之说也。且此问题，实为美术之渊源之问题相关系。如谓美术上之事，非局中人不能道，则其渊源必全存于经验而后可。夫美术之源，出于先天，抑由于经验，此西洋美学上至大之问题也。叔本华之论此问题也,最为透辟。兹援其说,以结此论。其言(此论本为绘画及雕刻发,然可通之于诗歌、小说)曰:

人类之美之产于自然中者,必由下文解释之:即意志于其客观化之最高级(人类)中,由自己之力与种种之情况,而打胜下级(自然力)之抵抗,以占领其物质。且意志之发现于高等之阶级也,其形式必复杂:即以一树言之,乃无数之细胞,合而成一系统者也。其阶级愈高,其结合愈复。人类之身体,乃最复杂之系统也:各部分各有一特别之生活;其对全体也,则为隶属;其互相对也,则为同僚;互相调和,以为其全体之说明;不能增也,不能减也。能如此者,则谓之美。此自然中不得多见者也。顾美之于自然中如此,于美术中则何如?或有以美术家为模仿自然者。然彼苟无美之预想存于经验之前,则安从取自然中完全之物而模仿之,又以之与不完全者相区别哉?且自然亦安得时时生一人焉,于其各部分皆完全无缺哉?或又谓美术家必先于人之肢体中,观美丽之各部分,而由之以构成美丽之全体。此又大愚不灵之说也。即令如此,彼又何自知美丽之在此部分而非彼部分哉?故美之知识,断非自经验的得之,即非后天的而常为先天的;即不然,亦必其一部分常为先天的也。吾人于观人类之美后,始认其美;但在真正之美术家,其认识之也,极其明速之度,而其表出之也,胜乎自然之为。此由吾人之自身即意志,而于此所判断及发见者,乃意志于最高级之完全之客观化也。唯如是,吾人斯得有美之预想。而在真正之天才,于美之预想外,更伴以非常之巧力。彼于特别之物中，认全体之理念，遂解自然之嗫嚅之言语而代言之；即以自然所百计而不能产出之美，现之于绘画及雕刻中，而若语自然曰："此即汝之所欲言而不得者也。"苟有判断之能力者，必将应之曰："是。"唯如是，故希腊之天才，能发见人类之美之形式，而永为万世雕刻家之模范。唯如是，故吾人对自然于特别之境遇中所偶然成功者，而得认其美。此美之预想，乃自先天中所知者，即理想的也，比其现于美术也，则为实际的。何则？此与后天中所与之自然物相合故也。如此，美术家先天中有美之预想，而批评家于后天中认识之，此由美术家及批评家，乃自然之自身之一部，而意志于此客观化者也。哀姆攀独克尔曰："同者唯同者知之。"故唯自然能知自然，唯自然能言自然，则美术家有自然之美之预想，固自不足怪也。

芝诺芬述苏格拉底之言曰："希腊人之发见人类之美之理想也，由于经验。即集合种种美丽之部分，而于此发见一膝，于彼发见一臂。"此大谬之说也。不幸而此说又蔓延于诗歌中。即以狭斯丕尔言之，谓其戏曲中所描写之种种之人物，乃其一生之经验中所观察者，而极其全力以模写之者也。然诗人由人性之预想而作戏曲小说，与美术家之由美之预想而作绘画及雕刻无以异。唯两者于其创造之途中，必须有经验以为之补助。夫然，故其先天中所已知者，得唤起而入于明晰之意识，而后表出之事，乃可得而能也。（叔氏《意志及观念之世界》第一册第二百八十五页至八十九页）

由此观之，则谓《红楼梦》中所有种种之人物、种种之境遇，必本于作者之经验，则雕刻与绘画家之写人之美也，必此取一膝，彼

取一臂而后可。其是与非,不待知者而决矣。读者苟玩前数章之说,而知《红楼梦》之精神,与其美学、伦理学上之价值,则此种议论,自可不生。苟知美术之大有造于人生,而《红楼梦》自足为我国美术上之唯一大著述,则其作者之姓名与其著书之年月,固当为唯一考证之题目。而我国人之所聚讼者,乃不在此而在彼;此足以见吾国人之对此书之兴味之所在,自在彼而不在此也。故为破其惑如此。

人 间 词 话

人间词话卷上

词以境界为最上。有境界则自成高格，自有名句。五代、北宋之词所以独绝者在此。

有造境，有写境，此理想与写实二派之所由分。然二者颇难分别。因大诗人所造之境，必合乎自然；所写之境，亦必邻于理想故也。

有有我之境，有无我之境。“泪眼问花花不语，乱红飞过秋千去。”“可堪孤馆闭春寒，杜鹃声里斜阳暮。”有我之境也。“采菊东篱下，悠然见南山。”“寒波澹澹起，白鸟悠悠下。”无我之境也。有我之境，以我观物，故物皆著我之色彩；无我之境，以物观物，故不知何者为我，何者为物。古人为词，写有我之境者为多，然未始不能写无我之境，此在豪杰之士能自树立耳。

无我之境，人唯于静中得之；有我之境，于由动之静时得之。

故一优美，一宏壮也。

自然中之物，互相关系，互相限制。然其写之于文学及美术中也，必遗其关系限制之处。故虽写实家，亦理想家也。又虽如何虚构之境，其材料必求之于自然，而其构造亦必从自然之法律。故虽理想家，亦写实家也。

境非独谓景物也。喜怒哀乐，亦人心中之一境界。故能写真景物、真感情者，谓之有境界，否则谓之无境界。

"红杏枝头春意闹"，著一"闹"字，而境界全出。"云破月来花弄影"，著一"弄"字，而境界全出矣。

境界有大小，不以是而分优劣。"细雨鱼儿出，微风燕子斜"，何遽不若"落日照大旗，马鸣风萧萧"。"宝帘闲挂小银钩"，何遽不若"雾失楼台，月迷津渡"也。

严沧浪《诗话》谓："盛唐诸公，唯在兴趣。羚羊挂角，无迹可求。故其妙处透澈玲珑，不可凑拍。如空中之音、相中之色、水中之影、镜中之象，言有尽而意无穷。"余谓北宋以前之词，亦复如是。然沧浪所谓"兴趣"，阮亭所谓"神韵"，犹不过道其面目，不若鄙人拈出"境界"二字为探其本也。

太白纯以气象胜。"西风残照，汉家陵阙"，寥寥八字，遂关千古登临之口。后世唯范文正之《渔家傲》、夏英公之《喜迁莺》差足继武，然气象已不逮矣。

张皋文谓飞卿之词“深美闳约”，余谓此四字唯冯正中足以当之。刘融斋谓飞卿“精艳绝人”，差近之耳。

“画屏金鹧鸪”，飞卿语也，其词品似之。“弦上黄莺语”，端己语也，其词品亦似之。正中词品，若欲于其词句中求之，则“和泪试严妆”，殆近之欤。

南唐中主词：“菡萏香销翠叶残，西风愁起绿波间。”大有众芳芜秽，美人迟暮之感。乃古今独赏其“细雨梦回鸡塞远，小楼吹彻玉笙寒”，故知解人正不易得。

温飞卿之词，句秀也；韦端己之词，骨秀也；李重光之词，神秀也。

词至李后主而眼界始大，感慨遂深，遂变伶工之词而为士大夫之词。周介存置诸温、韦之下，可谓颠倒黑白矣。“自是人生长恨水长东”，“流水落花春去也，天上人间”，《金荃》、《浣花》能有此气象耶？

词人者，不失其赤子之心者也。故生于深宫之中，长于妇人之手，是后主为人君所短处，亦即为词人所长处。

客观之诗人，不可不多阅世。阅世愈深，则材料愈丰富、愈变化,《水浒传》、《红楼梦》之作者是也。主观之诗人,不必多阅世。阅世愈浅,则性情愈真,李后主是也。

尼采谓:“一切文学,余爱以血书者。”后主之词,真所谓以血书者也。宋道君皇帝《燕山亭》词亦略似之。然道君不过自道身世之戚,后主则俨有释迦、基督担荷人类罪恶之意。其大小固不同矣。

冯正中词虽不失五代风格,而堂庑特大,开北宋一代风气,与中、后二主词皆在《花间》范围之外,宜《花间集》中不登其只字也。

正中词除《鹊踏枝》、《菩萨蛮》十数阕最煊赫外,如《醉花间》之“高树鹊衔巢,斜月明寒草”,余谓韦苏州之“流萤渡高阁”、孟襄阳之“疏雨滴梧桐”不能过也。

欧九《浣溪沙》词:“绿杨楼外出秋千”。晁补之谓只一“出”字,便后人所不能道。余谓此本于正中《上行杯》词“柳外秋千出画墙”,但欧语尤工耳。

梅舜①俞《苏幕遮》词:“落尽梨花春事了。满地斜阳,翠色和烟老。”刘融斋谓少游一生似专学此种。余谓冯正中《玉楼春》词:“芳菲次第长相续,自是情多无处足。尊前百计得春归,莫为伤春眉黛促。”永叔一生似专学此种。

---

① “舜”字误,当作“圣”。——校者注

人知和靖《点绛唇》、舜[1]俞《苏幕遮》、永叔《少年游》三阕为咏春草绝调，不知先有正中“细雨湿流光”五字，皆能摄春草之魂者也。

《诗·蒹葭》一篇，最得风人深致。晏同叔之“昨夜西风凋碧树。独上高楼，望尽天涯路”意颇近之。但一洒落，一悲壮耳。

“我瞻四方，蹙蹙靡所骋”，诗人之忧生也。“昨夜西风凋碧树。独上高楼，望尽天涯路”似之；“终日驰车走，不见所问津”，诗人之忧世也。“百草千花寒食路。香车系在谁家树”似之。

古今之成大事业、大学问者，必经过三种之境界：“昨夜西风凋碧树。独上高楼，望尽天涯路”，此第一境也。“衣带渐宽终不悔，为伊消得人憔悴”，此第二境也。“众里寻他千百度，回头蓦见，那人正在灯火阑珊处”，此第三境也。此等语皆非大词人不能道。然遽以此意解释诸词，恐晏、欧诸公所不许也。

永叔“人间自是有情痴，此恨不关风与月”，“直须看尽洛城花，始与东风容易别”，于豪放之中有沉著之致，所以尤高。

冯梦华《宋六十一家词选·序例》谓：“淮海、小山，古之伤心人也。其淡语皆有味，浅语皆有致。”余谓此唯淮海足以当之。小山矜贵有余，但可方驾子野、方回，未足抗衡淮海也。

---

① “舜”字误，当作“圣”。——校者注

少游词境最为凄惋。至“可堪孤馆闭春寒，杜鹃声里斜阳暮”，则变而凄厉矣。东坡赏其后二语，犹为皮相。

“风雨如晦，鸡鸣不已。”“山峻高以蔽日兮，下幽晦以多雨。霰雪纷其无垠兮，云霏霏而承宇。”“树树皆秋色，山山尽落晖。”“可堪孤馆闭春寒，杜鹃声里斜阳暮。”气象皆相似。

昭明太子称陶渊明诗“跌宕昭彰，独超众类。抑扬爽朗，莫之与京”。王无功称薛收赋“韵趣高奇，词义晦远。嵯峨萧瑟，真不可言”。词中惜少此二种气象。前者唯东坡，后者唯白石，略得一二耳。

词之雅郑，在神不在貌。永叔、少游虽作艳语，终有品格。方之美成，便有淑女与倡伎之别。

美成深远之致不及欧、秦，唯言情体物穷极工巧，故不失为第一流之作者。但恨创调之才多，创意之才少耳。

词忌用替代字。美成《解语花》之“桂花流瓦”，境界极妙，惜以“桂花”二字代月耳。梦窗以下，则用代字更多。其所以然者，非意不足，则语不妙也。盖意足，则不暇代；语妙，则不必代。此少游之“小楼连苑”、“绣毂雕鞍”所以为东坡所讥也。

沈伯时《乐府指迷》云：“说桃不可直说破桃，须用红雨、刘郎等字；说柳不可直说破柳，须用章台、霸岸等字。”若惟恐人不用代字者。果以是为工，则古今类书具在，又安用词为耶，宜其为《提要》

所讥也。

美成《青玉案》①词："叶上初阳干宿雨，水面清圆，一一风荷举。"此真能得荷之神理者。觉白石《念奴娇》、《惜红衣》二词犹有隔雾看花之恨。

东坡《水龙吟》咏杨花，和均而似原唱；章质夫词，原唱而似和均。才之不可强也如是。

咏物之词，自以东坡《水龙吟》为最工，邦卿《双双燕》次之。白石《暗香》、《疏影》，格调虽高，然无一语道著。视古人"江边一树垂垂发"等句何如耶？

白石写景之作，如"二十四桥仍在，波心荡、冷月无声。""数峰清苦，商略黄昏雨。""高树晚蝉，说西风消息。"虽格韵高绝，然如雾里看花，终隔一层。梅溪、梦窗诸家，写景之病皆在一"隔"字。北宋风流，渡江遂绝。抑真有运会存乎其间耶？

问"隔"与"不隔"之别，曰：陶、谢之诗不隔，延年则稍隔矣。东坡之诗不隔，山谷则稍隔矣。"池塘生春草"、"空梁落燕泥"等二句，妙处唯在不隔。词亦如是。即以一人一词论，如欧阳公《少年游》咏春草上半阕云："阑干十二独凭春，晴碧远连云。二月三月，千里万里，行色苦愁人。"语语都在目前，便是不隔。至云"谢家池

① 《青玉案》当作《苏幕遮》。——校者注

上，江淹浦上”，则隔矣。白石《翠楼吟》：“此地宜有词仙，拥素云黄鹤，与君游戏。玉梯凝望久，叹芳草、萋萋千里。”便是不隔。至“酒祓清愁，花消英气”，则隔矣。然南宋词虽不隔处，比之前人，自有浅深厚薄之别。

“生年不满百，常怀千岁忧。昼短苦夜长，何不秉烛游。”“服食求神仙，多为药所误。不如饮美酒，被服纨与素。”写情如此，方为不隔。“采菊东篱下，悠悠[1]见南山。山气日夕佳，飞鸟相与还。”“天似穹庐，笼盖四野。天苍苍，野茫茫，风吹草底[2]见牛羊。”写景如此，方为不隔。

古今词人格调之高，无如白石。惜不于意境上用力，故觉无言外之味、弦外之响，终不能与于第一流之作者也。

南宋词人，白石有格而无情，剑南有气而乏韵。其堪与北宋人颉颃者，唯一幼安耳。近人祖南宋而祧北宋，以南宋之词可学，北宋不可学也。学南宋者，不祖白石则祖梦窗，以白石、梦窗可学，幼安不可学也。学幼安者，率祖其粗犷、滑稽，以其粗犷、滑稽处可学，佳处不可学也。幼安之佳处，在有性情、有境界。即以气象论，亦有“傍素波、干青云”之概。宁后世龌龊小生所可拟耶？

东坡之词旷，稼轩之词豪。无二人之胸襟而学其词，犹东施之效捧心也。

---

① “悠”当作“然”。——校者注

② “底”当作“低”。——校者注

读东坡、稼轩词，须观其雅量高致，有伯夷、柳下惠之风。白石虽似蝉蜕尘埃，然终不免局促辕下。

苏、辛，词中之狂。白石，犹不失为狷。若梦窗、梅溪、玉田、草窗、中[①]麓辈，面目不同，同归于乡愿而已。

稼轩中秋饮酒达旦，用《天问》体作《木兰花慢》以送月。曰：“可怜今夜月，向何处、去悠悠？是别有人间。那边才见，光景东头。”词人想像，直悟月轮绕地之理，与科学家密合，可谓神悟。

周介臣[②]谓：“梅溪词中，喜用‘偷’字，足以定其品格。”刘融斋谓“周旨荡而史意贪”，此二语令人解颐。

介臣[③]谓：梦窗词之佳者，如“水光云影，摇荡绿波。抚玩无极，追寻已远”。余览梦窗甲乙丙丁稿中，实无足当此者，有之，其“隔江人在雨声中，晚风菰叶生秋怨”二语乎？

梦窗之词，余得取其词中之一语以评之，曰：“映梦窗，凌乱碧。”玉田之词，余得取其词中之一语以评之，曰：“玉老田荒。”

“明月照积雪”，“大江流日夜”，“中天悬明月”，“黄河落日圆”，此种境界，可谓千古壮观。求之于词，唯纳兰容若塞上之作，如《长相思》之“夜深千帐灯”，《如梦令》之“万帐穹庐人醉，星影摇

① “中”当作“西”。——校者注
② “臣”当作“存”。——校者注
③ 同上。

摇欲坠”差近之。

纳兰容若以自然之眼观物，以自然之舌言情。此由初入中原，未染汉人风气，故能真切如此。北宋以来，一人而已。

陆放翁跋《花间集》，谓：“唐宋[1]五代诗愈卑，而倚声辄简古可爱。能此不能彼，未可以理推也。”《提要》驳之，谓：“犹能举七十斤者，举百斤则蹶，举五十斤则运掉自如。”其言甚辨。然谓词必易于诗，余未敢信。善乎陈卧子之言曰：“宋人不知诗而强作诗，故终宋之世无诗。然其欢愉愁苦之致，动于中而不能抑者，类发于诗余，故其所造独工。”五代词之所以独胜，亦以此也。

四言敝而有楚辞，楚辞敝而有五言，五言敝而有七言，古诗敝而有律绝，律绝敝而有词。盖文体通行既久，染指遂多，自成习套。豪杰之士亦难于其中自出新意，故遁而作他体，以自解脱。一切文体所以始盛中[2]衰者，皆由于此。故谓文学后不如前，余未敢信。但就一体论，则此说固无以易也。

诗之《三百篇》、《十九首》，词之五代、北宋，皆无题也。非无题也，诗词中之意不能以题尽之也。自《花庵》、《草堂》每调立题，并古人无题之词亦为作题。如观一幅佳山水，而即曰此某山某水，可乎？诗有题而诗亡，词有题而词亡。然中材之士鲜能知此而自振

① “宋”当作“季”。——校者注
② “中”当作“终”。——校者注

拔者矣。

大家之作，其言情也必沁人心脾，其写景也必豁人耳目。其辞脱口而出，无矫揉妆束之态。以其所见者真，所知者深也。诗词皆然。持此以衡古今之作者，可无大误矣。

人能于诗词中不为美刺、投赠之篇，不使隶事之句，不用粉饰之字，则于此道已过半矣。

以《长恨歌》之壮采，而所隶之事只“小玉双成”四字，才有余也。梅村歌行，则非隶事不办。白、吴优劣，即于此见。不独作诗为然，填词家亦不可不知也。

近体诗体制，以五、七言绝句为最尊，律诗次之，排律最下。盖此体于寄兴、言情两无所当，殆有均之骈体文耳。词中小令如绝句，长调似律诗，若长调之《百字令》、《沁园春》等，则近于排律矣。

诗人对宇宙人生，须入乎其内，又须出乎其外。入乎其内，故能写之；出乎其外，故能观之。入乎其内，故有生气；出乎其外，故有高致。美成能入而不能出。白石以降，于此二事皆未梦见。

诗人必有轻视外物之意，故能以奴仆命风月。又必有重视外物之意，故能与花鸟共忧乐。

“昔为倡家女，今为荡子妇。荡子行不归，空床难独守。”“何不策高足，先据要路津？无为久贫贱，轗轲长苦辛。”可谓淫鄙之尤。然无视为淫词鄙词者，以其真也。五代、北宋之大词人亦然。非无淫词，读之者但觉其亲切动人；非无鄙词，但觉其精力弥满。可知淫词与鄙词之病，非淫与鄙之病，而游词之病也。“岂不尔思，室是远而。”而子曰：“未之思也。夫何远之有？”恶其游也。

“枯藤老树昏鸦，小桥流水平沙。古道西风瘦马。夕阳西下，断肠人在天涯。”此元人马东篱《天净沙》小令也。寥寥数语，深得唐人绝句妙境。有元一代词家，皆不能办此也。

白仁甫《秋夜梧桐雨》剧，沉雄悲壮，为元曲冠冕。然所作《天籁词》粗浅之甚，不足为稼轩奴隶。创者易工而因者难巧欤？抑人各有能有不能也？读者观欧、秦之诗远不如词，足透此中消息。

宣统庚戌九月脱稿于京师宣武城南寓庐

人间词话卷下

白石之词，余所最爱者，亦仅二语，曰：“淮南皓月冷千山，冥冥归去无人管。”

双声、叠韵之论，盛于六朝，唐人犹多用之。至宋以后，则渐不讲，并不知二者为何物。乾、嘉间，吾乡周松霭先生（春）著《杜诗双声叠韵谱括略》，正千余年之误，可谓有功文苑者矣。其言曰：“两字同母谓之双声,两字同韵谓之叠韵。"余按:用今日各国文法通用之语表之,则两字同一子音者谓之双声。如《南史·羊元保传》之"官家恨狭,更广八分","官"、"家"、"更"、"广"四字,皆从k得声。《洛阳伽蓝记》之"狞奴慢骂","狞"、"奴"二字皆从n得声,"慢"、"骂"二字皆从m得声也。两字同一母音者,谓之叠韵。如梁武帝之"后牖有朽柳","后"、"牖"、"有"三字,双声而兼叠韵。"有"、"朽"、"柳"三字,其母音皆为ou①。刘孝绰之"梁皇长康强","梁"、"长"、"强"三字,其母音皆为ang② 也。自李淑《诗苑》伪造沈约之说,以双声叠韵为诗中八病之二,后世诗家多废而不讲,亦不复用之于词。余谓苟于词之荡漾处多用叠韵,促节处用双声,则其铿锵可诵,必有过于前人者。惜世之专讲音律者,尚未悟此也。

诗至唐中叶以后,殆为羔雁之具矣。故五代、北宋之诗,佳者绝少,而词则为其极盛时代。即诗词兼擅如永叔、少游者,词胜于诗远甚。以其写之于诗者,不若写之于词者之真也。至南宋以后,词亦为羔雁之具,而词亦替矣。此亦文学升降之一关键也。

曾纯甫中秋应制作《壶中天慢》词,自注云:"是夜西兴亦闻天乐。"谓宫中乐声闻于隔岸也。毛子晋谓:"天神亦不以人废言。"近冯梦华复辨其诬。不解"天乐"二字文义,殊笑人也。

北宋名家以方回为最次。其词如历下、新城之诗,非不华赡,

---

① "ou",作者手稿作"u"。——校者注

② "ang",作者手稿作"ian"。——校者注

惜少真味。

散文易学而难工，骈文难学而易工；近体诗易学而难工，古体诗难学而易工；小令易学而难工，长调难学而易工。

古诗云："谁能思不歌？谁能饥不食？"诗词者，物之不得其平而鸣者也。故欢愉之辞难工，愁苦之言易巧。

社会上之习惯，杀许多之善人；文学上之习惯，杀许多之天才。

昔人论诗词，有景语、情语之别，不知一切景语皆情语也。

词家多以景寓情。其专作情语而绝妙者，如牛峤之"甘作一生拚，尽君今日欢。"顾夐之"换我心为你心，始知相忆深。"欧阳修之"衣带渐宽终不悔，为伊消得人憔悴。"美成之"许多烦恼，只为当时，一晌留情。"此等词求之古今人词中，曾不多见。

词之为体，要眇宜修。能言诗之所不能言，而不能尽言诗之所能言。诗之境阔，词之言长。

言气质，言神韵，不如言境界。有境界，本也。气质、神韵，末也。有境界而二者随之矣。

"西风吹渭水，落日满长安。"美成以之入词，白仁甫以之入曲。此借古人之境界为我之境界者也。然非自有境界，古人亦不为我用。

长调自以周、柳、苏、辛为最工。美成《浪淘沙慢》二词，精壮顿挫，已[1]开北曲之先声。若屯田之《八声甘州》、东坡之《水调歌头》，则伫兴之作，格高千古，不能以常调论也。

稼轩《贺新郎》词（送茂嘉十二弟），章法绝妙。且语语有境界，此能品而几于神者。然非有意为之，故后人不能学也。

稼轩《贺新郎》词："柳暗凌波路。送春归、猛风暴雨，一番新绿。"又《定风波》词："从此酒酣明月夜。耳热。""绿"、"热"二字，皆作上去用。与韩玉《东浦词·贺新郎》以"玉"、"曲"叶"注"、"女"，《卜算子》以"夜"、"谢"叶"食"、"月"，已开北曲四声通押之祖。

谭复堂《箧中词选》谓："蒋鹿潭《水云楼词》与成容若、项莲生，三[2]百年间，分鼎三足。"然《水云楼词》，小令颇有境界，长调唯存气格。《忆云词》精实有余，超逸不足，皆不足与容若比。然视皋文、止庵辈，则倜乎远矣。

词家时代之说，盛于国初。竹垞谓：词至北宋而大，至南宋而深。后此词人群奉其说。然其中亦非无具眼者。周保绪曰："南宋

① "已"当作"已"。——校者注
② "三"当作"二"。——校者注

下不犯北宋拙率之病，高不到北宋浑涵之诣。”又曰：“北宋词多就景叙情，故珠圆玉润，四照玲珑。至稼轩、白石，一变而为即事叙景，使深者反浅，曲者反直。”潘四农（德舆）曰：“词滥觞于唐，畅于五代。而意格之闳深曲挚，则莫盛于北宋。词之有北宋，犹诗之有盛唐。至南宋则稍衰矣。”刘融斋（熙载）曰：“北宋词用密亦疏，用隐亦亮，用沈亦快，用细亦阔，用精亦浑。南宋只是掉转过来。”可知此事自有公论。虽止弇①词颇浅薄，潘、刘尤甚。然甚②推尊北宋，则与明季云间诸公，同一卓识也。

唐、五代、北宋之词，可谓生香真色。若云间诸公，则彩花耳。湘真且然，况其次也者乎？

《衍波词》之佳者，颇似贺方回。虽不及容若，要在浙中诸子③之上。

近人词，如复堂词之深婉、彊村词之隐秀，皆在半塘老人上。彊村学梦窗，而情味较梦窗反胜。盖有临川、庐陵之高华，而济以白石之疏越者。学人之词，斯为极则。然古人自然神妙处，尚未见及。

宋尚木④《蝶恋花》：“新样罗衣浑弃却，犹寻旧日春衫著。”谭

① “弇”当作“庵”。——校者注
② “甚”作者手稿作“其”。——校者注
③ “浙中诸子”作者手稿作“锡鬯、其年”。——校者注
④ “尚木”当作“直方”。——校者注

复堂《蝶恋花》:“连理枝头侬与汝,千花百草从渠许。”可谓寄兴深微。

《半唐丁稿》中和冯正中《鹊踏枝》十阕,乃鹜翁词之最精者。“望远愁多休纵目”等阕,郁伊惝怳,令人不能为怀。定稿只存六阕,殊未为[1]允也。

固哉,皋文之为词也。飞卿善[2]《菩萨蛮》、永叔《蝶恋花》、子瞻《卜算子》,皆兴到之作,有何命意?皆被皋文深文罗织。阮亭《花草蒙拾》谓:“坡公命宫磨蝎,生前为王珪、舒亶辈所苦,身后又硬受此差排。”由今观之,受差排者,独一坡公已耶?

贺黄公谓:“姜论史词,不称其‘软语商量’,而称其‘柳昏花暝’,固知不免项羽学兵法之恨。”然“柳昏花暝”,自是欧、秦辈句法,前后有画工、化工之殊。吾从白石,不能附和黄公矣。

“池塘春草谢家春,万古千秋五字新。传语闭门陈正字,可怜无补费精神。”此遗山《论诗绝句》也。梦窗、玉田辈当不乐闻此语。

朱子《清邃阁论诗》谓:“古人有句,今人诗更无句,只是一直说将去。这般一日作百首也得。”余谓北宋之词有句,南宋以后便无句。如玉田、草窗之词,所谓“一日作百首也得”者也。

---

① “未为”作者手稿作“为未”。——校者注
② 作者手稿无“善”字。——校者注

朱子谓梅圣俞诗:“不是平淡,乃是枯槁。”余谓草窗、玉田之词亦然。

“自怜诗酒瘦,难应接,许多春色。”“能几番游?看花又是明年。”此等语亦算警句耶?乃值如许笔力。

文文山词风骨甚高,亦有境界,远在圣与、叔夏、公谨诸公之上。亦如明初诚意伯词,非季迪、孟载诸人所敢望也。

和凝《长命女》词:“天欲晓。宫漏穿花声缭绕,窗里星光少。冷霞寒侵帐额,残月光沉树杪。梦断锦闱空悄悄,强起愁眉小。”此词前半,不减夏英公《喜迁莺》也。

宋《李希声诗话》曰:“唐人作诗,正以风调高古为主。虽意远语疏,皆为佳作。后人有切近的当、气格凡下者,终使人可憎。”余谓北宋词亦不妨疏远。若梅溪以降,正所谓“切近的当、气格凡下者”也。

自竹垞痛贬《草堂诗余》,而推《绝妙好词》,后人群附和之。不知《草堂》虽有亵诨之作,然佳词恒得十之六七。《绝妙好词》则除张、范、辛、刘诸家外,十之八九皆极无聊赖之词。古人云:小好小惭,大好大惭。洵非虚语。

梅溪、梦窗、玉田、草窗、西麓诸家,词虽不同,然同失之肤浅。虽时代使然,亦其才分有限也。近人弃周鼎而宝康瓠,实难索解。

余友沈昕伯（纮），自巴黎寄余《蝶恋花》一阕云："帘外东风随燕到。春色东来，循我来时道。一霎围场生绿草，归迟却怨春来早。　锦绣一城春水绕。庭院笙歌，行乐多年少。著意来开孤客抱，不知名字闲花鸟。"此词当在晏氏父子间，南宋人不能道也。

"君王枉把平陈业，换得雷塘数亩田"，政治家之言也；"长陵亦是闲丘陇，异日谁知与仲多"，诗人之言也。政治家之眼，域于一人一事；诗人之眼，则通古今而观之。词人观物，须用诗人之眼，不可用政治家之眼。故感事、怀古等作，当与寿词同为词家所禁也。

宋人小说，多不足信。如《雪舟脞语》谓：台州知府唐仲友眷官伎岩蕊奴。朱晦庵系治之。及晦庵移去，提刑岳霖行部至台，蕊乞自便。岳问曰："去将安归？"蕊赋《卜算子》词云"住也如何住"云云。案：此词系仲友戚高宣教作，使蕊歌以侑觞者，见朱子《纠唐仲友奏牍》，则《齐东野语》所纪朱唐公案，恐亦未可信也。

《沧浪》、《风兮》二歌，已开《楚辞》体格。然楚辞之最工者，推屈原、宋玉，而后此之[①]王褒、刘向之词不与焉。五古之最工者，实推阮嗣宗、左太冲、郭景纯、陶渊明，而前此曹、刘，后此陈子昂、李太白不与焉。词之最工者，实推后主、正中、永叔、少游、美成，而后

① 作者手稿无"之"字。——校者注

此南宋诸公不与焉。

唐、五代之词，有句而无篇；南宋名家之词，有篇而无句。有篇有句，唯李后主降宋后之作，及永叔、子瞻、少游、美成、稼轩数人而已。

读《会真记》者，恶张生之薄幸，而恕其奸非；读《水浒传》者，恕宋江之横暴，而责其深险。此人人之所同也。故艳词可作，唯万不可作儇薄语。龚定庵诗云："偶赋凌云偶倦飞，偶然闲慕遂初衣。偶逢锦瑟佳人问，便说寻春为汝归。"其人之凉薄无行，跃然纸墨间。余辈读耆卿、伯可词，亦有此感。视永叔、希文小词何如耶？

词人之忠实，不独对人事宜然。即对一草一木，亦须有忠实之意。否则，所谓游词也。

读《花间》、《尊前集》，令人回想徐陵《玉台新咏》。读《草堂诗余》，令人回想韦縠《才调集》。读朱竹垞《词综》、张皋文、董晋卿[①]《词选》，令人回想沈德潜《三朝诗别裁集》。

明季国初诸老之论词，大似袁简斋之论诗，其失也纤小而轻薄。竹垞以降之论词者，大似沈归愚，其失也枯槁而庸陋。

东坡之旷在神，白石之旷在貌。白石如王衍口不言阿堵物，而

① "晋卿"当作"子远"。——校者注

暗中为营三窟之计，此其所以可鄙也。

蕙风词，小令似叔原，长调亦在清真、梅溪间，而沉痛过之。彊村虽富丽精工，犹逊其真挚也。天以百凶成就一词人，果何为哉。

蕙风《洞仙歌》（秋日游某氏园）及《苏武慢》（寒夜闻角）二阙，境似清真，集中他作不能过之。

彊村词，余最赏其《浣溪沙》（独鸟冲波去意闲）二阕。笔力峭拔，非他词可能过之。

蕙风听歌诸作，自以《满路花》为最佳。至《题香南雅集图》诸词，殊觉泛泛，无一言道著。

宋元戏曲考

序

凡一代有一代之文学，楚之骚、汉之赋、六代之骈语、唐之诗、宋之词、元之曲，皆所谓一代之文学，而后世莫能继焉者也。独元人之曲为时既近，托体稍卑，故两朝史志与《四库》集部均不著于录，后世儒硕皆鄙弃不复道。而为此学者大率不学之徒，即有一二学子以余力及此，亦未有能观其会通，窥其奥窔者。遂使一代文献郁堙沉晦者且数百年，愚甚惑焉。往者读元人杂剧而善之，以为能道人情，状物态，词采俊拔而出乎自然，盖古所未有，而后人所不能仿佛也。辄思究其渊源，明其变化之迹，以为非求诸唐、宋、辽、金之文学弗能得也。乃成《曲录》六卷、《戏曲考原》一卷、《宋大曲考》一卷、《优语录》二卷、《古剧脚色考》一卷、《曲调源流表》一卷。从事既久，续有所得，颇觉昔人之说与自己之书罅漏日多，而手所疏记与心所领会者亦日有增益。壬子岁莫，旅居多暇，乃以三月之力写为此书。凡诸材料，皆余所搜集，其所说明，亦大抵余之所创获也。世之为此学者自余始，其所贡于此学者亦以此书为多，非吾辈才力过于古人，实以古人未尝为此学故也。写定有日，辄记其缘起，其有匡正补益则俟诸异日云。

海宁王国维序

一 上古至五代之戏剧

歌舞之兴，其始于古之巫乎？巫之兴也，盖在上古之世。《楚语》："古者民神不杂，民之精爽不携贰者，而又能齐肃衷正（中略）。如此，则明神降之。在男曰觋，在女曰巫（中略）。及少皞之衰，九黎乱德，民神杂糅，不可方物。夫人作享，家为巫史。"然则巫觋之兴在少皞之前，盖此事与文化俱古矣。巫之事神，必用歌舞。《说文解字》（五）："巫，祝也，女能事无形，以舞降神者也。象人两褎舞形，与工同意。"故《商书》言："恒舞于宫，酣歌于室，时谓巫风。"《汉书·地理志》言："陈太姬妇人尊贵，好祭祀，用史巫，故其俗巫鬼。"《陈诗》曰："坎其击鼓，宛邱之下，无冬无夏，值其鹭羽。"又曰："东门之枌，宛邱之栩，子仲之子，婆娑其下。"此其风也，郑氏《诗谱》亦云。是古代之巫，实以歌舞为职，以乐神人者也。商人好鬼，故伊尹独有巫风之戒。及周公制礼，礼秩百神而定其祀典。官有常职，礼有常数，乐有常节，古之巫风稍杀。然其余习犹有存者，方相氏之驱疫也，大蜡之索万物也，皆是物也。故子贡观于蜡，而曰"一国之人皆若狂"，孔子告以"张而不弛，文武不能"。后人以八蜡为三代之戏礼（《东坡志林》）非过言也。

周礼既废，巫风大兴，楚、越之间，其风尤盛。王逸《楚辞章句》谓："楚国南部之邑，沅、湘之间，其俗信鬼而好祠，其祠必作歌乐鼓舞以乐诸神。屈原见俗人祭祀之礼、歌舞之乐，其词鄙俚，因为作

《九歌》之曲。”古之所谓巫，楚人谓之曰“灵”。《东皇太一》曰：“灵偃蹇兮姣服，芳菲菲兮满堂。”《云中君》曰：“灵连蜷兮既留，烂昭昭兮未央。”此二者，王逸皆训为巫，而他“灵”字则训为神。案《说文》（一）：“灵，巫也。”古虽言巫，而不言灵，观于屈巫之字子灵，则楚人谓巫为灵，不自战国始矣。

古之祭也必有尸，宗庙之尸，以子弟为之。至天地百神之祀，用尸与否虽不可考，然《晋语》载：“晋祀夏郊，以董伯为尸。”则非宗庙之祀固亦用之。《楚辞》之灵，殆以巫而兼尸之用者也。其词谓巫曰灵，谓神亦曰灵。盖群巫之中必有象神之衣服形貌动作者，而视为神之所冯依，故谓之曰灵，或谓之灵保。《东君》曰：“思灵保兮贤姱。”王逸《章句》，训灵为神，训保为安。余疑《楚辞》之灵保与《诗》之神保，皆尸之异名。《诗·楚茨》云：“神保是飨。”又云：“神保是格。”又云：“鼓钟送尸，神保聿归。”《毛传》云：“保，安也。”《郑笺》亦云：“神安而飨其祭祀。”又云：“神安归者，归于天也。”然如毛、郑之说，则谓神安是飨，神安是格，神安聿归者，于辞为不文。《楚茨》一诗，郑、孔二君皆以为述绎祭宾尸之事，其礼亦与古礼《有司彻》一篇相合，则所谓神保，殆谓尸也。其曰：“鼓钟送尸，神保聿归。”盖参互言之，以避复耳。知《诗》之神保为尸，则《楚辞》之灵保可知矣。至于浴兰沐芳，华衣若英，衣服之丽也；缓节安歌，竽瑟浩倡，歌舞之盛也；乘风载云之词，生别新知之语，荒淫之意也。是则灵之为职，或偃蹇以象神，或婆娑以乐神，盖后世戏剧之萌芽，已有存焉者矣。

巫觋之兴，虽在上皇之世，然俳优则远在其后。《列女传》云：“夏桀既弃礼义，求倡优侏儒狎徒为奇伟之戏。”此汉人所纪，或不足信。其可信者，则晋之优施、楚之优孟，皆在春秋之世。案《说文》(八):“优,饶也,一曰倡也,又曰倡乐也。”古代之优本以乐为职,故优施假歌舞以说里克。《史记》称优孟亦云楚之乐人。又优之为言戏也,《左传》:“宋华弱与乐辔少相狎,长相优。”杜注:“优,调戏也。”故优人之言,无不以调戏为主。优施鸟乌之歌、优孟爱马之对,皆以微词托意,甚有谑而为虐者。《穀梁传》:“颊谷之会,齐人使优施舞于鲁君之幕下。”孔子曰:“笑君者罪当死,使司马行法焉。”厥后秦之优旃、汉之幸倡郭舍人,其言无不以调戏为事。要之,巫与优之别:巫以乐神,而优以乐人;巫以歌舞为主,而优以调谑为主;巫以女为之,而优以男为之。至若优孟之为孙叔敖衣冠,而楚王欲以为相;优施一舞,而孔子谓其笑君,则于言语之外,其调戏亦以动作行之,与后世之优颇复相类。后世戏剧当自巫、优二者出,而此二者,固未可以后世戏剧视之也。

附考:古之优人,其始皆以侏儒为之,《乐记》称优侏儒。颊谷之会,孔子所诛者,《穀梁传》谓之优,而《孔子家语》、何休《公羊解诂》均谓之侏儒。《史记·李斯列传》:“侏儒倡优之好,不列于前。”《滑稽列传》亦云:“优旃者,秦倡侏儒也。”故其自言曰:“我虽短也,幸休居。”此实以侏儒为优之一确证也。《晋语》:“侏儒扶卢。”韦昭注:“扶,缘也;卢,矛戟之柲,缘之以为戏。”此即汉寻橦之戏所由起。而优人于歌舞调戏外,且兼以竞技为事矣。

汉之俳优,亦用以乐人,而非以乐神。《盐铁论·散不足》篇虽云“富者祈名岳,望山川,椎牛击鼓,戏倡舞像”,然《汉书·礼乐志》载郊祭乐人员,初无优人,惟朝贺置酒陈前殿房中,有常从倡三十人、常从象人(孟康曰:“象人,若今戏鱼虾狮子者也。”韦昭曰:“著假面者也。”)四人、诏随常从倡十六人、秦倡员二十九人、秦倡象人员三人、诏随秦倡一人,此外尚有黄门倡。此种倡人,以郭舍人例之，亦当以歌舞调谑为事。以倡而兼象人，则又兼以竞技为事。盖自汉初已有之，《贾子新书·匈奴篇》所陈者是也。至武帝元封三年，而角抵戏始兴。《史记·大宛传》："安息以黎轩善眩人献于汉，是时上方巡狩海上，乃悉从外国客，大觳抵，出奇戏诸怪物，及加其眩者之工。而觳抵奇戏岁增变甚盛，益兴，自此始。"按：角抵者，应劭曰："角者，角技也；抵者，相抵触也。"文颖曰："名此乐为角抵者，两两相当，角力，角技艺射御，故名角抵，盖杂技乐也。"是角抵以角技为义，故所包颇广，后世所谓百戏者是也。角抵之地，汉时在平乐观。观张衡《西京赋》所赋平乐事，殆兼诸技而有之。"乌获扛鼎，都卢寻撞，冲狭燕濯，胸突铦锋，跳丸剑之挥霍，走索上而相逢"，则角力角技之本事也。"巨兽之为曼延，舍利之化仙车，吞刀吐火，云雾杳冥"，所谓加眩者之工而增变者也。"总会仙倡，戏豹舞罴，白虎鼓瑟，苍龙吹篪"，则假面之戏也。"女娲坐而长歌，声清畅而委蛇，洪厓立而指挥，被毛羽之襳褷，度曲未终，云起雪飞"，则歌舞之人又作古人之形象矣。"东海黄公，赤刀粤祝，冀厌白虎，卒不能救"，则且敷衍故事矣。至李尤《平乐观赋》(《艺文类聚》六十三)亦云："有仙驾雀，其形蚴虬，骑驴驰射，狐兔惊走，侏儒巨人，戏谑为偶"，则明明有俳优在其间矣。及元帝初元五年，始罢角抵，然其支流之流传于后世者尚多，故张衡、李尤在后汉时犹得取而赋之也。

至魏明帝时，复修汉平乐故事。《魏略》(《魏志·明帝纪》裴注所引)："帝引谷水过九龙殿前，水转百戏。岁首，建巨兽，鱼龙曼延，弄马倒骑，备如汉西京之制。"故魏时优人，乃复著闻。《魏志·齐王纪》注引《世语》及《魏氏春秋》云："司马文王镇许昌，征还击姜维，至京师，帝于平乐观，以临军过中领军许允，与左右小臣谋，因文王辞，杀之，勒其众以退大将军，已书诏于前。文王入，帝方食栗，优人云午等唱曰：‘青头鸡，青头鸡。’青头鸡者，鸭也（谓押诏书），帝惧，不敢发。”又《魏书》（裴注引）载司马师等《废帝奏》亦云：“使小优郭怀、袁信于广望观下，作辽东妖妇，嬉亵过度，道路行人掩目。”太后《废帝令》亦云：“日延倡优，恣其丑谑。”则此时倡优亦以歌舞戏谑为事，其作辽东妖妇，或演故事，盖犹汉世角抵之余风也。

晋时优戏，殊无可考，惟《赵书》（《太平御览》卷五百六十九引）云：“石勒参军周延为馆陶令，断官绢数万匹，下狱，以八议宥之。后每大会，使俳优著介帻、黄绢、单衣，优问：‘汝何官，在我辈中？’曰：‘我本为馆陶令。’斗数单衣，曰：‘正坐取是，入汝辈中。’以为笑。”唐段安节《乐府杂录》亦载此事，云：“参军始自后汉馆陶令石耽。”然后汉之世，尚无参军之官，则《赵书》之说殆是。此事虽非演故事而演时事，又专以调谑为主，然唐、宋以后，脚色中有名之参军，实出于此。自此以后以迄南朝，亦有俗乐。梁时设乐，有曲，有舞，有技，然六朝之季，恩幸虽盛，而俳优罕闻，盖视魏晋之优，殆未有以大异也。

由是观之，则古之俳优，但以歌舞及戏谑为事。自汉以后，则间演故事，而合歌舞以演一事者，实始于北齐。顾其事至简，与其谓之戏，不若谓之舞之为当也。然后世戏剧之源，实自此始。《旧唐书·音乐志》云：“代面出于北齐。北齐兰陵王长恭，才武而面美，常著假面以对敌。尝击周师金墉城下，勇冠三军，齐人壮之，为此舞以效其指挥击刺之容，谓之《兰陵王入阵曲》。”《乐府杂录》与崔令钦《教坊记》所载略同。又《教坊记》云：“《踏摇娘》，北齐有人姓苏，齁鼻，实不仕，而自号为郎中。嗜饮酗酒，每醉，辄殴其妻。

妻衔悲诉于邻里。时人弄之:丈夫著妇人衣,徐步入场,行歌。每一叠,旁人齐声和之云:'踏摇和来,踏摇娘苦,和来。'以其且步且歌,故谓之踏摇,以其称冤,故言苦。及其夫至,则作殴斗之状,以为笑乐。"此事《旧唐书·音乐志》及《乐府杂录》亦纪之,但一以苏为隋末河内人,一以为后周士人。齐、周、隋相距历年无几,而《教坊记》所纪独详,以为齐人,或当不谬。此二者皆有歌有舞以演一事,而前此虽有歌舞,未用之以演故事;虽演故事,未尝合以歌舞,不可谓非优戏之创例也。盖魏、齐、周三朝,皆以外族入主中国,其与西域诸国交通频繁,龟兹、天竺、康国、安国等乐皆于此时入中国。而龟兹乐则自隋唐以来,相承用之,以迄于今。此时外国戏剧,当与之俱入中国,如《旧唐书·音乐志》所载《拨头》一戏,其最著之例也。案:《兰陵王》、《踏摇娘》二舞,《旧志》列之歌舞戏中,其间尚有《拨头》一戏。《志》云:"《拨头》者,出西域。胡人为猛兽所噬,其子求兽杀之,为此舞以象之也。"《乐府杂录》谓之"钵头",此语之为外国语之译音,固不待言。且于国名、地名、人名三者中,必居其一焉。其入中国,不审在何时。按《北史·西域传》有拔豆国去代五万一千里(按:五万一千里,必有误字。《北史·西域传》诸国,虽大秦之远,亦仅去代三万九千四百里,拔豆上之南天竺国去代三万一千五百里,叠伏罗国去代三万一千里,此五万一千里疑亦三万一千里之误也),隋、唐二《志》,即无此国,盖于后魏之初一通中国,后或亡或隔绝,已不可知。如使"拨头"与"拔豆"为同音异译,而此戏出于拔豆国,或由龟兹等国而入中国,则其时自不应在隋唐以后,或北齐时已有此戏,而《兰陵王》、《踏摇娘》等戏,皆模仿而为之者欤?

此种歌舞戏,当时尚未盛行,实不过为百戏之一种。盖汉、魏以来之角抵奇戏，尚行于南北朝，而北朝尤盛。《魏书·乐志》言："太宗增修百戏，撰合大曲。"《隋书·音乐志》亦云："齐武平中，有鱼龙烂漫，俳优侏儒（中略），奇怪异端，百有余物，名为百戏。周明帝武成间，朔旦会群臣，亦用百戏。及宣帝时，征齐散乐人并会京师为之。至隋炀帝大业二年，突厥染干来朝，炀帝欲夸之，总追四方散乐，大集东都。自是每岁正月，万国来朝，留至十五日，于端门外建国门内，绵亘八里，列为戏场。百官起棚夹路，从昏至旦以纵观，至晦而罢。伎人皆衣锦绣缯彩，其歌舞者多为妇人服，鸣环珮，饰以花毦者，殆三万人。"故柳彧上书谓："鸣鼓聒天，燎炬照地，人戴兽面，男为女服，倡优杂技，诡状异形"（《隋书·柳彧传》），薛道衡《和许给事善心戏场转韵诗》（《初学记》卷十五）所咏亦略同。虽侈靡跨于汉代，然视张衡之赋西京，李尤之赋平乐观，其言固未有大异也。

至唐而所谓歌舞戏者，始多概见。有本于前代者，有出新撰者，今备举之。

一、《代面》、《大面》

《旧唐书·音乐志》一则（见前）

《乐府杂录》"鼓架部"条有："代面，始自北齐。神武弟，有胆勇，善战斗，以其颜貌无威，每入阵即著面具，后乃百战百胜。戏者，衣紫腰金执鞭也。"

《教坊记》："大面出北齐。兰陵王长恭，性胆勇，而貌妇人。自嫌不足以威敌，乃刻为假面，临阵著之，因为此戏，亦入歌曲。"

二、《拨头》、《钵头》

《旧唐书·音乐志》一则(见前)

《乐府杂录》"鼓架部"条:"钵头,昔有人父,为虎所伤,遂上山寻其父尸。山有八折,故曲八叠。戏者被发素衣,面作啼,盖遭丧之状也。"

三、《踏摇娘》、《苏中郎》、《苏郎中》

《旧书·音乐志》①:"踏摇娘生于隋末河内。河内有人,貌恶而嗜酒,常自号郎中。醉归,必殴其妻。其妻美色善歌,为怨苦之辞。河朔演其声,而被之弦管,因写其夫之容。妻悲诉,每摇顿其身,故号'踏摇娘'。近代优人改其制度,非旧旨也。"

《乐府杂录》"鼓架部"条:"《苏中郎》:后周士人苏葩,嗜酒落魄,自号中郎,每有歌场,辄入独舞。今为戏者,著绯、带帽、面正赤,盖状其醉也。即有踏摇娘。"

《教坊记》一则(见前)

四、参军戏

《乐府杂录》"俳优"条:"开元中,黄幡绰、张野狐弄参军。始自汉馆陶令石耽,耽有赃犯,和帝惜其才,免罪。每宴乐,即令衣白

① "旧书"当作"旧唐书"。

夹衫，命俳优弄辱之，经年乃放，后为参军，误也。开元中，有李仙鹤善此戏，明皇特授韶州同正参军，以食其禄。是以陆鸿渐撰词，言韶州参军，盖由此也。”

赵璘《因话录》（卷一）：“肃宗宴于宫中，女优有弄假官戏，其绿衣秉简者，谓之参军桩。”

范摅《云溪友议》（卷九）：“元稹廉问浙东，有俳优周季南、季崇及妻刘采春，自淮甸而来，善弄《陆参军》，歌声彻云。”

（附）《五代史·吴世家》：“徐氏之专政也，杨隆演幼懦，不能自持，而知训尤凌侮之。尝饮酒楼上，命优人高贵卿侍酒，知训为参军，隆演鹑衣髽髻为苍鹘。”

（附）姚宽《西溪丛语》（下）引《吴史》：“徐知训怙威骄淫，调谑王，无敬长之心。尝登楼狎戏，荷衣木简，自称参军，令王髽髻鹑衣，为苍头以从。”

五、《樊哙排君难戏》、《樊哙排闼剧》

《唐会要》（卷三十三）：“光化四年正月，宴于保宁殿，上制曲，名曰《赞成功》。时盐州雄毅军使孙德昭等，杀刘季述反正，帝乃制曲以褒之，仍作《樊哙排君难》戏以乐焉。”

宋敏求《长安志》（卷六）：“昭宗宴李继昭等将于保宁殿，亲制《赞成功》曲以褒之，仍命伶官作《樊哙排君难》戏以乐之。”

陈旸《乐书》（卷一百八十六）：“昭宗光化中，孙德昭之徒刃刘季述，始作《樊哙排闼剧》。”

此五剧中，其出于后赵者一（《参军》），出于北齐或周隋者二（《大面》、《踏摇娘》），出于西域者一（《拨头》），惟《樊哙排君难》

戏乃唐代所自制，且其布置甚简，而动作有节，固与《破阵乐》、《庆善乐》诸舞相去不远。其所异者，在演故事一事耳。顾唐代歌舞戏之发达，虽止于此，而滑稽戏则殊进步。此种戏剧，优人恒随时地而自由为之。虽不必有故事，而恒托为故事之形，惟不容合以歌舞，故与前者稍异耳。其见于载籍者，兹复汇举之，其可资比较之助者颇不少也。

《资治通鉴》（卷二百十二）："侍中宋璟疾负罪而妄诉不已者，悉付御史台治之。谓中丞李谨度曰：'服不更诉者，出之；尚诉未已者，且系。'由是人多怨者。会天旱，优人作魃状，戏于上前。问：'魃何为出？'对曰：'奉相公处分。'又问：'何故？'对曰：'负罪者三百余人，相公悉以系狱抑之，故魃不得不出。'上心以为然。"

《旧唐书·文宗纪》："太和六年二月己丑寒食节，上宴群臣于麟德殿。是日杂戏人弄孔子。帝曰：'孔子古今之师，安得侮黩。'亟命驱出。"

高彦休《唐阙史》（卷下）："咸通中，优人李可及者，滑稽谐戏，独出辈流。虽不能托讽匡正，然智巧敏捷，亦不可多得。尝因延庆节，缁黄讲论毕，次及倡优为戏，可及乃儒服险巾，褒衣博带，摄齐以升讲座，自称《三教论衡》。其隅坐者问曰：'既言博通三教，释迦如来是何人？'对曰：'是妇人。'问者惊曰：'何也？'对曰：'《金刚经》云：敷座而坐。或非妇人，何烦夫坐然后而坐也？'上为之启齿。又问曰：'太上老君何人也？'对曰：'亦妇人也。'问者益所不喻。乃曰：'《道德经》云：吾有大患，是吾有身，及吾无身，吾复何患。倘非妇人，何患乎有娠乎？'上大悦。又问：'文宣王何人也？'对曰：'妇人也。'问者曰：'何以知之？'对曰：'《论语》云：沽之哉，沽之哉，吾待贾者也。向非妇人，待嫁奚为？'上意极欢，宠锡甚厚。翌日，授环卫之员外职。"

唐无名氏《玉泉子真录》（《说郛》卷四十六）："崔公铉之在淮南，尝俾乐工集其家僮，教以诸戏。一日，其乐工告以成就，且请试焉。铉命阅于堂下，与妻李坐观之。僮以李氏妒忌，即以数僮衣妇人衣，曰妻曰妾，列于傍侧。一僮则执简束带，旋辟唯诺其间。张乐命酒，不能无属意者。李氏未之悟也。久之戏愈甚，悉类李氏平昔所尝为。李氏虽少悟，以其戏偶合，私谓不敢而然，且观之。僮志在发悟，愈益戏之。李果怒，骂之曰：'奴敢无礼，吾何尝如此？'僮指之，且出，曰：'咄咄，赤眼而作白眼，讳乎？'铉大笑，几至绝倒。"

孙光宪《北梦琐言》（卷六）："光化中，朱朴自《毛诗》博士登庸，恃其口辨，可以立致太平。由藩邸引导，闻于昭宗，遂有此拜。对扬之日，面陈时事数条，每言：'臣为陛下致之。'洎操大柄，无以施展，自是恩泽日衰，中外腾沸。内宴日，俳优穆刀陵作念经行者，至御前曰：'若是朱相，即是非相。'翌日出官。"

附 五代

《北梦琐言》（卷十四）："刘仁恭之军，为汴帅败于内黄。尔后汴帅攻燕，亦败于唐河。他日命使聘汴，汴帅开宴，俳优戏医病人以讥之。且问：'病状内黄，以何药可瘥？'其聘使谓汴帅曰：'内黄，可以唐河水浸之，必愈。'宾主大笑。"

钱易《南部新书》（卷癸）："王延彬独据建州，称伪号。一日大设，为伶官作戏，辞云：'只闻有泗州和尚，不见有五县天子。'"

郑文宝《江南余载》(卷上):"徐知训在宣州,聚敛苛暴,百姓苦之。入觐侍宴,伶人戏作绿衣大面若鬼神者,傍一人问:'谁?'对曰:'我宣州土地神也,吾主人入觐,和地皮掘来,故得至此。'"

又(卷上):"张崇帅庐州,人苦其不法。因其入觐,相谓曰:'渠伊必不来矣。'崇闻之,计口征渠伊钱。明年又入觐,人不敢交语,唯道路相目,捋须为庆而已。崇归,又征捋须钱。其在建康,伶人戏为死而获谴者曰:'焦湖百里,一任作獭。'"

观上文之所汇集,知此种滑稽戏,始于开元而盛于晚唐。以此与歌舞戏相比较,则一以歌舞为主,一以言语为主;一则演故事,一则讽时事;一为应节之舞蹈,一为随意之动作;一可永久演之,一则除一时一地外不容施于他处,此其相异者也。而此二者之关纽实在参军一戏。参军之戏,本演石耽或周延故事,又《云溪友议》谓"周季南等弄《陆参军》,歌声彻云",则似为歌舞剧。然至唐中叶以后,所谓参军者,不必演石耽或周延,凡一切假官皆谓之参军。《因话录》所谓"女优弄假官戏,其绿衣秉简者谓之参军桩"是也。由是参军一色,遂为脚色之主,其与之相对者,谓之苍鹘。李义山《骄儿诗》:"忽复学参军,按声唤苍鹘。"《五代史·吴世家》所纪,足以证之。上所载滑稽剧中,无在不可见此二色之对立。如李可及之儒服险巾,褒衣博带;崔铉家童之执简束带,旋辟唯诺;南唐伶人之绿衣大面,作宣州土地神,皆所谓参军者为之,而与之对待者,则为苍鹘。此说观下章所载宋代戏剧自可了然,此非想像之说也。要之,唐、五代戏剧,或以歌舞为主,而失其自由;或演一事,而不能被以歌舞。其视南宋、金、元之戏剧,尚未可同日而语也。

二　宋之滑稽戏

今日流传之古剧，其最古者出于金、元之间。观其结构，实综合前此所有之滑稽戏及杂戏、小说为之。又宋、元之际，始有南曲、北曲之分，此二者亦皆综合宋代各种乐曲而为之者也。今欲溯其发达之迹，当分为三章论之：一、宋之滑稽戏，二、宋之杂戏、小说，三、宋之乐曲是也。

宋之滑稽戏，大略与唐滑稽戏同，当时亦谓之杂剧。兹复汇集之如左：

刘攽《中山诗话》："祥符、天禧中，杨大年、钱文僖、晏元献、刘子仪以文章立朝，为诗皆宗李义山，后进多窃义山语句。尝内宴，优人有为义山者，衣服败裂，告人曰：'吾为诸馆职挦扯至此。'闻者欢笑。"

范镇《东齐纪事》（卷一）："赏花钓鱼赋诗，往往有宿构者。天圣中，永兴军进山水石适至，会命赋山水石，其间多荒恶者，盖出其不意耳。中坐，优人入戏，各执笔若吟咏状。其一人忽仆于界石上，众扶掖起之，既起，曰：'数日来作赏花钓鱼诗，准备应制，却被这石头擦倒。'左右皆大笑。翌日，降出其诗，令中书铨定。秘阁校理韩义最为鄙恶，落职，与外任。"

张师正《倦游杂录》（江少虞《皇宋事实类苑》卷六十四引）："景祐末，诏以郑州为奉宁军，蔡州为淮康军。范雍自侍郎领淮康节钺，镇延安。时羌人旅拒戍边之卒，延安为盛。有内臣卢押班者，为钤辖，心常轻范。一日，军府开宴，有军伶人杂剧，称参军梦得一黄瓜，长丈余，是何祥也？一伶贺曰：'黄瓜上有刺，必作黄州刺史。'一伶批其颊曰：'若梦见镇府萝卜，须作蔡州节度使。'范疑卢所教，即取二伶杖背，黥为城旦。"

宋无名氏《续墨客挥犀》（卷五）："熙宁九年，太皇生辰，教坊例有献香杂剧。时判都水监侯叔献新卒，伶人丁仙现假为一道士，善出神，一僧善入定。或诘其出神何所见，道士云：'近曾出神至大罗，见玉皇殿上，有一人披金紫，熟视之，乃本朝韩侍中也。手捧一物，窃问旁立者，曰：韩侍中献国家金枝玉叶万世不绝图。'僧曰：'近入定到地狱，见阎罗殿侧有一人衣绯垂鱼，细视之，乃判都水监侯工部也。手中亦擎一物，窃问左右，云：为奈何水浅，献图欲别开河道耳。'时叔献兴水利，以图恩赏，百姓苦之，故伶人有此语。"（江少虞《皇宋事实类苑》卷六十五引此条作《倦游杂录》）

朱彧《萍洲可谈》（卷三）："熙宁间，王介甫行新法（中略），其时多引人上殿。伶人对上作俳，跨驴直登轩陛，左右止之。其人曰：'将谓有脚者尽上得。'荐者少沮。"

陈师道《谈丛》（卷一）："王荆公改科举，暮年乃觉其失，曰：'欲变学究为秀才，不谓变秀才为学究也。'盖举子专诵《王氏章句》而不解其义，正如学究诵注疏尔。教坊杂戏亦曰：'学诗于陆农师，学易于龚深之（之当作父）。'盖讥士之寡闻也。"

王辟之《渑水燕谈录》（卷十）："顷有秉政者，深被眷倚，言事无不从。一日御宴，教坊杂剧为小商，自称姓赵，以瓦瓿卖沙糖。道逢故人，喜而拜之。伸足误踏瓿倒，糖流于地。小商弹采叹息曰：'甜采，你即溜也，怎奈何？'左右皆笑。俚语以王姓为甜采。"

李廌《师友谈记》:"东坡先生近令门人作《人不易物赋》,或戏作一联曰:伏其几而袭其裳,岂为孔子;学其书而戴其帽,未是苏公(士大夫近年做东坡桶高檐短帽,名曰子瞻样)。廌因言之。公笑曰:'近扈从醴泉观,优人以相与自夸文章为戏者,一优丁仙现曰:"吾之文章,汝辈不可及也。"众优曰:"何也?"曰:"汝不见吾头上子瞻乎?"'上为解颜,顾公久之。"

《萍洲可谈》(卷三):"王德用为使相,黑色,俗号黑相。尝与北使伴射,使已中的,黑相取箭镡头,一发破前矢,俗号劈筈箭。姚麟亦善射,为殿帅十年,伴射,尝蒙奖赐。崇宁初,王恩以遭遇处位殿帅,不习弓矢,岁岁以伴射为窘。伶人对御作俳,先一人持一矢入,曰:'黑相劈筈箭,售钱三百万。'又一人持八矢入,曰:'老姚射不输箭,售钱三百万。'后二人挽箭一车入,曰:'车箭卖一钱。'或问:'此何人家箭,价贱如此?'答曰:'王恩不及垛箭。'"

又:"崇宁铸九鼎,帝鼐居中,八鼎各镇一隅。是时行当十钱,苏州无赖子弟冒法盗铸。会浙中大水,伶人对御作俳:'今岁东南大水,乞遣彤鼎往镇苏州。'或作《鼎神附奏》云:'不愿前去,恐一例铸作当十钱。'朝廷因治章綖之狱。"

曾敏行《独醒杂志》(卷九):"崇宁二年,铸大钱,蔡元长建议俾为折十,民间不便。优人因内宴,为卖浆者,或投一钱,饮一杯,而索偿其余。卖浆者对以方出市,未有钱,可更饮浆。乃连饮至于五、六,其人鼓腹曰:'使相公改作折百钱,奈何?'上为之动,法由是改。又大农告乏时,有献廪俸减半之议。优人乃为衣冠之士,自束带衣裾,被身之物辄除其半。众怪而问之,则曰:'减半。'已而,两足共穿半裤,趱而来前。复问之,则又曰:'减半。'乃长叹曰:'但知减半，岂料难行。’语传禁中，亦遂罢议。”

洪迈《夷坚志》丁集（卷四）：“俳优侏儒，周技之下且贱者，然亦能因戏语而箴讽时政，有合于古矇诵工谏之义，世目为杂剧者是已。崇宁初，斥远元祐忠贤，禁锢学术，凡偶涉其时，所为所行，无论大小，一切不得志。伶者对御为戏，推一参军作宰相，据坐，宣扬朝政之美。一僧乞给公据游方，视其戒牒，则元祐三年者，立涂毁之，而加以冠巾。道士失亡度牒，闻被载时，亦元祐也，剥其衣服，使为民。一士以元祐五年获荐，当免举，礼部不为引用，来自言，即押送所属屏斥。已而，主管宅库者附耳语曰：‘今日在左藏库，请相公料钱一千贯，尽是元祐钱，合取钧旨。’其人俯首久之，曰：‘从后门搬入去。’副者举所挺杖其背，曰：‘你做到宰相，元来也只要钱。’是时，至尊亦解颜。”

又：“蔡京作宰，弟卞为元枢。卞乃王安石婿，尊崇妇翁。当孔庙释奠时，跻于配享而封舒王。优人设孔子正坐，颜、孟与安石侍侧，孔子命之坐，安石揖孟子居上，孟辞曰：‘天下达尊，爵居其一，轲近蒙公爵，相公贵为真王，何必谦光如此？’遂揖颜，曰：‘回也陋巷匹夫，平生无分毫事业，公为命世真儒，位貌有间，辞之过矣。’安石遂处其上。夫子不能安席，亦避位。安石惶惧拱手，云：‘不敢。’往复未决。子路在外，情愤不能堪，径趋从祀室，挽公冶长臂而出。公冶为窘迫之状，谢曰：‘长何罪？’乃责数之曰：‘汝全不救护丈人，看取别人家女婿。’其意以讥卞也。时方议欲升安石于孟子之上，为此而止。”

又：“又常设三辈为儒、道、释，各称颂其教。儒者曰：‘吾之所学，仁、义、礼、智、信，曰五常。’遂演畅其旨，皆采引经书，不杂媟语。次至道士，曰：'吾之所学，金、木、水、火、土，曰五行。'亦说大意。末至僧，僧抵掌曰：'二子腐生常谈，不足听。吾之所学，生、老、病、死、苦，曰五化。《藏经》渊奥，非汝等所得闻，当以现世佛菩萨法理之妙，为汝陈之。盍以次问我？'曰：'敢问生？'曰：'内自太学辟雍，外至下州偏县，凡秀才读书者尽为三舍生。华屋美馔，月书季考，三岁大比，脱白挂绿，上可以为卿相，国家之于生也如此。'曰：'敢问老？'曰：'老而孤独贫困，必沦沟壑，今所在立孤老院，养之终身，国家之于老也如此。'曰：'敢问病？'曰：'不幸而有疾，家贫不能拯疗，于是有安济坊，使之存处，差医付药，责以十全之效，其于病也如此。'曰：'敢问死？'曰：'死者人所不免，惟贫民无所归，则择空隙地，为漏泽园；无以敛，则与之棺，使得葬埋。春秋享祀，恩及泉壤，其于死也如此。'曰：'敢问苦？'其人瞑目不应，阳若恻悚然，促之再三，乃蹙额答曰：'只是百姓一般受无量苦。'徽宗为恻然长思，弗以为罪。"

周密《齐东野语》（卷二十）："宣和间，徽宗与蔡攸辈在禁中，自为优戏。上作参军趋出，攸戏上曰：'陛下好个神宗皇帝。'上以杖鞭之曰：'你也好个司马丞相。'"

又（卷十）："宣和中，童贯用兵燕蓟，败而窜。一日内宴，教坊进伎，为三四婢，首饰皆不同。其一当额为髻，曰：蔡太师家人也。其二髻偏坠，曰：郑太宰家人也。又一人满头为髻，如小儿，曰：童大王家人也。问其故，蔡氏者曰：'太师觐清光，此名朝天髻。'郑氏者曰：'吾太宰奉祠就第，此懒梳髻。'至童氏者，曰：'大王方用兵，此三十六髻也。'"（三十六计，走为上计，宋人有此俗语。）

刘绩《霏雪录》："宋高宗时，饔人瀹馄饨不熟，下大理寺。优人扮两士人，相貌各异。问其年，一曰甲子生，一曰丙子生。优人告曰：'此二人皆合下大理。'高宗问故，优人曰：'馀子、饼子皆生，与馄饨不熟者同罪。'上大笑，赦原饔人。"

张知甫《可书》："金人自侵中国，惟以敲棒击人脑而毙。绍兴间，有伶人作杂戏云：'若要胜金人，须是我中国一件件相敌，乃可。且如金国有粘罕，我国有韩少保；金国有柳叶枪，我国有凤凰弓；金国有凿子箭，我国有锁子甲；金国有敲棒，我国有天灵盖。'人皆笑之。"

岳珂《桯史》（卷七）："秦桧以绍兴十五年四月丙子朔，赐第望仙桥。丁丑，赐银绢万匹两，钱千万，彩千缣。有诏：'就第赐燕，假以教坊优伶。'宰执咸与。中席，优长诵致语，退。有参军者前，褒桧功德，一伶以荷叶交倚从之。诙语杂至，宾欢既洽。参军方拱揖谢，将就倚，忽坠其幞头，乃总发为髻，如行伍之巾，后有大巾环，为双叠胜。伶指而问曰：'此何环？'曰：'二圣环。'遽以朴击其首，曰：'尔但坐太师交倚，请取银绢例物，此环掉脑后可也。'一坐失色。桧怒，明日下伶于狱，有死者。于是语禁始益繁。"

《夷坚志》丁集（卷四）："绍兴中，李椿年行经界量田法。方事之初，郡县奉命严急，民当其职者，颇困苦之。优者为先圣、先师，鼎足而坐。有弟子从末席起，咨叩所疑。孟子奋然曰：'仁政必自经界始。吾下世千五百年，其言乃为圣世所施用，三千之徒皆不如。'颜子默默无语。或于傍笑曰：'使汝不是短命而死，也须做出一场害人事。'时秦桧方主李议，闻者畏获罪，不待此段之毕，即以谤亵圣贤，叱执送狱。明日，杖而逐出境。"

又："壬戌省试，秦桧之子熺、侄昌时、昌龄，皆奏名。公议籍籍，而无敢辄语。至乙丑春首，优者即戏场，误为士子，赴南宫，相与推论知举官为谁。指侍从某尚书、某侍郎，当主文柄，优长者非之曰：'今年必差彭越。'问者曰：'朝廷之上不闻有此官员。'曰：'汉梁王也。'曰：'彼是古人，死已千年，如何来得？'曰：'前举是楚王韩信，彭越一等人，所以知今为彭王。'问者嗤其妄，且扣厥指，笑曰：'若不是韩信，如何取得他三秦？'四座不敢领略，一哄而出。秦亦不敢明行谴罚云。"

明田汝成《西湖游览志余》（卷二十二，此条当出宋人小说，未知所本）："绍兴间，内宴，有优人作善天文者，云：'世间贵官人，必应星象，我悉能窥之。法当用浑仪设玉衡。若对其人窥之，则见星而不见其人。玉衡不能卒办，用铜钱一文亦可。'乃令窥光尧，云：'帝星也。'秦师垣，曰：'相星也。'韩蕲王，曰：'将星也。'张循王，曰：'不见其星。'众皆骇，复令窥之，曰：'中不见星，只见张郡王在钱眼内坐。'殿上大笑。俊最多资，故讥之。"

张端义《贵耳集》（卷一）："寿皇赐宰执宴，御前杂剧妆秀才三人。首问曰：'第一秀才仙乡何处？'曰：'上党人。'次问：'第二秀才仙乡何处？'曰：'泽州人。'次问第三秀才，曰：'湖州人。'又问：'上党秀才，汝乡出何生药？'曰：'某乡出人参。'次问：'泽州秀才，汝乡出甚生药？'曰：'某乡出甘草。'次问：'湖州出甚生药？'曰：'出黄蘗。''如何湖州出黄蘗？''最是黄蘗苦人。'当时皇伯秀王在湖州，故有此语。寿皇即日召入，赐第，奉朝请。"

又："何自然中丞，上疏乞朝廷并库，寿皇从之。方且讲究未定，御前有燕，杂剧伶人妆一卖故衣者，持裤一腰，只有一只裤口。买者得之，问：'如何著？'卖者曰：'两脚并做一裤口。'买者曰：'裤却并了，只恐行不得。'寿皇即寝此议。"

《桯史》（卷十）："淳熙间，胡给事元质既新贡院，嗣岁庚子，适大比（中略）。会初场赋题，出《舜闻善若决江河》，而以'闻善而行，沛然莫御'为韵。士既就案矣（中略）。忽一老儒擿《礼部韵》示诸生，谓沛字惟十四泰有之，一为颠沛，一为沛邑，注无沛决之义。惟它有霈字，乃从雨为可疑。众曰是，哄然叩帘请（中略）。或入于房，执考校者一人驱之，考校者惶遽，急曰：'有雨头也得，无雨头也得。'或又咎其误，曰：'第二场更不敢也。'盖一时祈脱之辞。移时稍定，试司申：鼓噪场屋。胡以其不称于礼遇也，怒，物色为首者，尽系狱。韦布益不平。既折号，例宴主司以劳还，毕三爵，优伶序进。有儒服立于前者，一人旁揖之，相与诧博洽，辨古今，岸然不相下。因各求挑试所诵忆。其一问：'汉名宰相凡几？'儒服以萧、曹以下，枚数之无遗，群优咸赞其能。乃曰：'汉相吾言之，敢问唐三百年间，名将帅何人也？'旁揖者亦诎指英、卫以及季叶，曰：'张巡、许远、田万春。'儒服奋起，争曰：'巡、远是也，万春之姓雷，历考史牒，未有以雷为田者。'揖者不服，撑拒腾口。俄一绿衣参军自称教授，据几，二人敬质疑。曰：'是故雷姓。'揖者大诟，袒裼奋拳，教授遽作恐惧状，曰：'有雨头也得，无雨头也得。'坐中方失色，知其讽已也。忽优有黄衣者，持令旗跃出稠人中，曰：'制置大学给事台旨：试官在座，尔辈安得无礼。'群优亟敛下，喏曰：'第二场更不敢也。'侠戺皆笑，席客大惭。明日遁去，遂释系者。胡意其为郡士所使，录优而诘之，杖而出诸境。然其语盛传至今。"

又（卷五）："韩平原在庆元初，其弟仰胄为知阁门事，颇与密议，时人谓之大小韩，求捷径者争趋之。一日内宴，优人有为衣冠到选者,自叙履历才艺,应得美官,而流滞铨曹,自春徂冬,未有所拟,方徘徊浩叹。又为日者,敝帽持扇,过其旁,遂邀使谈庚申,问以得禄之期。日者厉声曰:‘君命甚高,但以五星局中财帛宫若有所碍。目下若欲亨达,先见小寒,更望成事,必见大寒可也。’优盖以寒为韩。侍宴者皆缩颈匿笑。”

张仲文白《獭髓》(《说郛》卷三十八):“嘉泰末年,平原公恃有扶日之功,凡事自作威福,政事皆不由内出。会内宴,伶人王公瑾曰:‘今日政如客人卖伞,不由里面。’”

叶绍翁《四朝闻见录》(戊集):“韩侂胄用兵既败,为之须发俱白,困闷不知所为。优伶因上赐侂胄宴,设樊迟、樊哙,旁有一人曰樊恼。又设一人,揖问迟:‘谁与你取名?’对以夫子所取,则拜曰:‘此圣门之高弟也。’又揖问哙曰:‘谁名汝?’对曰:‘汉高祖所命。’则拜曰:‘真汉家之名将也。’又揖恼,曰:‘谁名汝?’对以‘樊恼自取。’又因郭倪、郭果(按果当作倬)败,因赐宴,以生菱进于桌上,命二人移桌,忽生菱堕,尽碎。其一人曰:‘苦,苦,苦,坏了多少生灵,只因移果桌。’”

《贵耳集》(卷下):“袁彦纯尹京,专一留意酒政。煮酒卖尽,取常州宜兴县酒、衢州龙游县酒在都下卖。御前杂剧,三个官人,一曰京尹,二曰常州太守,三曰衢州太守。三人争坐位,常守让京尹曰:‘岂宜在我二州之下?’衢守争曰:‘京尹合在我二州之下。’常守问曰:‘如何有此说?’衢守云:‘他是我二州拍户。’宁庙亦大笑。”

又:“史同叔为相日,府中开宴,用杂剧人。作一士人念诗,曰:‘满朝朱紫贵,尽是读书人。’旁一士人曰:‘非也,满朝朱紫贵,尽是四明人。’自后相府有宴,二十年不用杂剧。”

《桯史》(卷十三):"蜀伶多能文,俳语率杂以经史,凡制帅幕府之燕集,多用之。嘉定中,吴畏斋帅成都,从行者多选人,类以京削系念。伶知其然。一日,为古衣冠服数人,游于庭,自称孔门弟子。交质以姓氏,或曰常,或曰于,或曰吾。问其所莅官,则合而应曰:'皆选人也。'固请析之。居首者率然对曰:'子乃不我知,《论语》所谓常从事于斯矣,即某其人也。官为从事而系以姓,固理之然。'问其次,曰:'亦出《论语》,于从政乎何有,盖即某官氏之称。'又问其次,曰:'某又《论语》十七篇所谓:吾将仕者。'遂相与叹诧,以选调为淹抑。有怂恿其旁者,曰:'子之名不见于七十子,固圣门下弟,盍叩十哲而请教焉。'如其言,见颜、闵方在堂,群而请益。子骞蹙额曰:'如之何?何必改?'衮公应之曰:'然回也不改。'众怃然不怡。曰:'无已,质诸夫子。'如之,夫子不答,久而曰:'钻遂改,火急可已矣。'坐客皆愧而笑,闻者至今启颜。优流侮圣言,直可诛绝,特记一时之剧语如此。"

《齐东野语》(卷十三):"蜀优尤能涉猎古经,援引经史,以佐口吻,资笑谈。当史丞相弥远用事,选人改官多出其门。制阃大宴,有优为衣冠者数辈,皆称为孔门弟子,相与言吾侪皆选人。遂各言其姓,曰:'吾为常从事','吾为于从政','吾为吾将仕','吾为路文学'。别有二人出曰:'吾宰予也,夫子曰:于予与改,可谓侥幸。'其一曰:'吾颜回也,夫子曰:回也不改。吾为四科之首而不改,汝何为独改?'曰:'吾钻故,汝何不钻?'曰:'吾非不钻,而钻弥坚耳。'曰:'汝之不改,宜也,何不钻弥远乎?'其离析文义,可谓侮圣言,而巧发微中,有足称言者焉。有袁三者,名尤著。有从官姓袁者,制蜀颇乏廉声。群优四人,分主酒、色、财、气,各夸张其好尚之乐,而余者互讥笑之。至袁优则曰:‘吾所好者,财也。’因极言财之美利,众亦讥诮不已。徐以手自指曰:‘任你讥笑,其如袁丈好此何。’”

又:“近者己亥,史岩之为京尹,其弟以参政督兵于淮。一日内宴,伶人衣金紫,而幞头忽脱,乃红巾也。或惊问曰:‘贼裹红巾,何为官亦如此?’傍一人答云:‘如今做官的都是如此。’于是褫其衣冠,则有万回佛自怀中坠地。其旁者曰:‘他虽做贼,且看他哥哥面。’”

又:“女冠吴知古用事,人皆侧目。内宴,参军肆筵张乐,胥辈请佥文书,参军怒曰:‘吾方听鬌栗,可少缓。’请至再三,其答如前。胥击其首曰:‘甚事不被鬌栗坏了。’盖是俗呼黄冠为鬌栗也。”

又:“王叔知吴门日,名其酒曰‘彻底清’。锡宴日,伶人持一樽夸于众曰:‘此酒名彻底清。’既而开樽,则浊醪也。旁诮之云:‘汝既为彻底清,却如何如此?’答云:‘本是彻底清,被钱打得浑了。’”

罗大经《鹤林玉露》(卷三):“端平间,督西山参大政,未及有所建置而薨。魏鹤山督师,亦未及有所设施而罢。临安优人装一儒生,手持一鹤,别一儒生与之邂逅,问其姓名,曰:‘姓钟名庸。’问所持何物,曰:‘大鹤也。’因倾盖欢然,呼酒对饮。其人大嚼洪吸,酒肉靡有孑遗。忽颠仆于地,群数人曳之不动。一人乃批其颊,大骂曰:‘说甚《中庸》、《大学》,吃了许多酒食,一动也动不得。’遂一笑而罢。或谓有使其为此以姗侮君子者,府尹乃悉黥其人。”

《西湖游览志余》(卷二,不知其所本):“丁大全作相,与董宋臣表里(中略)。一日内宴,一人专打锣,一人扑之,曰:‘今日排当,不奏他乐,丁丁董董不已,何也?’曰:‘方今事皆丁董,吾安得不丁董?’”

仇远《稗史》(《说郛》卷二十五):“至元丙子,北兵入杭,庙朝为虚。有金姓者,世为伶官,流离无所归。一日,道遇左丞范文虎,向为宋殿帅时熟知其为人,谓金曰:‘来日公宴,汝来献伎,不愁贫贱。’如期往,为优戏,作浑曰:‘某寺有钟,寺僧不敢击者数日,主僧问故,乃言钟楼有巨神、神怪,不敢登也。主僧亟往视之,神即跪伏投拜。主僧曰:‘汝何神也?’答曰:‘钟神。’主僧曰:‘既是钟神,何故投拜?’众皆大笑,范为之不怿。其人亦不顾,识者莫不多之。”

附　辽金伪齐

《宋史·孔道辅传》:“道辅奉使契丹,契丹宴使者。优人以文宣王为戏,道辅艴然径出。”

邵伯温《闻见前录》(卷十):“潞公谓温公曰:‘吾留守北京,遣人入大辽侦事,回云:“见辽主大宴群臣,伶人剧戏,作衣冠者,见物必攫取怀之。有从其后以梃朴之者,曰:司马端明耶?君实清名,在夷狄如此。”’温公愧谢。”

沈作喆《寓简》(卷十):“伪齐刘豫既僭位,大宴群臣。教坊进杂剧。有处士问星翁曰:‘自古帝王之兴,必有受命之符,今新主有天下,抑有嘉祥美瑞以应之乎?’星翁曰:‘固有之,新主即位之前一日,有一星聚东井,真所谓符命也。’处士以杖击之曰:‘五星,非一也,乃云聚耳。一星,又何聚焉?’星翁曰:‘汝固不知也,新主圣德,比汉高祖只少四星儿里。’”

《金史·后妃传》:“章宗元妃李氏,势位熏赫,与皇后侔。一日，宴宫中，优人玳瑁头者，戏于上前。或问：‘上国有何符瑞？’优曰：‘汝不闻凤凰见乎？’曰：‘知之而未闻其详。’优曰：‘其飞有四，所应亦异：若向上飞，则风雨顺时；向下飞，则五谷丰登；向外飞，则四国来朝；向里飞（音同李妃），则加官进禄。’上笑而罢。”

宋、辽、金三朝之滑稽剧，其见于载籍者，略具于此。此种滑稽剧，宋人亦谓之杂剧，或谓之杂戏。吕本中《童蒙训》曰：“作杂剧者，打猛诨入，却打猛诨出。”吴自牧《梦粱录》亦云：“杂剧全用故事，务在滑稽。”孟元老《东京梦华录》云：“圣节内殿杂戏，为有使人预宴，不敢深作谐谑。”则无使人时可知。是宋人杂剧，固纯以诙谐为主，与唐之滑稽剧无异。但其中脚色较为著名，而布置亦稍复杂。然不能被以歌舞，其去真正戏剧尚远。然谓宋人戏剧遂止于此，则大不然。虽明之中叶尚有此种滑稽剧，观文林《琅邪漫钞》、徐咸《西园杂记》、沈德符《万历野获编》所载者，全与宋滑稽剧无异。若以此概明之戏剧，未有不笑之者也。宋剧亦然。故欲知宋元戏剧之渊源，不可不兼于宋之小说、杂戏及乐曲方面求之也。

三　宋之小说、杂戏

宋之滑稽戏，虽托故事以讽时事，然不以演事实为主，而以所含之意义为主。至其变为演事实之戏剧，则当时之小说，实有力焉。

小说之名起于汉，《西京赋》云：“小说九百，本自虞初。”《汉书·艺文志》：“有虞初周说九百四十四篇。”其书之体例如何，今无由知。唯《魏略》(《魏志·王粲传》注引)言:"临淄侯植,诵俳优小说数千言。"则似与后世小说已不相远。六朝时,干宝、任昉、刘义庆诸人咸有著述,至唐而大盛。今《太平广记》所载,实集其成。然但为著述上之事,与宋之小说无与焉。宋之小说则不以著述为事,而以讲演为事,灌园耐得翁《都城纪胜》谓:说话有四种:一小说,一说经,一说参请,一说史书。《梦粱录》(卷二十)所纪略同。《武林旧事》(卷六)所载诸色伎艺人中,有书会(谓说书会),有演史,有说经诨经,有小说。而《都城纪胜》、《梦粱录》均谓小说人能以一朝一代故事,顷刻间提破,则演史与小说自为一类。此三书所纪,皆南渡以后之事,而其源则发于宋初。高承《事物纪原》(卷九):"仁宗时,市人有能谈三国事者,或采其说,加缘饰,作影人。"《东坡志林》(卷六)"王彭尝云:'涂巷中小儿薄劣,为其家所厌苦,辄与钱令聚坐,听说古话,至说三国事。'"云云。《东京梦华录》(卷五)所载京瓦伎艺,有霍四究说三分、尹常卖《五代史》。至南渡以后,有敷衍《复华篇》及《中兴名将传》者,见于《梦粱录》,此皆演史之类也。其无关史事者,则谓之小说。《梦粱录》云:"小说,一名银字儿,如烟粉、灵怪、传奇、公案、朴刀、桿棒、发发、踪参等事。"则其体例亦当与演史大略相同。今日所传之《五代平话》,实演史之遗;《宣和遗事》,殆小说之遗也。此种说话,以叙事为主,与滑稽剧之但托故事者迥异。其发达之迹,虽略与戏曲平行,而后世戏剧之题目多取诸此,其结构亦多依仿为之,所以资戏剧之发达者,实不少也。

至与戏剧更相近者,则为傀儡。傀儡起于周季,《列子》以偃师刻木人事,为在周穆王时,或系寓言。然谓列子时已有此事,当不诬也。《乐府杂录》以为起于汉祖平城之围,其说无稽。《通典》则云:“《窟磥子》作偶人以戏,善歌舞,本丧家乐也。汉末始用之于嘉会。”其说本于应劭《风俗通》,则汉时固确有此戏矣。汉时此戏结构如何,虽不可考,然六朝之际,此戏已演故事。《颜氏家训·书证篇》:“或问:‘俗名傀儡子为郭秃,有故实乎?’答曰:‘《风俗通》云:“诸郭皆讳秃”,当是前世有姓郭而病秃者,滑稽调戏,故后人为其象,呼为郭秃。’”唐时傀儡戏中之郭郎实出于此,至宋犹有此名。唐之傀儡,亦演故事。《封氏闻见记》(卷六):“大历中,太原节度辛景云葬日,诸道节度使使人修祭。范阳祭盘,最为高大,刻木为尉迟鄂公突厥斗将之象,机关动作,不异于生。祭讫,灵车欲过,使者请曰:‘对数未尽。’又停车,设项羽与汉高祖会鸿门之象,良久乃毕。”至宋而傀儡最盛,种类亦最繁。有悬丝傀儡、走线傀儡、杖头傀儡、药发傀儡、肉傀儡、水傀儡各种(见《东京梦华录》、《武林旧事》、《梦粱录》)。《梦粱录》云:“凡傀儡敷衍烟粉、灵怪、铁骑、公案、史书、历代君臣将相故事。话本或讲史,或作杂剧,或如崖词(中略),大抵弄此,多虚少实,如《巨灵神》、《朱姬大仙》等也。”则宋时此戏,实与戏剧同时发达,其以敷衍故事为主,且较胜于滑稽剧。此于戏剧之进步上,不能不注意者也。

傀儡之外,似戏剧而非真戏剧者,尚有影戏。此则自宋始有之。《事物纪原》(九):“宋朝仁宗时,市人有能谈三国事者,或采其说加缘饰、作影人,始为魏吴蜀三分战争之象。”《东京梦华录》所载京瓦伎艺,有影戏,有乔影戏。南宋尤盛,《梦粱录》云:“有弄影戏者,元汴京初以素纸雕簇,自后人巧工精,以羊皮雕形,以彩色装饰,不致损坏(中略)。其话本与讲史书者颇同,大抵真假相半。公忠者雕以正貌,奸邪者刻以丑形,盖亦寓褒贬于其间耳。”然则影戏之为物，专以演故事为事，与傀儡同。此亦有助于戏剧之进步者也。

以上三者，皆以演故事为事。小说但以口演，傀儡、影戏则为其形象矣。然而非以人演也，其以人演者，戏剧之外尚有种种，亦戏剧之支流，而不可不一注意也。

三教　《东京梦华录》（卷十）："十二月，即有贫者三教人，为一火，装妇人神鬼，敲锣击鼓，巡门乞钱，俗呼为打夜胡。"

讶鼓　《续墨客挥犀》（卷七）："王子醇初平熙河，边陲宁静，讲武之暇，因教军士为讶鼓戏，数年间，遂盛行于世。其举动舞装之状与优人之词，皆子醇初制也。或云：'子醇初与西人对阵，兵未交，子醇命军士百余人，装为讶鼓队，绕出军前。虏见皆愕眙。进兵奋击，大破之。'"《朱子语类》（卷一百三十九）亦云："如舞讶鼓，其间男子、妇人、僧道杂色，无所不有，但都是假的。"

舞队　《武林旧事》（卷二）所纪舞队，全与前二者相似。今列其目：《查查鬼》（《查大》）　《李大口》（《一字口》）　《贺丰年》　《长瓠敛》（《长头》）　《兔吉》（《兔毛大伯》）　《吃遂》　《大憨儿》　《粗妲》　《麻婆子》　《快活三郎》　《黄金杏》　《瞎判官》　《快活三娘》　《沈承务》　《一脸膜》　《猫儿相公》　《洞公觜》　《细妲》　《河东子》　《黑遂》　《王铁儿》　《交椅》　《夹棒》　《屏风》　《男女竹马》　《男女杵歌》　《大小斫刀鲍老》　《交衮鲍老》　《子弟清音》　《女童清音》　《诸国献宝》　《穿心国入贡》　《孙武子教女兵》　《六国朝》　《四国朝》　《遏云社》　《绯绿社》　《胡安女》　《凤阮稽琴》　《扑蝴蝶》　《回阳丹》　《火药》　《瓦盆鼓》　《焦锤架儿》　《乔三教》　《乔迎酒》　《乔亲事》《乔乐神》(《马明王》)《乔捉蛇》《乔学堂》《乔宅眷》《乔像生》《乔师娘》《独自乔》《地仙》《旱划船》《教象》《装态》《村田乐》《鼓板》《踏橇》(一作《踏跷》)《扑旗》《抱锣装鬼》《狮豹蛮牌》《十斋郎》《耍和尚》《刘衮》《散钱行》《货郎》《打娇惜》

其中装作种种人物,或有故事。其所以异于戏剧者,则演剧有定所,此则巡回演之。然后来戏名曲名中,多用其名目,可知其与戏剧非毫无关系也。

四　宋之乐曲

前二章既述宋代之滑稽戏及小说、杂戏,后世戏剧之渊源略可于此窥之。然后代之戏剧,必合言语、动作、歌唱,以演一故事,而后戏剧之意义始全。故真戏剧必与戏曲相表里。然则戏曲之为物,果如何发达乎?此不可不先研究宋代之乐曲也。

宋之歌曲,其最通行而为人人所知者,是为词,亦谓之近体乐府,亦谓之长短句。其体始于唐之中叶,至晚唐、五代,而作者渐多,及宋而大盛。宋人宴集,无不歌以侑觞,然大率徒歌而不舞,其歌亦以一阕为率。其有连续歌此一曲者,如欧阳公之〔采桑子〕,凡十一首。赵德麟之〔商调·蝶恋花〕,凡十首。一述西湖之胜,一咏《会真》之事,皆徒歌而不舞。其所以异于普通之词者,不过重叠此曲以咏一事而已。

其歌舞相兼者,则谓之传踏(曾慥《乐府雅词》卷上),亦谓之转踏（王灼《碧鸡漫志》卷三），亦谓之缠达（《梦粱录》卷二十）。北宋之转踏，恒以一曲连续歌之。每一首咏一事，共若干首，则咏若干事，然亦有合若干首而咏一事者。《碧鸡漫志》（卷三）谓石曼卿作《拂霓裳转踏》，述开元天宝遗事是也。其曲调唯〔调笑〕一调用之最多，今举其一例：

调笑转踏　郑仅（《乐府雅词》卷上）

良辰易失，信四者之难并。佳客相逢，实一时之盛会。用陈妙曲，上助清欢。女伴相将，调笑入队。

秦楼有女字罗敷，二十未满十五余，金环约腕携笼去，攀枝折叶城南隅。

使君春思如飞絮，五马徘徊芳草路，东风吹鬓不可亲，日晚蚕饥欲归去。

归去，携笼女，南陌春愁三月暮，使君春思如飞絮，五马徘徊频驻。蚕饥日晚空留顾，笑指秦楼归去。

石城女子名莫愁，家住石城西渡头。拾翠每寻芳草路，采莲时过绿蘋洲。

五陵豪客青楼上，醉倒金壶待清唱，风高江阔白浪飞，急催艇子操双桨。

双桨，小舟荡，唤取莫愁迎叠浪，五陵豪客青楼上，不道风高江广。千金难买倾城样，那听绕梁清唱。

绣户朱帘翠幕张，主人置酒宴华堂。相如年少多才调，消得文君暗断肠。

断肠初认琴心挑，么弦暗写相思调，从来万曲不关心，此度伤心何草草。

草草，最年少，绣户银屏人窈窕，瑶琴暗写相思调，一曲关心多少。临邛客舍成都道，苦恨相逢不早（此三曲分咏罗敷、莫愁、文君三事，尚有九曲咏九事，文多略之）。

放队

新词宛转递相传，振袖倾鬟风露前，月落乌啼云雨散，游人陌上拾花钿。

此种词前有勾队词，后以一诗一曲相间，终以放队词，则亦用七绝，此宋初体格如此。然至汴宋之末，则其体渐变。《梦粱录》（卷二十）："在京时，只有缠令缠达，有引子尾声为缠令，引子后只有两腔迎互循环，间有缠达。"此缠达之音与传踏同，其为一物无疑也。吴《录》所云，与上文之传踏相比较，其变化之迹显然。盖勾队之词，变而为引子；放队之词，变而为尾声；曲前之诗，后亦变而用他曲，故云引子后只有两腔迎互循环也。今缠达之词皆亡，唯元剧中正宫套曲，其体例全自此出，观第七章所引例，自可了然矣。

传踏之制，以歌者为一队，且歌且舞，以侑宾客。宋时有与此相似，或同实异名者，是为队舞。《宋史·乐志》："队舞之制，其名各十。小儿队凡七十二人：一曰柘枝队，二曰剑器队，三曰婆罗门队，四曰醉胡腾队，五曰诨臣万岁乐队，六曰儿童感圣乐队，七曰玉兔浑脱队，八曰异域朝天队，九曰儿童解红队，十曰射雕回鹘队。女弟子队凡一百五十三人：一曰菩萨蛮队，二曰感化乐队，三曰抛球乐队，四曰佳人剪牡丹队，五曰拂霓裳队，六曰采莲队，七曰凤迎乐队，八曰菩萨献香花队，九曰彩云仙队，十曰打球乐队。"其装饰各由其队名而异：如佳人剪牡丹队，则衣红生色砌衣，戴金冠，剪牡丹花；采莲队则执莲花；菩萨献香花队则执香花盘。其舞未详，其曲宋人或取以填词。其中有拂霓裳队，而《碧鸡漫志》谓石曼卿作《拂霓裳传踏》，恐与传踏为一，或为传踏之所自出也。

宋时舞曲，尚有曲破。《宋史·乐志》："太宗洞晓音律，制曲破二十九。"此在唐五代已有之，至宋时又藉以演故事。史浩《鄮峰真隐漫录》之《剑舞》即是也。今录其辞如左：

剑舞（《鄮峰真隐漫录》卷四十六）

二舞者对厅立裀上（下略），乐部唱《剑器曲破》，作舞，一段了。二舞者同唱《霜天晓角》。

"莹莹巨阙，左右凝霜雪。且向玉阶掀舞，终当有用时节。唱彻，人尽说，宝此刚不折，内使奸雄落胆，外须遣豺狼灭。"

乐部唱曲子，作舞《剑器曲破》一段。舞罢，二人分立两边。别二人汉装者出，对坐。桌上设酒桌。竹竿子念：

"伏以断蛇大泽，逐鹿中原，佩赤帝之真符，接苍姬之正统。皇威既振，天命有归，量势虽盛于重瞳，度德难胜于隆准。鸿门设会，亚父输谋，徒矜起舞之雄姿，厥有解纷之壮士。想当时之贾勇，激烈飞扬，宜后世之效颦，回翔宛转。双鸾奏技，四座腾欢。"

乐部唱曲子，舞《剑器曲破》一段。一人左立者，上裀舞，有欲刺右汉装者之势。又一人舞进前，翼蔽之。舞罢，两舞者并退，汉装者亦退。复有两人唐装者出，对坐，桌上设笔砚纸，舞者一人换妇人装，立裀上。竹竿子念：

"伏以云鬟耸苍璧，雾縠罩香肌，袖翻紫电以连轩，手握青蛇而的皪。花影下游龙自跃，锦裀上跄凤来仪，逸态横生，瑰姿谲起。领此入神之技，诚为骇目之观，巴女心惊，燕姬色沮。岂唯张长史草书大进，抑亦杜工部丽句新成。称妙一时，流芳万古，宜呈雅态，以洽浓欢。”

乐部唱曲子，舞《剑器曲破》一段，作龙蛇蜿蜒曼舞之势。两人唐装者起，二舞者一男一女对舞，结《剑器曲破》彻。竹竿子念：

“项伯有功扶帝业，大娘驰誉满文场，合兹二妙甚奇特，欲使嘉宾釂一觞。霍如羿射九日落，矫如群帝骖龙翔，来如雷霆收震怒，罢如江海含晴光。歌舞既终，相将好去。”

念了，二舞者出队。

由此观之，其乐有声无词，且于舞蹈之中，寓以故事，颇与唐之歌舞戏相似。而其曲中有“破”有“彻”，盖截大曲入破以后用之也。此外兼歌舞之伎，则为大曲。大曲自南北朝已有此名。南朝大曲，则清商三调中之大曲，《宋书·乐志》所载者是也。北朝大曲，则《魏书·乐志》言之而不详。至唐而雅乐、清乐、燕乐、西凉、龟兹、安国、天竺、疏勒、高昌乐中均有大曲（见《大唐六典》卷十四《协律郎》条注）。然传于后世者，唯胡乐大曲耳。其名悉载于《教坊记》，而其词尚略存于《乐府诗集》近代曲辞中。宋之大曲，即自此出。教坊所奏，凡十八调、四十大曲，《文献通考》及《宋史·乐志》具载其目。此外亦尚有之，故又有五十大曲，及五十四大曲之称（详见予《唐宋大曲考》，兹略之）。其曲辞之存于今日者，有董颖〔薄媚〕（《乐府雅词》卷上）、曾布〔水调歌头〕（王明清《玉照新志》卷二）、史浩〔采莲〕（《鄮峰真隐漫录》卷四十五）三曲稍长，然亦非其全遍。其中间一二遍，则于宋词中间遇之。大曲遍数，多至一、二十。其各遍之名，则唐时有排遍、入破、彻（《乐府诗集》卷七十九）。而排遍、入破，又各有数遍。彻者，入破之末一遍也。宋大曲则王灼谓：“凡大曲有散序、靸、排遍、攧、正攧、入破、虚催、实催、衮遍、歇拍、杀衮，始成一曲，谓之大遍。”（《碧鸡漫志》卷三）沈括亦云：“所谓大遍者，有序、引、歌、歙、嗺、哨、催、攧、衮、破、行、中腔、踏歌之类，凡数十解。”（《梦溪笔谈》卷五）沈氏所列各名与现存大曲不合，王说近之。惟攧后尚有延遍，实催前尚有衮遍（即张炎《词原》所谓中衮）。而散序与排遍均不止一遍，排遍且多至八九，故大曲遍数往往至于数十，唯宋人多裁截用之。即其所用者，亦以声与舞为主，而不以词为主，故多有声无词者。自北宋时，葛守诚撰四十大曲，而教坊大曲，始全有词。然南宋修内司所编《乐府混成集》，大曲一项凡数百解，有谱无词者居半（周密《齐东野语》卷十），则亦不以词重矣。其攧、破、催、衮，以舞之节名之。此种大曲，遍数既多，自于叙事为便，故宋人咏事多用之。今录董颖〔薄媚〕，以示其一例。宋人大曲之存者，以此为最长矣。

薄媚（西子词，《乐府雅词》卷上）

排遍第八

怒涛卷雪，巍岫布云，越襟吴带如斯。有客经游，月伴风随。值盛世，观此江山美，合放怀，何事却兴悲？不为回头，旧国天涯，为想前君事，越王嫁祸献西施，吴即中深机。阖庐死，有遗誓，勾践必诛夷。吴未干戈出境，仓卒越兵，投怒夫差，鼎沸鲸鲵。越遭劲敌，可怜无计脱重围。归路茫然，城郭丘墟，飘泊稽山里。旅魂暗逐战尘飞，天日惨无辉。

排遍第九

自笑平生，英气凌云，凛然万里宣威。那知此际，熊虎涂穷，来伴麋鹿卑栖。既甘臣妾犹不许，何为计？争若都燔宝器，尽诛吾妻子，径将死战决雄雌，天意恐怜之。偶闻太宰正擅权，贪赂市恩私。

因将宝玩献诚，虽脱霜戈，石室囚系，忧嗟又经时，恨不如巢燕自由归。残月朦胧，寒雨潇潇，有血都成泪。备尝险厄反邦畿，冤愤刻肝脾。

第十撷

种陈谋，谓吴兵正炽，越勇难施。破吴策，唯妖姬。有倾城妙丽，名称（一作字）西子岁方笄。算夫差惑此，须致颠危。范蠡微行，珠贝为香饵，苎萝不钓钓深闺，吞饵果殊姿。素肌纤弱，不胜罗绮。鸾镜畔，粉面淡匀，梨花一朵琼壶里，嫣然意态娇春，寸眸剪水，斜鬟松翠，人无双宜。名动君王，翠履容易，来登玉陛。

入破第一

窣湘裙，摇汉佩，步步香风起。敛双蛾，论时事，兰心巧会君意。殊珍异宝，犹自朝臣未与，妾何人？被此隆恩，虽令效死奉严旨。隐约龙姿忻悦，更把甘言说。辞俊美，质娉婷，天教汝众美兼备。闻吴重色，凭汝和亲，应为靖边陲。将别金门，俄挥粉泪，靓妆洗。

第二虚催

飞云驶香车，故国难回睇，芳心渐摇，迤逦吴都繁丽。忠臣子胥，预知道为邦祟，谏言先启，愿勿容其。至周亡褒姒，商倾妲己。吴王却嫌胥逆耳，才经眼，便深恩，爱东风暗绽娇蕊。彩鸾翻妒伊，得取次于飞，共戏金屋，看承他宫尽废。

第三衮遍

华宴夕，灯摇醉粉，菡萏笼蟾桂。扬翠袖，含风舞，轻妙处，惊鸿态，分明是：瑶台琼榭，阆苑蓬壶景，尽移此地。花绕仙步，莺随管吹。宝帐暖，留春百和，馥郁融鸳被。银漏永，楚云浓，三竿日犹裮霞衣。宿酲轻腕嗅,宫花双带系,合同心时,波下比目,深怜到底。

第四催拍

耳盈丝竹,眼摇珠翠,迷乐事,宫闱内。争知渐国势陵夷?奸臣献佞,转恣奢淫,天谴岁屡饥。从此万姓,离心解体。越遣使阴窥虚实,蚤夜营边备。兵未动,子胥存,虽堪伐尚畏忠义。斯人既戮,又且严兵卷土赴黄池。观衅种蠡,方云可矣。

第五衮遍

机有神,征鼙一鼓,万马襟喉地。庭喋血,诛留守,怜屈服,敛兵还,危如此。当除祸本,重结人心,争奈竟荒迷。战骨方埋,灵旗又指。势连败,柔荑携泣,不忍相抛弃。身在兮,心先死,宵奔兮,兵已前围。谋穷计尽,唳鹤啼猿,闻处分外悲。丹穴纵近,谁容再归。

第六歇拍

哀诚屡吐,甬东分赐,垂暮日,置荒隅,心知愧。宝锷红委,鸾存凤去,辜负恩怜,情不似虞姬。尚望论功,荣归故里。降令曰:吴亡赦汝,越与吴何异?吴正怨,越方疑,从公论合去妖类。蛾眉宛转,竟殒鲛绡,香骨委尘泥。渺渺姑苏,荒芜鹿戏。

第七煞衮

王公子,青春更才美,风流慕连理。耶溪一日,悠悠回首凝思。云鬟烟鬓,玉佩霞裾,依约露妍姿。送目惊喜,俄迂玉趾。同仙骑洞府归去,帘栊窈窕戏鱼水。正一点犀通,遽别恨何已。媚魄千载,教人属意,况当时金殿里。

此曲自〔排遍第八〕至〔煞衮〕,共十遍,而截去〔排遍第七〕以上不用。此种大曲遍数既多，虽便于叙事，然其动作皆有定则，欲以完全演一故事固非易易。且现存大曲皆为叙事体，而非代言体。即有故事，要亦为歌舞戏之一种，未足以当戏曲之名也。

由上所述宋乐曲观之，则传踏仅以一曲反复歌之，曲破与大曲则曲之遍数虽多，然仍限于一曲。至合数曲而成一乐者，唯宋鼓吹曲中有之。宋大驾鼓吹恒用〔导引〕、〔六州〕、〔十二时〕三曲。梓宫发引，则加〔祔陵歌〕；虞主回京，则加〔虞主歌〕，各为四曲。南渡后郊祀，则于〔导引〕、〔六州〕、〔十二时〕三曲外，又加〔奉禋歌〕、〔降仙台〕二曲，共为五曲。合曲之体例，始于鼓吹见之。若求之于通常乐曲中，则合诸曲以成全体者实自诸宫调始。诸宫调者，小说之支流而被之以乐曲者也。《碧鸡漫志》（卷二）："熙宁元丰间，泽州孔三传始创诸宫调古传，士大夫皆能诵之。"《梦粱录》（卷二十）云："说唱诸宫调，昨汴京有孔三传，编成传奇灵怪，入曲说唱。"《东京梦华录》（卷五）纪崇观以来瓦舍伎艺，有孔三传耍秀才诸宫调，《武林旧事》（卷六）所载诸色伎艺人，诸宫调传奇，有高郎妇等四人。则南、北宋均有之，今其词尚存者唯金董解元之《西厢》耳。董解元《西厢》，胡元瑞、焦理堂、施北研笔记中均有考订，讫不知为何体。沈德符《野获编》（卷二十五）且妄以为金人院本模范，以余考之，确为诸宫调无疑。观陶南村《辍耕录》谓："金章宗董解元所编《西厢记》，时代未远，犹罕有人能解之。"则后人不识此体，固不足怪也。此编之为诸宫调有三证：本书卷一〔太平赚〕词云："俺平生情性好疏狂，疏狂的情性难拘束。一回家想么，诗魔多，爱选多情曲。比前贤乐府不中听，在诸宫调里却著数。"此开卷自叙作词缘起，而自云"在诸宫调里"，其证一也；元凌云翰《柘轩词》有〔定风波〕词赋《崔莺莺传》云:“翻残金旧日诸宫调本,才入时人听。”则金人所赋《西厢》词,自为诸宫调,其证二也;此书体例,求之古曲,无一相似,独元王伯成《天宝遗事》,见于《雍熙乐府》、《九宫大成》所选者,大致相同。而元钟嗣成《录鬼簿》(卷上)于王伯成条下注云:“有《天宝遗事诸宫调》行于世。”王词既为诸宫调,则董词之为诸宫调无疑,其证三也;其所以名诸宫调者,则由宋人所用大曲传踏,不过一曲,其在同一宫调中甚明。唯此编每宫调中多或十余曲,少或一二曲,即易他宫调,合若干宫调以咏一事,故谓之诸宫调。今录二三调以示其例:

〔黄钟宫·出队子〕 最苦是离别,彼此心头难弃舍。莺莺哭得似痴呆,脸上啼痕都是血,有千种恩情何处说。夫人道:“天晚教郎疾去。”怎奈红娘心似铁,把莺莺扶上七香车。君瑞攀鞍空自攧,道得个冤家宁奈此。 〔尾〕马儿登程,坐车儿归舍。马儿往西行,坐车儿往东拽,两口儿一步儿离得远如一步也。

〔仙吕调·点绛唇〕〔缠令〕 美满生离,据鞍兀兀离肠痛,旧欢新宠,变作高唐梦。回首孤城,依约青山拥。西风送,戍楼寒重,初品〔梅花弄〕。 〔瑞莲儿〕衰草凄凄一径通,丹枫索索满林红。平生踪迹无定著,如断蓬。听塞鸿,哑哑的飞过暮云重。 〔风吹荷叶〕忆得枕鸳衾凤,今宵管半壁儿没用。触目凄凉千万种。见滴流流的红叶,淅零零的微雨,率剌剌的西风。 〔尾〕驴鞭半袅,吟肩双耸,休问离愁轻重,向个马儿上驼也驼不动。(离蒲西行三十里,日色晚矣,野景堪画。)

〔仙吕调(赏花时)〕 落日平林噪晚鸦,风袖翩翩催瘦马,一径入天涯。荒凉古岸,衰草带霜滑。瞥见个孤林端入画,篱落萧疏带浅沙，一个老大伯捕鱼虾，横桥流水，茅舍映荻花。〔尾〕驼腰的柳树上有鱼槎，一竿风旆茅檐上挂。澹烟潇洒，横锁著两三家（生投宿于村落）。

此上八曲已易三调，全书体例皆如是。此于叙事最为便利，盖大曲等先有曲，而后人借以咏事。此则制曲之始，本为叙事而设，故宋、金杂剧、院本中，后亦用之（见后二章），非徒供说唱之用而已。

宋人乐曲之不限一曲者，诸宫调之外又有赚词。赚词者，取一宫调之曲若干，合之以成一全体。此体久为世人所不知，案《梦粱录》（卷二十）："绍兴年间，有张五牛大夫，因听动鼓板中有〔太平令〕或赚鼓板，即今拍板大节抑扬处是也，遂撰为赚。赚者，误赚之之义，正堪美听中，不觉已至尾声，是不宜为片序也。又有覆赚，其中变花前月下之情及铁骑之类。"云云。是唱赚之中亦有敷演故事者，今已不传。其常用赚词，余始于《事林广记》（日本翻元泰定本戊集卷二）中发见之。其前且有唱赚规例，今具录如左：

（遏云要诀）"夫唱赚一家，古谓之道赚。腔必真，字必正。欲有墩亢掣拽之殊，字有唇喉齿舌之异，抑分轻清重浊之声，必别合口半合口之字，更忌马嚚镫子，俗语乡谈。如对圣案，但唱乐道、山居、水居、清雅之词，切不可以风情、花柳艳冶之曲，如此则为渎圣。社条不赛，筵会吉席，上寿庆贺，不在此限。假如未唱之初，执拍当胸，不可高过鼻，须假鼓板村掇，三拍起引子，唱头一句。又三拍至两片结尾，三拍煞。入序，尾，三拍，巾斗煞。入赚，头一字当一拍，第一片三拍，后仿此。出赚三拍，出声巾斗，又三拍煞。尾声，总十二拍：第一句四拍，第二句五拍，第三句三拍煞。此一定不逾之法。

遏云致语（筵会用）〔鹧鸪天〕

遇酒当歌酒满斟，一觞一咏乐天真，三杯五盏陶情性，对月临风自赏心。环列处，总佳宾，歌声缭亮遏行云，春风满座知音者，一曲教君侧耳听。

圆社市语 〔中吕宫·圆里圆〕

〔紫苏丸〕 相逢闲暇时，有闲的打唤瞒儿，呵喝啰声嗽道膁厮，俺嗏欢喜，才下脚，须和美。试问伊家，有甚夹气，又管甚官场侧背，算人间落花流水？

〔缕缕金〕 把金银锭打旋起，花星临照我，怎辩避？近日闲游戏，因到花市帘儿下，瞥见一个表儿圆，咱每便著意。

〔好女儿〕 生得宝妆跷，身分美，绣带儿缠脚，更好肩背。画眉儿入鬓春山翠。带著粉钳儿，更绾个朝天髻。

〔大夫娘〕 忙入步，又迟疑，又怕五角儿冲撞我没跷踢。纲儿尽是札，圆底都松例，要抛声忒壮果难为，真个费脚力。

〔好孩儿〕 供送饮三杯，先入气，道今宵打歇处，把人拍惜。怎知他水脉透不由得你，咱们只要表儿圆，时复地一合儿美。

〔赚〕 春游禁陌，流莺往来穿梭戏，紫燕归巢，叶底桃花绽蕊。赏芳菲，蹴秋千高而不远，似踏火不沾地，见小池，风摆荷叶戏水。素秋天气，正玩月斜插花枝，赏登高佶料沙羔美，最好当场落帽，陶潜菊绕篱。仲冬时，那孩儿忌酒怕风，帐幙中缠脚忒稔腻。讲论处，下梢团圆到底，怎不则剧？

〔越恁好〕 勘脚并打二，步步随定伊，何曾见走衮，你于我，我与你，场场有踢，没些拗背。两个对垒，天生不枉作一对。脚头果然厮稠密密。

〔鹘打兔〕 从今后一来一往，休要放脱些儿。又管甚搅闲底，拽闲定白打膁厮，有千般解数，真个难比。

骨自有

〔尾声〕 五花丛里英雄辈，倚玉偎香不暂离，做得个风流第一。”

《事林广记》虽载此词，然不著其为何时人所作。以余考之，则当出南渡之后。词前有“遏云要诀”，遏云者，南宋歌社之名。《武林旧事》（卷三）：“二月八日，为相川张王生辰，霍山行宫朝拜极盛，百戏竞集。如绯绿社（杂剧）、齐云社（蹴球）、遏云社（唱赚）等。”云云。《梦粱录》（卷十九）《社会》条下亦载之。今此词之首有遏云要诀、遏云致语，又云“唱赚”、“道赚”，而词中又有赚词，则为宋遏云社所唱赚词无疑也。所唱之曲题为“圆社市语”，圆社，谓蹴球，《事林广记》戊集（卷二）《圆社摸场》条，起四句云：“四海齐云社，当场蹴气球，作家偏著所，圆社最风流。”今曲题如此，而曲中所使，皆蹴球家语，则圆社为齐云社无疑。以遏云社之人，唱齐云社之事，谓非南宋人所作不可也。此词自其结构观之，则似北曲，自其曲名，则疑为南曲。盖其用一宫调之曲，颇似北曲套数。其曲名则〔缕缕金〕、〔好孩儿〕、〔越恁好〕三曲，均在南曲中吕宫，〔紫苏丸〕则在南曲仙吕宫，北曲中无此数调。〔鹘打兔〕则南北曲皆有，唯皆无〔大夫娘〕一曲。盖南、北曲之形式及材料，在南宋已全具矣。

五 宋官本杂剧段数

由前三章研究之所得，而后宋之戏曲，可得而论焉。戏曲之作，不能言其始于何时。宋《崇文总目》（卷一）已有周优人《曲辞》二卷。原释云："周吏部侍郎赵上交、翰林学士李昉、谏议大夫刘陶、司勋、郎中冯古，纂录燕优人曲辞。"此燕为刘守光之燕，或契丹之燕，其曲辞为乐曲或戏曲，均不可考。《宋史·乐志》亦言："真宗不喜郑声，而或为杂剧词，未尝宣布于外。"《梦粱录》（卷二十）亦云："向者汴京教坊大使孟角球，曾做杂剧本子，葛守诚撰四十大曲。"则北宋固确有戏曲，然其体裁如何则不可知。惟《武林旧事》（卷十）所载官本杂剧段数，多至二百八十本。今虽仅存其目，可以窥两宋戏曲之大概焉。

就此二百八十本精密考之，则其用大曲者一百有三，用法曲者四，用诸宫调者二，用普通词调者三十有五。兹分别叙之。大曲一百有三本：

〔六么〕二十本（案《宋史·乐志》、《文献通考·教坊部》十八调中，中吕调、南吕调、仙吕调均有〔绿腰〕大曲。〔六么〕即其略字也）：

《争曲六么》《扯拦六么》《教鳌六么》《鞭帽六么》《衣笼六么》《厨子六么》《孤夺旦六么》《王子高六么》《崔护六么》《骰子六么》《照道六么》《莺莺六么》《大宴六么》《驴精六么》《女生外向六么》《慕道六么》《三偌慕道六么》《双拦哮六么》《赶厥夹六么》《羹汤六么》

〔瀛府〕六本（《宋史·乐志》及《通考·教坊部》十八调中，正宫、南吕宫中均有〔瀛府〕大曲）：

《索拜瀛府》《厚熟瀛府》《哭骰子瀛府》《醉院君瀛府》《懊骨头瀛府》《赌钱望瀛府》

〔梁州〕七本（《宋史·乐志》及《通考·教坊部》十八调中，正宫调、道调宫、仙吕宫、黄钟宫均有〔梁州〕大曲)：

《四僧梁州》《三索梁州》《诗曲梁州》《头钱梁州》《食店梁州》《法事馒头梁州》《四哮梁州》

〔伊州〕五本(《宋史·乐志》及《通考·教坊部》十八调,越调、歇指调中均有〔伊州〕大曲)：

《领伊州》《铁指甲伊州》《闹伍伯伊州》《裴少俊伊州》《食店伊州》

〔新水〕四本(《宋史·乐志》及《通考·教坊部》十八调,双调中有〔新水调〕大曲,〔新水〕即〔新水调〕之略也)：

《桶担新水》《双哮新水》《烧花新水》《新水爨》

〔薄媚〕九本(《宋史·乐志》及《通考·教坊部》十八调,道调宫、南吕宫中均有〔薄媚〕大曲)：

《简帖薄媚》《请客薄媚》《错取薄媚》《传神薄媚》《九妆薄媚》《本事现薄媚》《打调薄媚》《拜褥薄媚》《郑生遇龙女薄媚》

〔大明乐〕三本(《宋史·乐志》及《通考·教坊部》十八调,大石调中有〔大明乐〕大曲)：

《土地大明乐》《打球大明乐》《三爷老大明乐》

〔降黄龙〕五本(案《宋史·乐志》及《通考·教坊①》大曲中,无〔降黄龙〕之名,然张炎《词源》卷下云:"如〔六么〕,如〔降黄龙〕,皆大曲。"又云:"大曲〔降黄龙〕花十六,当用十六拍。"今《董西厢》及南、北曲均有〔降黄龙衮〕一调,衮者,大曲中一遍之名,则此五本

① "坊"后当补一"部"字。——校者注

为大曲无疑)：

《列女降黄龙》《双旦降黄龙》《柳玭上官降黄龙》《入寺降黄龙》《偷标降黄龙》

〔胡渭州〕四本(《宋史·乐志》及《通考·教坊部》十八调,小石调、林钟商中均有〔胡渭州〕大曲)：

《赶厥胡渭州》《单番将胡渭州》《银器胡渭州》《看灯胡渭州》

〔石州〕三本(《宋史·乐志》及《通考·教坊部》十八调,越调中有〔石州〕大曲)：

《单打石州》《和尚那石州》《赶厥石州》

〔大圣乐〕三本(《宋史·乐志》及《通考·教坊部》十八调,道调宫中有〔大圣乐〕大曲)：

《塑金刚大圣乐》《单打大圣乐》《柳毅大圣乐》

〔中和乐〕四本(《宋史·乐志》及《通考·教坊部》十八调,黄钟宫中有〔中和乐〕大曲)：

《霸王中和乐》《马头中和乐》《大打调中和乐》《封骘中和乐》

〔万年欢〕二本(《宋史·乐志》及《通考·教坊部》十八调,中吕宫中有〔万年欢〕大曲)：

《喝贴万年欢》《托合万年欢》

〔熙州〕三本(案《宋史·乐志》及《通考·教坊部》十八调,四十大曲中无〔熙州〕之名,然洪迈《容斋随笔》卷十四云:"今世所传大曲皆出于唐,而以州名者五:伊、凉、熙、石、渭也。"周邦彦《片玉词》有〔氐州第一〕词。毛晋注《清真集》作〔熙州摘遍〕,是氐州即

熙州。摘遍者,谓摘大曲之一遍为之,亦宋人语,则〔熙州〕之为大曲审矣):

《迓鼓熙州》《骆驼熙州》《二郎熙州》

〔道人欢〕四本(《宋史·乐志》及《通考·教坊部》十八调,中吕调中有〔道人欢〕大曲):

《大打调道人欢》《会子道人欢》《打拍道人欢》《越娘道人欢》

〔长寿仙〕三本(《宋史·乐志》及《通考·教坊部》十八调,般涉调中有〔长寿仙〕大曲):

《打勘长寿仙》《偌卖旦长寿仙》《分头子长寿仙》

〔剑器〕二本(《宋史·乐志》及《通考·教坊部》十八调,中吕宫、黄钟宫中均有〔剑器〕大曲):

《病爷老剑器》《霸王剑器》

〔延寿乐〕二本(《宋史·乐志》及《通考·教坊部》十八调,仙吕宫中有〔延寿乐〕大曲):

《黄杰进延寿乐》《义养娘延寿乐》

〔贺皇恩〕二本(《宋史·乐志》及《通考·教坊部》十八调,林钟商中有〔贺皇恩〕大曲):

《扯篮儿贺皇恩》《催妆贺皇恩》

〔采莲〕三本(《宋史·乐志》及《通考·教坊部》十八调,双调中有〔采莲〕大曲):

《唐辅采莲》《双哮采莲》《病和采莲》

〔保金枝〕一本(《宋史·乐志》及《通考·教坊部》十八调,仙吕宫中有〔保金枝〕大曲):

《槛偌保金枝》

〔嘉庆乐〕一本(《宋史·乐志》及《通考·教坊部》十八调,小石调中有〔嘉庆乐〕大曲):

《老孤嘉庆乐》

〔庆云乐〕一本(《宋史·乐志》及《通考·教坊部》十八调,歇指调中有〔庆云乐〕大曲):

《进笔庆云乐》

〔君臣相遇乐〕一本(《宋史·乐志》及《通考·教坊部》十八调,歇指调中有〔君臣相遇乐〕大曲,〔相遇乐〕即〔君臣相遇乐〕之略也):

《裴航相遇乐》

〔泛清波〕一本(《宋史·乐志》及《通考·教坊部》十八调,林钟商中有〔泛清波〕大曲):

《能知他泛清波》 《三钓鱼泛清波》

〔彩云归〕二本(《宋史·乐志》及《通考·教坊部》十八调,仙吕调中有〔彩云归〕大曲):

《梦巫山彩云归》 《青阳观碑彩云归》

〔千春乐〕一本(《宋史·乐志》及《通考·教坊部》十八调,黄钟羽中有〔千春乐〕大曲):

《禾打千春乐》

〔罢金钲〕一本(《宋史·乐志》及《通考·教坊部》十八调,南吕调中有〔罢金钲〕大曲):

《牛五郎罢金钲》(原作《罢金征》,误也)。

以上百有三本,皆为大曲。其为曲二十有八,而其中二十六在

《教坊部》四十大曲中。余如〔降黄龙〕、〔熙州〕二曲之为大曲，亦有宋人之说可证也。

法曲四本：

《棋盘法曲》《孤和法曲》《藏瓶法曲》《车儿法曲》

《宋史·乐志》有法曲部。其曲二：一曰〔道调宫·望瀛〕，二曰〔小石调·献仙音〕。《词源》（卷下）谓大曲片数（即遍数）与法曲相上下，则二者略相似也。

诸宫调二本：

《诸宫调霸王》《诸宫调卦册儿》

按此即以诸宫调填曲也。

普通词调三十本：

《打地铺逍遥乐》《病郑逍遥乐》《崔护逍遥乐》《瀍湎逍遥乐》《四郑舞杨花》《四偌满皇州》（原脱满字）《浮沤暮云归》《五柳菊花新》《四季夹竹桃》《醉花阴爨》《夜半乐爨》《木兰花爨》《月当厅爨》《醉还醒爨》《扑蝴蝶爨》《满皇州卦铺儿》《白苎卦铺儿》《探春卦铺儿》《三哮好女儿》《二郎神变二郎神》《大双头莲》《小双头莲》《三笑月中行》《三登乐院公狗儿》《三教安公子》《普天乐打三教》《满皇州打三教》《三姐醉还醒》《三姐黄莺儿》《卖花黄莺儿》

其不见宋词而见于金、元曲调者九本：

《四小将整乾坤》《棹孤舟爨》《庆时丰卦铺儿》《三哮上小楼》《鹘打兔变二郎神》《双罗罗啄木儿》《赖房钱啄木儿》《园城啄木儿》《四国朝》

此外有不著其名而实用曲调者。如《三十拍爨》则李涪《刊误》

云："耀酒三十拍，促曲名〔三台〕。"则实用〔三台〕曲也。《三十六拍爨》当亦仿此。《钱手帕爨》注云："小字〔太平歌〕。"则用〔太平歌〕曲也。余如《两相宜万年芳》之〔万年芳〕，《病孤三乡题》、《王魁三乡题》、《强偌三乡题》之〔三乡题〕，《三哮文字儿》之〔文字儿〕，虽词曲调中均不见其名，以他本例之，疑亦俗曲之名也。又如《崔智韬艾虎儿》、《雌虎》（原注云：崔智韬）二本，并不见有用歌曲之迹，而关汉卿《谢天香》杂剧楔子曰："郑六遇妖狐，崔韬逢雌虎，大曲内尽是寒儒。"则此二本之一当以大曲演之。此外各本之类此者，当亦不乏也。

由此观之，则此二百八十本中，其用大曲、法曲、诸宫调、词曲调者，共一百五十余本，已过全数之半。则南宋杂剧，殆多以歌曲演之，与第二章所载滑稽戏迥异。其用大曲、法曲、诸宫调者，则曲之片数颇多，以敷衍一故事，自觉不难。其单用词调及曲调者，只有一曲，当以此曲循环敷衍，如上章传踏之例，此在元、明南曲中尚得发见其例也。

且此二百八十本，不皆纯正之戏剧。如《打调薄媚》、《大打调中和乐》、《大打调道人欢》三本，则刘昌诗《芦浦笔记》（卷三）谓街市戏谑，有打砌打调之类。实滑稽戏之支流，而佐以歌曲者也。如《门子打三教爨》、《双三教》、《三教安公子》、《三教闹著棋》、《打三教庵宇》、《普天乐打三教》、《满皇州打三教》、《领三教》，则演前章所述三教人者也。《迓鼓儿熙州》、《迓鼓孤》则前章所云讶鼓之戏也。《天下太平爨》及《百花爨》，则《乐府杂录》所谓字舞、花舞也。案《齐东野语》（卷十）云："州郡遇圣节赐宴，率命猥伎数十，群舞于庭，作天下太平字，殊为不经。而唐王建宫词云：'每过舞头分两向，太平万岁字当中。'则此事由来久矣。"云云，可知宋代戏剧，实综合种种之杂戏，而其戏曲亦综合种种之乐曲，此事观后数章自益明也。

此项官本杂剧，虽著录于宋末，然其中实有北宋之戏曲，不可不知也。如《王子高六么》一本，实神宗元丰以前之作。赵彦卫《云麓漫钞》（卷十）："王迥，字子高，旧有周琼姬事，胡徽之为作传，或用其传作〔六么〕。"朱彧《萍洲可谈》（卷一）："王迥美姿容，有才思，少年时不甚持重，间为狎邪辈所诬，播入乐府。今〔六么〕所歌奇俊王家郎者，乃迥也。元丰初，蔡持正举之，可任监司，神宗忽云：'此乃奇俊王家郎乎？'持正叩头请罪。"（又见一宋人小说云：或荐子高于王荆公，公举此语。今不能举其书名。案子高尝从荆公游，则语或近是。）则此曲实作于神宗时，然至南宋末尚存。吴文英《梦窗乙稿》中，〔惜秋华〕词自注，尚及之。然其为北宋之作无可疑也。又如〔三爷老大明乐〕、〔病爷老剑器〕二本，爷老二字，中国夙未闻有此，疑是契丹语。《唐书·房琯传》："彼曳落河虽多，岂能当我刘秩等。"愚谓"曳落河"即《辽史》屡见之"拽剌"。《辽史·百官志》云："走卒，谓之拽剌"，元马致远《荐福碑》杂剧尚有"曳剌"，为从傔之属。爷老二字，当亦曳剌之同音异译，此必北宋与辽盟聘时输入之语，则此二本当亦为北宋之作。以此推之，恐尚不止此数本，然则此二百八十本，与其视为南宋之作，不若视为两宋之作为妥也。

六　金院本名目

两宋戏剧，均谓之杂剧，至金而始有院本之名。院本者，《太和正音谱》云："行院之本也。"初不知行院为何语，后读元刊《张千替杀妻》杂剧云："你是良人良人宅眷，不是小末小末行院。"则行院者，大抵金、元人谓倡伎所居，其所演唱之本，即谓之院本云尔。院本名目六百九十种，见于陶九成《辍耕录》（卷二十五）者，不言其为何代之作。而院本之名，金、元皆有之，故但就其名，颇难区别。以余考之，其为金人所作，殆无可疑者也（见下）。自此目观之，甚与宋官本杂剧段数相似，而复杂过之。其中又分子目若干，曰"和曲院本"者十有四本，其所著曲名皆大曲、法曲，则和曲殆大曲、法曲之总名也。曰"上皇院本"者十有四本，其中如《金明池》、《万岁山》、《错入内》、《断上皇》等，皆明示宋徽宗时事，他可类推，则上皇者，谓徽宗也。曰"题目院本"者二十本，按：题目，即唐以来合生之别名。高承《事物纪原》（卷九）"合生"条言："《唐书·武平一传》：'平一上书，比来妖伎胡人于御座之前，或言妃主情貌，或列王公名质，咏歌舞踏，名曰合生。始自王公，稍及闾巷。'即合生之原起于唐中宗时也。今人亦谓之唱题目。"云云。此云题目，即唱题目之略也。曰"霸王院本"者六本，疑演项羽之事。曰"诸杂大小院本"者一百八十有九，曰"院么"者二十有一，曰"诸杂院爨"者一百有七。陶氏云："院本又谓之五花爨弄。"则爨亦院本之异名也。曰"冲撞引首"者一百有九，曰"拴搐艳段"者九十有二。案《梦粱录》（卷二十）云："杂剧先做寻常熟事一段，名曰艳段，次做正杂剧。"则引首与艳段，疑各相类。艳段，《辍耕录》又谓之焰段，曰："焰段，亦院本之意，但差简耳。取其如火焰，易明而易灭也。"其所以不得为正杂剧者，当以此。但不知所谓冲撞、拴搐，作何解耳？曰"打略拴搐"者八十有八，曰"诸杂砌"者三十。案《芦浦笔记》谓："街市戏谑，有打砌、打调之类。"疑杂砌亦滑稽戏之流，然其目则颇多故事，则又似与打砌无涉。《云麓漫抄》（卷八）："近日优人作杂班，似杂剧而稍简略。金虏官制，有文班武班，若医卜倡优，谓之杂班。每宴集，伶人进，曰杂班上，故流传作此。"然《东京梦华录》已有杂扮之名，《梦粱录》亦云："杂扮或曰杂班，又名经（当作纽）元子，又谓之拔和，即杂剧之后散段也。顷在汴京时，村落野夫，罕得入城，遂撰此端，多是借装为山东、河北村叟，以资笑端。"则自北宋已有之。今"打略拴搐"中，有《和尚家门》、《先生家门》、《秀才家门》、《列良家门》、《禾下家门》各种，每种各有数本，疑皆装此种人物以资笑剧，或为杂扮之类，而所谓杂砌者，或亦类是也。

更就其所著曲名分之，则为大曲者十六：

《上坟伊州》《烧花新水》《熙州骆驼》《列良瀛府》《贺贴万年欢》《拼瘭降黄龙》《列女降黄龙》（以上和曲院本）《进奉伊州》（诸杂大小院本）《闹夹棒六么》《送宣道人欢》《搘彩延寿乐》《讳老长寿仙》《背箱伊州》《酒楼伊州》《抹面长寿仙》《羹汤六么》（以上诸杂院爨）

为法曲者七：

《月明法曲》《郓王法曲》《烧香法曲》《送香法曲》（以上和曲院本）《闹夹棒法曲》《望瀛法曲》《分拐法曲》（以上诸杂院爨）

为词曲调者三十有七：

《病郑逍遥乐》《四皓逍遥乐》《四酸逍遥乐》（以上和曲院本）《春从天上来》（上皇院本）《杨柳枝》（题目院本）《似娘儿》《丑奴儿》《马明王》《斗鹌鹑》《满朝欢》《花前饮》《卖花声》《隔帘听》《击梧桐》《海棠春》《更漏子》（以上诸杂大小院本）《逍遥乐打马铺》《夜半乐打明皇》《集贤宾

打三教》《喜迁莺剁草鞋》《上小楼衮头子》《单兜望梅花》《双声叠韵》《河转迓鼓》《和燕归梁》《谒金门爨》(以上诸杂院爨)《憨郭郎》《乔捉蛇》《天下乐》《山麻稭》《捣练子》《净瓶儿》《调笑令》《斗鼓笛》《柳青娘》(以上冲撞引首)《归塞北》《少年游》(以上拴搐艳段)《春从天上来》《水龙吟》(以上打略拴搐)

又"拴搐艳段"中,有一本名《诸宫调》,殆以诸宫调敷演之,则其体裁,全与宋官本杂剧段数相似。唯著曲名者,不及全体十分之一,而官本杂剧则过十分之五,此其相异者也。

此院本名目中,不但有简易之剧,且有说唱杂戏在其间。如:

《讲来年好》《讲圣州序》《讲乐章序》《讲道德经》《讲蒙求爨》《讲心字爨》

此即推说经诨经之例而广之。他如:

《订注论语》《论语谒食》《擂鼓孝经》《唐韵六帖》

疑亦此类。又有:

《背鼓千字文》《变龙千字文》《摔盒千字文》《错打千字文》《木驴千字文》《埋头千字文》

此当取周兴嗣《千字文》中语,以演一事,以悦俗耳,在后世南曲宾白中犹时遇之。盖其由来已古,此亦说唱之类也。又如:

《神农大说药》《讲百果爨》《讲百花爨》《讲百禽爨》

案:《武林旧事》(卷六)载说药有杨郎中、徐郎中、乔七官人,则南京亦有之。其说或借药名以制曲,或说而不唱,则不可知,至讲百果、百花、百禽,亦其类也。

"打略拴搐"中,有《星象名》、《果子名》、《草名》等,以"名"字终者二十六种,当亦说药之类。又有:

《和尚家门》四本 《先生家门》四本(自其子目观之,先生谓道士也) 《秀才家门》十本 《列良家门》六本(列良谓日者) 《禾下家门》五本(禾下谓农夫) 《大夫家门》八本(大夫谓医士) 《卒子家门》四本 《良头家门》二本(良头未详) 《邦老家门》二本(邦老谓盗贼) 《都子家门》三本(都子谓乞丐) 《孤下家门》三本(孤下谓官吏) 《司吏家门》二本 《仵作行家门》一本 《撅俫家门》一本(撅俫未详)

此五十五本,殆摹写社会上种种人物、职业,与三教、迓鼓等戏相似。此外如"拴搐艳段"中之《遮截架解》、《三打步》、《穿百倬》,"打略拴搐"中之《难字儿》、《猜谜》等,则并竞技游戏等事而有之。此种或占演剧之一部分,或用为戏剧中之材料,虽不可知,然可见此种戏剧,实综合当时所有之游戏技艺,尚非纯粹之戏剧也。

此院本名目之为金人所作,盖无可疑。《辍耕录》云:"金有杂剧、院本、诸宫调。院本、杂剧,其实一也。国朝院本、杂剧,始厘而二之。"今此目之与官本杂剧段数同名者十余种,而一谓之杂剧,一谓之院本,足明其为金之院本,而非元之院本,一证也;中有《金皇圣德》一本,明为金人之作,而非宋、元人之作,二证也;如《水龙吟》、《双声叠韵》等之以曲调名者,其曲仅见于《董西厢》,而不见于元曲,三证也;与宋官本杂剧名例相同,足证其为同时之作,四证也。且其中关系开封者颇多。开封者,宋之东都、金之南都,而宣宗贞祐后迁居于此者也,故多演宋汴京时事。"上皇院本"且勿论,他如郓王、蔡奴,汴京之人也,金明池、陈桥,汴京之地也,其中与宋官本杂剧同名者,或犹是北宋之作,亦未可知。然宋、金之间,戏剧之交通颇易,如杂班之名,由北而入南,唱赚之作,由南而入北(唱赚始于绍兴间,然《董西厢》中亦多用之);又如演蔡中郎事者,则南有负鼓盲翁之唱，而院本名目中亦有《蔡伯喈》一本，可知当时戏曲流传不以国土限也。

七　古剧之结构

宋、金以前，杂剧、院本今无一存。又自其目观之，其结构与后世戏剧迥异，故谓之古剧。古剧者，非尽纯正之剧，而兼有竞技游戏在其中，既如前二章所述矣。盖古人杂剧，非瓦舍所演，则于宴集用之。瓦舍所演者，技艺甚多，不止杂剧一种；而宴集时所以娱耳目者，杂剧之外亦尚有种种技艺，观《宋史·乐志》、《东京梦华录》、《梦粱录》、《武林旧事》所载天子大宴礼节可知。即以杂剧言，其种类亦不一。正杂剧之前，有艳段，其后散段谓之杂扮（见第六章），二者皆较正杂剧为简易。此种简易之剧，当以滑稽戏、竞技游戏充之，故此等亦时冒杂剧之名，此在后世犹然。明顾起元《客座赘语》谓："南都万历以前，大席则用教坊打院本，乃北曲四大套者。中间错以撮垫圈、舞观音，或百丈旗，或跳队。"明代且然，则宋、金固不足怪。但其相异者，则明代竞技等，错在正剧之中间，而宋、金则在其前后耳。至正杂剧之数，每次所演亦复不多。《东京梦华录》谓："杂剧入场，一场两段。"《梦粱录》亦云："次做正杂剧，通名两段。"《武林旧事》（卷一）所载："天基圣节排当乐次。"亦皇帝初坐，进杂剧二段，再坐，复进二段。此可以例其余矣。

脚色之名，在唐时只有参军、苍鹘，至宋而其名稍繁。《梦粱录》（卷二十）云："杂剧中末泥为长，每一场四人或五人（中略）。末泥色主张，引戏色分付，副净色发乔，副末色打诨。或添一人，或曰装孤。"《辍耕录》(卷二十五)所述略同。唯《武林旧事》(卷一)所载:"乾淳教坊乐部"中,杂剧三甲,一甲或八人,或五人。其所列脚色五,则有戏头而无末泥,有装旦而无装孤,而引戏、副净、副末三色则同,唯副净则谓之次净耳。《梦粱录》云:"杂剧中末泥为长。"则末泥或即戏头,然戏头、引戏,实出古舞中之舞头、引舞(唐王建宫词"舞头先拍第三声",又"每过舞头分两向",则舞头唐时已有之。《宋史·乐志》有引舞,亦谓之引舞头。《乐府杂录·傀儡》条有引歌舞者郭郎,则引舞亦始于唐也),则末泥亦当出于古舞中之舞末。《东京梦华录》(卷九)云:"舞旋多是雷中庆,舞曲破攧前一遍,舞者入场,至歇拍,一人入场,对舞数拍,前舞者退,独后舞者终其曲,谓之舞末。"末之名当出于此。又长言之则为末泥也。净者,参军之促音。宋代演剧时,参军色手执竹竿子以句之(见《东京梦华录》卷九),亦如唐代协律郎之举麾乐作,偃麾乐止相似,故参军亦谓之竹竿子。由是观之,则末泥色以主张为职,参军色以指麾为职,不亲在搬演之列。故宋戏剧中净、末二色反不如副净、副末之著也。

唐之参军、苍鹘,至宋而为副净、副末二色。夫上既言净为参军之促音,兹何故复以副净为参军也?曰:副净本净之副,故宋人亦谓之参军。《梦华录》中执竹竿子之参军,当为净,而第二章滑稽剧中所屡见之参军,则副净也。此说有征乎?曰:《辍耕录》云:"副净古谓之参军,副末古谓之苍鹘,鹘能击禽鸟,末可打副净。"此说以第二章所引《夷坚志》(丁集卷四)、《桯史》(卷七)、《齐东野语》(卷十三)诸事证之,无乎不合。则参军之为副净,当可信也。故净与末,始见于宋末诸书,而副净与副末则北宋人著述中已见之。黄山谷〔鼓笛令〕词云:"副靖传语木大,鼓儿里且打一和。"王直方

《诗话》(《苕溪渔隐丛话》前集卷二十引)载:“欧阳公致梅圣俞简云:‘正如杂剧人,上名下韵不来,须副末接续。’”凡宋滑稽剧中,与参军相对待者,虽不言其为何色,其实皆为副末。此出于唐代参军与苍鹘之关系,其来已古。而《梦粱录》所谓“末泥色主张,引戏色分付,副净色发乔,副末色打诨”,此四语实能道尽宋代脚色之职分也。主张、分付,皆编排命令之事,故其自身不复演剧。发乔者,盖乔作愚谬之态,以供嘲讽,而打诨,则益发挥之,以成一笑柄也。试细玩第二章所载滑稽剧,无在不可见发乔、打诨二者之关系。至他种杂剧,虽不知如何,然谓副净、副末二色,为古剧中最重之脚色,无不可也。

至装孤、装旦二语,亦有可寻味者。元人脚色中有孤有旦,其实二者非脚色之名。孤者,当时官吏之称;旦者,妇女之称。其假作官吏、妇女者,谓之装孤、装旦则可,若径谓之孤与旦则已过矣。孤者,当以帝王、官吏自称孤寡,故谓之孤,旦与妲不知其义。然《青楼集》谓张奔儿为风流旦,李娇儿为温柔旦,则旦疑为宋元倡伎之称。优伶本非官吏,又非妇人,故其假作官吏、妇人者,谓之装孤、装旦也。

要之,宋杂剧、金院本二目所现之人物,若妲,若旦,若徕,则示其男女及年齿;若孤,若酸,若爷老,若邦老,则示其职业及位置;若厥,若偌,则示其性情举止(其解均见拙著《古剧脚色考》),若哮,若郑,若和,虽不解其义,亦当有所指示。然此等皆有某脚色以扮之,而其自身非脚色之名,则可信也。

宋杂剧、金院本二目中,多被以歌曲。当时歌者与演者果一人否,亦所当考也。滑稽剧之言语,必由演者自言之,至自唱歌曲与否,则当视此时已有代言体之戏曲否以为断。若仅有叙事体之曲,则当如第四章所载史浩《剑舞》，歌唱与动作分为二事也。

综上所述者观之，则唐代仅有歌舞剧及滑稽剧，至宋、金二代而始有纯粹演故事之剧，故虽谓真正之戏剧起于宋代，无不可也。然宋、金演剧之结构虽略如上，而其本则无一存。故当日已有代言体之戏曲否，已不可知。而论真正之戏曲，不能不从元杂剧始也。

八　元杂剧之渊源

由前数章之说，则宋、金之所谓杂剧、院本者，其中有滑稽戏，有正杂剧，有艳段，有杂班，又有种种技艺游戏。其所用之曲，有大曲，有法曲，有诸宫调，有词，其名虽同，而其实颇异。至成一定之体段，用一定之曲调，而百余年间无敢逾越者，则元杂剧是也。元杂剧之视前代戏曲之进步，约而言之，则有二焉。宋杂剧中用大曲者几半。大曲之为物，遍数虽多，然通前后为一曲，其次序不容颠倒，而字句不容增减，格律至严，故其运用亦颇不便。其用诸宫调者，则不拘于一曲，凡同在一宫调中之曲皆可用之，顾一宫调中，虽或有联至十余曲者，然大抵用二三曲而止。移宫换韵，转变至多，故于雄肆之处稍有欠焉。元杂剧则不然，每剧皆用四折，每折易一宫调，每调中之曲必在十曲以上。其视大曲为自由，而较诸宫调为雄肆。且于正宫之〔端正好〕、〔货郎儿〕、〔煞尾〕，仙吕宫之〔混江龙〕、〔后庭花〕、〔青哥儿〕，南吕宫之〔草池春〕、〔鹌鹑儿〕、〔黄钟尾〕，中吕宫之〔道和〕，双调之〔□□□〕、〔折桂令〕、〔梅花酒〕、〔尾声〕，共十四曲，皆字句不拘，可以增损，此乐曲上之进步也。其二则由叙事体而变为代言体也。宋人大曲，就其现存者观之，皆为叙事体。金之诸宫调虽有代言之处，而其大体只可谓之叙事。独元杂剧于科白中叙事，而曲文全为代言。虽宋、金时或当已有代言体之戏曲，而就现存者言之，则断自元剧始，不可谓非戏曲上之一大进步也。此二者之进步，一属形式，一属材质，二者兼备，而后我中国之真戏曲出焉。

顾自元剧之进步言之，虽若出于创作者，然就其形式分析观之，则颇不然。元剧所用曲，据周德清《中原音韵》所纪，则黄钟宫二十四章，正宫二十五章，大石调二十一章，小石调五章，仙吕四十二章，中吕三十二章，南吕二十一章，双调一百章，越调三十五章，商调十六章，商角调六章，般涉调八章，都三百三十五章（章即曲也）。而其中小石、商角、般涉三调，元剧中从未用之，故陶九成《辍耕录》（卷二十七）无此三调之曲，仅有正宫二十五章，黄钟十五章，南吕二十章，中吕三十八章，仙吕三十六章，商调十六章，大石十九章，双调六十章，都二百三十章。二者不同。观《太和正音谱》所录，全与《中原音韵》同。则以曲言之，陶说为未备矣。然剧中所用，则出于陶《录》二百三十章外者甚少。此外百余章，不过元人小令、套数中用之耳。今就此三百三十五章研究之，则其曲为前此所有者几半。更分析之，则出于大曲者十一：

〔降黄龙衮〕（黄钟） 〔小梁州〕 〔六么遍〕（以上正宫） 〔催拍子〕（大石） 〔伊州遍〕（小石） 〔八声甘州〕 〔六么序〕 〔六么令〕（以上仙吕） 〔普天乐〕（《宋史·乐志》太宗撰大曲，有《平晋普天乐》，此或其略语也） 〔齐天乐〕（以上中吕） 〔梁州第七〕（南吕）

出于唐宋词者七十有五：

〔醉花阴〕 〔喜迁莺〕 〔贺圣朝〕 〔昼夜乐〕 〔人月圆〕

〔抛球乐〕〔侍香金童〕〔女冠子〕(以上黄钟宫)〔滚绣球〕〔菩萨蛮〕(以上正宫)〔归塞北〕(即词之〔望江南〕)〔雁过南楼〕(晏殊《珠玉词》〔清商怨〕中有此句,其调即词之〔清商怨〕)〔念奴娇〕〔青杏儿〕(宋词作〔青杏子〕)〔还京乐〕〔百字令〕(以上大石)〔点绛唇〕〔天下乐〕〔鹊踏枝〕〔金盏儿〕(词作〔金盏子〕)〔忆王孙〕〔瑞鹤仙〕〔后庭花〕〔太常引〕〔柳外楼〕(即〔忆王孙〕,以上仙吕)〔粉蝶儿〕〔醉春风〕〔醉高歌〕〔上小楼〕〔满庭芳〕〔剔银灯〕〔柳青娘〕〔朝天子〕(以上中吕)〔乌夜啼〕〔感皇恩〕〔贺新郎〕(以上南吕)〔驻马听〕〔夜行船〕〔月上海棠〕〔风入松〕〔万花方三台〕〔滴滴金〕〔太清歌〕〔捣练子〕〔快活年〕(宋词作〔快活年近拍〕)〔豆叶黄〕〔川拨棹〕(宋词作〔拨棹子〕)〔金盏儿〕〔也不罗〕(原注即〔野落索〕。案:其调即宋词之〔一落索〕也)〔行香子〕〔碧玉箫〕〔骤雨打新荷〕〔减字木兰花〕〔青玉案〕〔鱼游春水〕(以上双调)〔金蕉叶〕〔小桃红〕〔三台印〕〔耍三台〕〔梅花引〕〔看花回〕〔南乡子〕〔糖多令〕(以上越调)〔集贤宾〕〔逍遥乐〕〔望远行〕〔玉抱肚〕〔秦楼月〕(以上商调)〔黄莺儿〕〔踏莎行〕〔垂丝钓〕〔应天长〕(以上商角调)〔哨遍〕〔瑶台月〕(以上般涉调)

其出于诸宫调中各曲者二十有八:

〔出队子〕〔刮地风〕〔寨儿令〕〔神仗儿〕〔四门子〕〔文如锦〕〔啄木儿煞〕(以上黄钟)〔脱布衫〕(正宫)〔荼蘼香〕〔玉翼蝉煞〕(以上大石)〔赏花时〕〔胜葫芦〕〔混江龙〕(以上仲吕)〔迎仙客〕〔石榴花〕〔鹘打兔〕〔乔捉蛇〕(以上中吕)〔一枝花〕〔牧羊关〕(以上南吕)〔搅筝琶〕

〔庆宣和〕(以上双调) 〔斗鹌鹑〕 〔青山口〕 〔凭栏人〕 〔雪里梅〕(以上越调) 〔耍孩儿〕 〔墙头花〕 〔急曲子〕 〔麻婆子〕(以上般涉调)

然则此三百三十五章,出于古曲者一百有十,殆当全数之三分之一。虽其词字句之数或与古词不同,当由时代迁移之故,其渊源所自,要不可诬也。此外曲名,尚有虽不见于古词曲,而可确知其非创造者如左:

〔六国朝〕(大石) 曾敏行《独醒杂志》(卷五):"先君尝言宣和末,客京师,街巷鄙人,多歌蕃曲,名曰〔异国朝〕、〔四国朝〕、〔六国朝〕、〔蛮牌序〕、〔蓬蓬花〕等。其言至俚,一时士大夫亦皆歌之。"则汴宋末已有此曲也。

〔憨郭郎〕(大石) 《乐府杂录·傀儡子》条云:"其引歌舞有郭郎者,发正秃,善优笑,闾里呼为郭郎,凡戏场必在俳儿之首也。"《后山诗话》载杨大年《傀儡诗》:"鲍老当筵笑郭郎。"则宋时尚有之,其曲当出宋代也。

〔叫声〕(中吕) 《事物纪原》(卷九)《吟叫》条:"嘉祐末,仁宗上仙,四海遏密,故市井初有叫果子之戏。其本盖自至和、嘉祐之间叫〔紫苏丸〕,洎乐工杜人经十叫子始也。京师凡卖一物必有声韵,其吟哦俱不同,故市人采其声调,间以词章,以为戏乐也。今盛行于世,又谓之吟哦也。"《梦粱录》(卷二十):"今街市与宅院往往效京师叫声,以市井诸色歌叫卖合之声,采合宫商,成其词也。"

〔快活三〕(中吕) 《东京梦华录》(卷七)关扑有名者,任大头、快活三之类。《武林旧事》(卷二)舞队有《快活三郎》、《快活三娘》二种,盖亦宋时语也。

〔鲍老儿〕、〔古鲍老〕（中吕） 杨文公诗："鲍老当筵笑郭郎。"《武林旧事》（卷二）舞队中有《大小斫刀鲍老》、《交衮鲍老》，则亦宋时语也。

〔四边静〕（中吕） 《云麓漫钞》（卷四）："巾之制，有圆顶、方顶、砖顶、琴顶，秦伯阳又以砖顶服去顶上之重纱，谓之四边净。"则此亦宋时语也。

〔乔捉蛇〕（中吕） 《武林旧事》（卷二）舞队中有《乔捉蛇》，金人院本名目中亦有《乔捉蛇》一本。

〔拨不断〕（仙吕） 《武林旧事》（卷六）唱〔拨不断〕有张胡子、黄三二人，则亦宋时旧曲也。

〔太平令〕（仙吕） 《梦粱录》（卷二十）："绍兴年间，有张五牛大夫，因听动鼓板中有〔太平令〕或赚鼓板，遂撰为赚。"则亦宋时旧曲也。

此上十章，虽不见于现存宋词中，然可证其为宋代旧曲，或为宋时习用之语，则其有所本盖无可疑。由此推之，则其他二百十余章，其为宋、金旧曲者当复不鲜，特无由证明之耳。

虽元剧诸曲配置之法，亦非尽由创造，《梦粱录》谓宋之缠达、引子后只有两腔，迎互循环。今于元剧仙吕宫、正宫中曲，实有用此体例者，今举其例，如马致远《陈抟高卧》剧第一折（仙吕）第五曲后，实以〔后庭花〕、〔金盏儿〕二曲迎互循环。今举其全折之曲名：

〔仙吕·点绛唇〕 〔混江龙〕 〔油葫芦〕 〔天下乐〕 〔醉中天〕 〔后庭花〕 〔金盏儿〕 〔后庭花〕 〔金盏儿〕 〔醉中天〕 〔金盏儿〕 〔赚煞〕

郑廷玉《看钱奴买冤家债主》第二折，则其例更明：

〔正宫·端正好〕〔滚绣球〕〔倘秀才〕〔滚绣球〕〔倘秀才〕〔滚绣球〕〔倘秀才〕〔滚绣球〕〔倘秀才〕〔塞鸿秋〕〔随煞〕

此中〔端正好〕一曲,当宋缠达中之引子,而以〔滚绣球〕、〔倘秀才〕二曲循环迎互,至于四次,〔随煞〕则当缠达之尾声,唯其上多〔塞鸿秋〕一曲。《陈抟高卧》剧之第四折亦然,其全折之曲名如左:

〔正宫·端正好〕〔滚绣球〕〔倘秀才〕〔滚绣球〕〔倘秀才〕〔叨叨令〕〔倘秀才〕〔滚绣球〕〔倘秀才〕〔滚绣球〕〔倘秀才〕〔三煞〕〔二煞〕〔煞尾〕

元刊无名氏《张千替杀妻》杂剧第二折亦同:

〔端正好〕〔滚绣球〕〔倘秀才〕〔滚绣球〕〔倘秀才〕〔滚绣球〕〔倘秀才〕〔滚绣球〕〔叨叨令〕〔尾声〕

此亦皆以〔滚绣球〕、〔倘秀才〕二曲相循环,中唯杂以〔叨叨令〕一曲。他剧正宫曲中之相循环者亦皆用此二曲,故《中原音韵》于此二曲下皆注"子母调"。此种自宋代缠达出,毫无可疑。可知元剧之构造,实多取诸旧有之形式也。

且不独元剧之形式为然,即就其材质言之,其取诸古剧者不少。兹列表以明之:

元杂剧		宋官本杂剧	金院本名目	其他
作者	剧名			
关汉卿	姑苏台范蠡进西施		范蠡	董颖〔薄媚〕大曲
同	包待制三勘蝴蝶梦		蝴蝶梦	
同	隋炀帝牵龙舟		牵龙舟	
同	刘盼盼闹衡州		刘盼盼	
高文秀	刘先主襄阳会		襄阳会	

元杂剧		宋官本杂剧	金院本名目	其他
作者	剧名			
白朴	鸳鸯简墙头马上（一作裴少俊墙头马上）	裴少俊伊州	鸳鸯简 墙头马	
同	崔护谒浆	崔护六么 崔护逍遥乐		
庾天锡	隋炀帝风月锦帆舟		牵龙舟	
同	薛昭误入兰昌宫		兰昌宫	
同	封骘先生骂上元	封陟中和乐		
李文蔚	蔡逍遥醉写石州慢		蔡消闲	
李直夫	尾生期女渰蓝桥		渰蓝桥	
吴昌龄	唐三藏西天取经		唐三藏	
同	张天师断风花雪月	风花雪月爨	风花雪月	
王实父	韩彩云丝竹芙蓉亭		芙蓉亭	
同	崔莺莺待月西厢记	莺莺六么		董解元《西厢诸宫调》
李寿卿	船子和尚秋莲梦		船子和尚 四不犯	
尚仲贤	海神庙王魁负桂英	王魁三乡题		宋末有王魁戏文
同	凤凰坡越娘背灯	越娘道人欢		
同	洞庭湖柳毅传书	柳毅大圣乐		
同	崔护谒浆	（见前）		
同	张生煮海		张生煮海	
史九敬先	花间四友庄周梦		庄周梦	
郑光祖	崔怀宝月夜闻筝		月夜闻筝	
范康	曲江池杜甫游春		杜甫游春	
沈和	徐驸马乐昌分镜记			南宋有《乐昌分镜》戏文
周文质	孙武子教女兵			宋舞队有《孙武子教女兵》
赵善庆	孙武子教女兵			同上
无名氏	硃砂担滴水浮沤记	浮沤传永成双 浮沤暮云归		

元杂剧		宋官本杂剧	金院本名目	其他
作者	剧名			
同	逞风流王焕百花亭			宋末有《王焕》戏文
同	双斗医		双斗医	
同	十样锦诸葛论功		十样锦	

今元剧目录之见于《录鬼簿》、《太和正音谱》者,共五百余种。而其与古剧名相同,或出于古剧者共三十二种。且古剧之目,存亡恐亦相半,则其相同者想尚不止于此也。

由元剧之形式、材料两面研究之,可知元剧虽有特色而非尽出于创造,由是其创作之时代,亦可得而略定焉。

九　元剧之时地

元杂剧之体,创自何人,不见于纪载。钟嗣成《录鬼簿》所著录以关汉卿为首,宁献王《太和正音谱》以马致远为首。然《正音谱》之评曲也,于关汉卿则云:"观其词语,乃可上可下之才。盖所以取者,初为杂剧之始,故卓以前列。"盖《正音谱》之次第,以词之甲乙论而非以时代之先后,其以汉卿为杂剧之始,固与《录鬼簿》同也。汉卿时代,颇多异说。杨铁崖《元宫词》云:"开国遗音乐府传,白翎飞上十三弦,大金优谏关卿在,《伊尹扶汤》进剧编。"此关卿当指汉卿而言。虽《录鬼簿》所录汉卿杂剧六十本中无《伊尹扶汤》,而郑光祖所作杂剧目中有之,然马致远《汉宫秋》杂剧中,有云:"不说它《伊尹扶汤》,则说那《武王伐纣》。"案:《武王伐纣》乃赵文殷所作杂剧,则《伊尹扶汤》亦必为杂剧之名。马致远时代在汉卿之后,郑光祖之前,则其所云《伊尹扶汤》剧自当为关氏之作,而非郑氏之作。其不见于《录鬼簿》者,亦犹其所作《窦娥冤》、《续西厢》等,亦未为钟氏所著录也。杨诗云云,正指汉卿,则汉卿固逮事金源矣。《录鬼簿》云:“汉卿,大都人,太医院尹。”明蒋仲舒《尧山堂外纪》(卷六十八)则云:“金末为太医院尹,金亡不仕。”则不知所据。据《辍耕录》(卷二十三)则汉卿至中统初尚存,案自金亡至元中统元年,凡二十六年。果使金亡不仕,则似无于元代进杂剧之理。宁视汉卿生于金代,仕元,为太医院尹为稍当也。又《鬼董》五卷末,有元泰定丙寅临安钱孚跋云:“关解元之所传。”后人皆以解元为即汉卿。《尧山堂外纪》遂误以此书为汉卿所作。钱氏《元史·艺文志》仍之。案:解元之称始于唐,而其见于正史也,始于《金史·选举志》。金人亦喜称人为解元,如董解元是已。则汉卿得解,自当在金末。若元则唯太宗九年(金亡后三年)秋八月一行科举,后废而不举者七十八年。至仁宗延祐元年八月,始复以科目取士,遂为定制。故汉卿得解,即非在金世,亦必在蒙古太宗九年。至世祖中统之初,固已垂老矣。杂剧苟为汉卿所创,则其创作之时,必在金天兴与元中统间二三十年之中,此可略得而推测者也。

《正音谱》虽云汉卿为杂剧之始,然汉卿同时,杂剧家业已辈出,此未必由新体流行之速,抑由元剧之创作诸家亦各有所尽力也。据《录鬼簿》所载,于杨显之则云:“与汉卿莫逆交,凡有珠玉,与公较之。”于费君祥则云:“与汉卿交,有《爱女论》行于世。”于梁进之则云:“与汉卿世交。”又如红字李二、花李郎二人,皆注教坊刘耍和婿。按:《辍耕录》所载院本名目,前章既定为金人之作,而云教坊魏、武、刘三人鼎新编辑,刘疑即刘耍和。金李治敬斋《古今黈》(卷一）云："近者伶官刘子才，蓄才人隐语数十卷。"疑亦此人，则其人自当在金末，而其婿之时代，当与汉卿不甚相远也。他如石子章，则《元遗山诗集》（卷九）有《答石子璋兼送其行》七律一首，李庭《寓庵集》（卷二）亦有《送石子章北上》七律一首。按寓庵生于金承安三年，卒于元至元十三年，其年代与遗山略同。如杂剧家之石子章，即遗山、寓庵集中之人，则亦当与汉卿同时矣。

此外与汉卿同时者，尚有王实甫《西厢记》五剧，《录鬼簿》属之实甫。后世或谓王作，而关续之（都穆《南濠诗话》、王世贞《艺苑卮言》），或谓关作而王续之者（《雍熙乐府》卷十九，载无名氏《西厢十咏》）。然元人一剧，如《黄粱梦》、《骕骦裘》等，恒以数人合作，况五剧之多乎？且合作者皆同时人，自不能以作者与续者定时代之先后也。则实甫生年，固不后于汉卿。又汉卿有《闺怨佳人拜月亭》一剧，实甫亦有《才子佳人拜月亭》剧，其所谱者乃金南迁时事，事在宣宗贞祐之初，距金亡二十年。或二人均及见此事，故各有此本欤？

此外元初杂剧家，其时代确可考者则有白仁甫朴。据元王博文《天籁集序》谓："仁甫年甫七岁，遭壬辰之难。"又谓："中统初，开府史公，将以所业荐之于朝。"按：壬辰为金哀宗天兴元年，时仁甫年七岁，则至中统元年庚辰，年正三十五岁，故于至元一统后，尚游金陵。盖视汉卿为后辈矣。

由是观之，则元剧创造之时代，可得而略定矣。至有元一代之杂剧，可分为三期：一、蒙古时代，此自太宗取中原以后，至至元一统之初。《录鬼簿》卷上所录之作者五十七人，大都在此期中（中如马致远、尚仲贤、戴善甫均为江浙行省务官，姚守中为平江路吏，李文蔚为江州路瑞昌县尹，赵天锡为镇江府判，张寿卿为浙江省掾史，皆在至元一统之后。侯正卿亦曾游杭州，然《录鬼簿》均谓之前辈名公才人，与汉卿无别，或其游宦江浙，为晚年之事矣）。其人皆北方人也。二、一统时代，则自至元后，至至顺、后至元间，《录鬼簿》所谓“已亡名公才人，与余相知或不相知者”是也。其人则南方为多，否则北人而侨寓南方者也。三、至正时代，《录鬼簿》所谓“方今才人”是也。此三期，以第一期之作者为最盛，其著作存者亦多，元剧之杰作大抵出于此期中。至第二期，则除宫天挺、郑光祖、乔吉三家外，殆无足观，而其剧存者亦罕。第三期则存者更罕，仅有秦简夫、萧德祥、朱凯、王晔五剧，其去蒙古时代之剧远矣。

就诸家之时代，今取其有杂剧存于今者，著之。

第一期

关汉卿　杨显之　张国宝（一作国宾）　石子章　王实甫　高文秀　郑廷玉　白朴　马致远　李文蔚　李直夫　吴昌龄　武汉臣　王仲文　李寿卿　尚仲贤　石君宝　纪君祥　戴善甫　李好古　孟汉卿　李行道　孙仲章　岳百川　康进之　孔文卿　张寿卿

第二期

杨梓　宫天挺　郑光祖　范康　金仁杰　曾瑞　乔吉

第三期

秦简夫　萧德祥　朱凯　王晔

此外如王子一、刘东生、谷子敬、贾仲名、杨文奎、杨景言、汤式，其名均不见《录鬼簿》。《元曲选》于谷子敬、贾仲名诸剧，皆云元人，《太和正音谱》则直以为明人。案王、刘诸人不见他书，唯贾仲名则元人有同姓名者。《元史·贾居贞传》：“居贞字仲明，真定获鹿人，官至江西行省参知政事。卒于至元十七年，年六十三。”则尚为元初人，似非作曲之贾仲名。且《正音谱》宁献王所作，纪其同时之人，当无大谬。又谷、贾二人之曲，虽气骨颇高，而伤于绮丽，颇与元曲不类，则视为明初人，当无大误也。

更就杂剧家之里居研究之，则如左表：

大都	中书省所属	河南江北等处行中书省所属	江浙等处行中书省所属
关汉卿	李好古（保定） 陈无妄（东平）	赵天锡（汴梁）	金仁杰（杭州）
王实甫	彭伯威（同）王廷秀（益都）		范康（同）
庾天锡	白　朴（真定）武汉臣（济南）	陆显之（同）	沈和（同）
马致远	李文蔚（同）岳百川（同）	钟嗣成（同）	鲍天祐（同）
王仲文	尚仲贤（同）康进之（棣州）	姚守中（洛阳）	陈以仁（同）
杨显之	戴善甫（同）吴昌龄（西京即大同）	孟汉卿（亳州）	范居中（同）
	李寿卿（太原）		
纪君祥	侯正卿（同）刘唐卿（同）	张鸣善（扬州）	施惠（同）
费君祥	史九敬先（同）乔吉甫（同）	孙子羽（同）	黄天泽（同）
费唐臣	江泽民（同）石君宝（平阳）		沈　拱（同）
张国宝	郑廷玉（彰德）于伯渊（同）		周文质（同）
石子章	赵公辅（同）		萧德祥（同）
李宽甫	赵文殷（同）狄君厚（同）		陆登善（同）
梁进之	陈宁甫（大名）孔文卿（同）		王晔（同）
孙仲章	李进取（同）郑光祖（同）		王仲元（同）
赵明道	宫天挺（同）李行甫（同）		杨梓（嘉兴）
李子中	高文秀（东平）		
李时中	张时起（同）		
曾　瑞	顾仲清（同）		
	张寿卿（同）		
王伯成（涿州）	赵良弼（同）		

由右表观之，则六十二人中，北人四十九，而南人十三。而北

《中华现代学术名著丛书》

【第一辑 四十种】

马氏文通	马建忠
国故论衡	章太炎
王国维文学论著三种	王国维
吴梅词曲论著四种	吴　梅
中国中古文学史 汉魏六朝专家文研究	刘师培
中国文学批评史（上、下）	郭绍虞
甲骨文字释林	于省吾
中国俗文学史	郑振铎
汉语语音史	王　力
红楼梦辨	俞平伯
中国韵文史	龙榆生
汉魏六朝诗论丛	余冠英
台湾通史（上、下）	连　横
秦汉史	吕思勉
中国史学史	金毓黻
史学要论	李守常
中国通史简编（上、下）	范文澜
国史大纲（上、下）	钱　穆
中国史纲（一、二卷）	翦伯赞
春秋史	童书业
魏晋南北朝史论丛	唐长孺
明清社会经济史论文集	傅衣凌
西夏史稿	吴天墀
中国伦理学史（外一种）	蔡元培
新唯识论	熊十力
东西文化及其哲学	梁漱溟
科学与玄学	罗志希
中国艺术精神	徐复观
论逻辑经验主义	洪　谦
九朝律考	程树德
比较宪法	王世杰　钱端升
中国法律与中国社会	瞿同祖
中国民治论	鲍明钤
中国官僚政治研究	王亚南
通货新论	马寅初
中国经济思想史	唐庆增
中国厘金史	罗玉东
北平生活费之分析	陶孟和
论社会学中国化	吴文藻
第四种国家的出路	吴景超

【第二辑 三十种】

目录学发微 古书通例	余嘉锡
积微居小学金石论丛	杨树达
现代中国文学史（外一种:明代文学）	钱基博
等韵源流	赵荫棠
诗言志辨 经典常谈	朱自清
话本小说概论（上、下）	胡士莹

司马迁之人格与风格 道教徒的诗人李白及其痛苦	李长之
明清史讲义（上、下）	孟　森
国史要义	柳诒徵
中国南洋交通史	冯承钧
通史新义	何炳松
魏晋清谈思想初论	贺昌群
中国救荒史	邓云特
认识论	张东荪
科学方法论 科学概论	王星拱
中国哲学史大纲	胡　适
知识论（上、下）	金岳霖
法相唯识学	太　虚
陈康：论希腊哲学	陈　康
康德的知识学	齐良骥
中国文化的展望	殷海光
中国道教史	傅勤家
监狱学	孙　雄
中国法制史概要	陈顾远
新政治学大纲	邓初民
财政学	何　廉　李　锐
中国之棉纺织业	方显廷
中国田制史	万国鼎
南洋华侨与闽粤社会	陈　达
文化人类学	林惠祥

【第三辑 三十五种】

中国小说史略 （外一种：汉文学史纲要）	鲁　迅
现代吴语的研究	赵元任
古典新义	闻一多
谈艺录	钱锺书
唐诗综论	林　庚
中古文学史论	王　瑶
中国近三百年学术史（新校本）	梁启超
通鉴胡注表微	陈　垣
隋唐制度渊源略论稿 唐代政治史述论稿	陈寅恪
中国古代社会研究	郭沫若
古史辨自序（上、下）	顾颉刚
安阳	李　济
绿营兵志	罗尔纲
东汉的豪族	杨联陞
佛道散论	蒙文通
中国哲学史（上、下）	冯友兰
艺境	宗白华
西方美学史（上、下）	朱光潜
近代唯心论简释	贺　麟
康德学述	郑　昕
历代刑法考（上、下）	沈家本
中国商事法	刘朗泉
中国近百年政治史	李剑农
中国政治思想史（上、下）	萧公权
中国国民所得（一九三三年） （外一种：国民所得概论）	巫宝三
中国棉纺织史稿	严中平
当代中国社会学	孙本文
乡土中国 生育制度 乡土重建	费孝通
滕固美术史论著三种	滕　固
中国古代服饰研究	沈从文
A GRAMMAR OF SPOKEN CHINESE 中国话的文法	Yuen Ren Chao 赵元任

MODERN DEMOCRACY IN CHINA	Mingchien Joshua Bau
中国民治主义	鲍明钤
THE GOVERNMENT AND POLITICS OF CHINA	Ch'ien Tuan-sheng
中国的政府与政治	钱端升
THE POST-WAR INDUSTRIALIZATION OF CHINA, INDUSTRIAL CAPITAL IN CHINA	H. D. Fong
战后中国之工业化 中国之工业资本	方显廷
LAW AND SOCIETY IN TRADITIONAL CHINA	T'ung-Tsu Ch'ü
中国法律与中国社会	瞿同祖

【第四辑 三十种】

中国旧小说考证	胡 适
文心雕龙札记	黄 侃
卢前曲学论著三种	卢 前
孟姜女故事研究及其他	顾颉刚
中国目录学史	姚名达
校雠学	向宗鲁
唐五代西北方音	罗常培
中国文法要略	吕叔湘
清史探微	郑天挺
中国文化史（上、下）	陈登原
中国文化与中国的兵	雷海宗
佛学研究十八篇（校点本）	梁启超
中国景教	朱谦之
德国古典美学	蒋孔阳
神学四讲	赵紫宸
法律哲学导论	居 正
民国司法志	汪楫宝
国际法大纲	周鲠生
罗马法原论（上、下）	周 枏
马克思的政治思想	吴恩裕
欧美各国现行宪法析要	龚 钺
经济史：历史观与方法论	吴承明
从古典经济学派到马克思	陈岱孙
中国历史上的基本经济区	冀朝鼎
中国教育改造	陶行知
平民教育与乡村建设运动	晏阳初
中国教育制度沿革史	郭秉文
COTTON INDUSTRY AND TRADE IN CHINA	H. D. Fong
中国之棉纺织业	方显廷
KEY ECONOMIC AREAS IN CHINESE HISTORY	Ch'ao-Ting Chi
中国历史上的基本经济区	冀朝鼎
THE CHINESE SYSTEM OF PUBLIC EDUCATION	Ping Wen Kuo
中国教育制度沿革史	郭秉文

【第五辑 三十种】

词史	刘毓盘
元白诗笺证稿	陈寅恪
上古音研究	李方桂
从诗到曲（上、下）	郑 骞
训诂学概论	齐佩瑢
唐代进士行卷与文学 古诗考索	程千帆
南朝文学与北朝文学研究	曹道衡
先秦政治思想史	梁启超
中国史学通论	朱希祖
隋唐史	岑仲勉
中国地理学史（先秦至明代）	王成组
中国妇女生活史	陈东原
基督教与中国文化	吴雷川
中国天主教传教史概论	徐宗泽
道教史	许地山
论道	金岳霖
文化与人生	贺 麟

寄簃文存	沈家本
中国婚姻史	陈顾远
中国法律在东亚诸国之影响	杨鸿烈
孔门理财学	陈焕章
上海工业化研究	刘大钧
乡村建设理论	梁漱溟
中国经济原论	王亚南
金翼	林耀华
幼稚园教材研究　幼稚教育新论	张雪门
近代中国留学史　近代中国教育思想史	舒新城
THE ECONOMIC PRINCIPLES OF CONFUCIUS AND HIS SCHOOL	Chen Huan-Chang
孔门理财学	陈焕章
THE GROWTH AND INDUSTRIALIZATION OF SHANGHAI	D. K. Lieu
上海工业化研究	刘大钧
THE FINANCING OF PUBLIC EDUCATION IN CHINA	Ronald Yu Soong Cheng
中国教育财政之改进	陈友松

【第六辑　四十种】

齐如山国剧论丛	齐如山
先秦文学 中国文学史讲义	游国恩
中国文学批评史（上、下）	罗根泽
中国文学发展史（上、下）	刘大杰
宋元明讲唱文学	叶德均
晚照楼论文集	马茂元
汉书窥管	杨树达
欧化东渐史	张星烺
西域史地考古论集	黄文弼
中国疆域沿革史	顾颉刚　史念海
先秦诸子系年	钱　穆
古器物中的古代文化制度	徐中舒
中国社会之史的分析（外一种：婚姻与家族）	陶希圣
唐代长安与西域文明	向　达
古代神话与民族	丁　山
小屯、龙山与仰韶	梁思永
中国史纲	张荫麟
岳飞传	邓广铭
胡惟庸党案考	吴　晗
等不等观杂录	杨文会
欧阳竟无内外学	欧阳竟无
中国佛教史	蒋维乔
中国宗教思想史大纲	王治心
理学纲要	吕思勉
汉魏两晋南北朝佛教史	汤用彤
两汉经学今古文平议	钱　穆
墨学源流	方授楚
中国哲学大纲	张岱年
中国伶人血缘之研究　明清两代嘉兴的望族	潘光旦
中国乡约制度	杨开道
藏族宗教史之实地研究	李安宅
中国封建社会	瞿同祖
法律教育	孙晓楼
财政学总论	陈启修
社会主义经济论稿	孙冶方
变态心理学派别	朱光潜
旧石器时代之艺术	裴文中
中国教育财政之改进	陈友松
THE SYSTEM OF TAXATION IN CHINA IN THE TSING DYNASTY, 1644-1911	SHAO-KWAN CHEN
清代中国的税收制度	陈兆鲲
VILLAGE AND TOWN LIFE IN CHINA	L.K.Tao Y.K.Leong
中国的乡村与城镇生活	陶孟和　梁宇皋

人之中，中书省所属之地，即今直隶、山东西产者，又得四十六人。而其中大都产者十九人，且此四十六人中，其十分之九为第一期之杂剧家，则杂剧之渊源地，自不难推测也。又北人之中，大都之外，以平阳为最多，其数当大都之五分之二。按《元史·太宗纪》："太宗二七年，耶律楚材请立编修所于燕京，经籍所于平阳，编集经史，至世祖至元二年，始徙平阳经籍所于京师。"则元初除大都外，此为文化最盛之地，宜杂剧家之多也。至中叶以后，则剧家悉为杭州人，中如宫天挺、郑光祖、曾瑞、乔吉、秦简夫、钟嗣成等，虽为北籍，亦均久居浙江。盖杂剧之根本地，已移而至南方，岂非以南宋旧都，文化颇盛之故欤？

元初名臣中，有作小令、套数者，唯杂剧之作者大抵布衣，否则为省掾令史之属。蒙古色目人中，亦有作小令、套数者，而作杂剧者则唯汉人（其中唯李直夫为女直人）。盖自金末重吏，自掾史出身者，其任用反优于科目。至蒙古灭金，而科目之废垂八十年，为自有科目来未有之事。故文章之士非刀笔吏无以进身，则杂剧家之多为掾史，固自不足怪也。沈德符《万历野获编》（卷二十五）及臧懋循《元曲选序》均谓蒙古时代曾以词曲取士，其说固诞妄不足道。余则谓元初之废科目，却为杂剧发达之因。盖自唐、宋以来，士之竞于科目者已非一朝一夕之事，一旦废之，彼其才力无所用，而一于词曲发之，且金时科目之学最为浅陋（观刘祁《归潜志》卷七、八、九数卷可知），此种人士，一旦失所业，固不能为学术上之事。而高文典册，又非其所素习也。适杂剧之新体出，遂多从事于此，而又有一二天才出于其间，充其才力，而元剧之作遂为千古独绝之文字。然则由杂剧家之时代爵里，以推元剧创造之时代及其发达之原因，如上所推论，固非想像之说也。

附考：案金以律赋策论取士。逮金亡后，科目虽废，民间犹有为此学者。如王博文，白仁甫《天籁集序》谓："律赋为专门之学，而太素有能声（太素，仁甫字），号后进之翘楚。"案仁甫金亡时不及十岁，则其作律赋必在科目已废之后。当时人士之热中科目如此。又元代士人不平之气，读宫天挺《范张鸡黍》剧第一、二折，可见一斑也。

十　元剧之存亡

元人所作杂剧，共若干种，今不可考。明李开先作《张小山乐府序》云："洪武初年，亲王之国，必以词曲千七百本赐之。"然宁献王权亦当时亲王之一，其所作《太和正音谱》卷首，著录元人杂剧仅五百三十五本，加以明初人所作，亦仅五百六十六本。则李氏之言或过矣。元钟嗣成《录鬼簿序》，作于至顺元年，而书中纪事，讫于至正五年。其所著录者，亦仅四百五十八本，虽此二书所未著录而见于他书，或尚传于今者亦尚有之。然现今传本出于二书外者不及百分之五，则李氏所云千七百本，或兼小令、套数言之。而其中杂剧，至多当亦不出千种。又其煊赫有名者，大都尽于二书所录，良可信也。至明隆、万间而流传渐少，长兴臧懋循之刻《元曲选》也，从黄州刘延伯借元人杂剧二百五十种，然其所刻百种内，已有明初人作六种（《儿女团圆》、《金安寿》、《城南柳》、《误入桃源》、《对玉梳》、《萧淑兰》），则二百五十种中，亦非尽元人作矣。与臧氏同时刊行杂剧者，有无名氏之《元人杂剧选》、海宁陈与郊之《古名家杂剧》，而金陵唐氏世德堂亦有汇刊之本。唐氏所刊，仅见残本三种:一为明王九思作,余二种皆《元曲选》所已刊。至《元人杂剧选》与《古名家杂剧》二书,至为罕觏,存佚已不可知。第就其目观之,则《元人杂剧选》之出《元曲选》外者,仅马致远《踏雪寻梅》、罗贯中《龙虎风云会》、无名氏《九世同居》、《苻金锭》四种耳。《古名家杂剧》正、续二集,虽多至六十种,然并刻明人之作,内同于《元曲选》者三十九种,同于《元人杂剧选》者一种,此外则除明周宪王、徐文长、汪南溟各四种外,所余唯八种,且为元为明尚不可知。可知隆、万间人所见元曲,当以臧氏为富矣。姚士粦《见只编》谓:“汤海若先生妙于音律,酷嗜元人院本。自言箧中所藏,多世不常有,已至千种。”朱竹垞《静志居诗话》谓:“山阴祁氏淡生堂所藏元明传奇,多至八百余部。”汤氏自言未免过于夸大,若祁氏所藏有明人作在内,则其中元剧当亦不过二三百种。何元朗《四友斋丛说》(卷三十七)谓其家所藏杂剧本,几三百种,则当时元剧存者,其数略可知矣。惟钱遵王也是园藏曲,则目录具存。其中确为元人作者一百四十一种,而注元明间人及古今无名氏杂剧者,凡二百有二种,共三百四十三种。其后钱书归泰兴季氏,《季沧苇书目》载钞本元曲三百种一百本,当即此书。则季氏之元曲三百种,当亦含明人作在内也。自是以后,藏书家罕注意元剧。唯黄氏丕烈于题跋中时时夸其所藏词曲之富,而其所跋元曲,仅《太平乐府》数种。向颇疑其夸大,然其所藏《元刊杂剧三十种》,今藏乃显于世。此书木函上,刊黄氏手书题字,有云:“《元刻古今杂剧乙编》。士礼居藏。”不知当时共有几编,而其前尚有甲编,则固无疑。如甲编种数与乙编同,则其所藏元刊杂剧当有六十种,可谓最大之秘笈矣。今甲编存佚不可知,但就其乙编言之,则三十种中为《元曲选》所无者,已有十七种。合以《元曲选》中真元剧九十四种,与《西厢》五剧,则今日确存之元剧，而为吾辈所能见者实得一百十六种。今从《录鬼簿》之次序，并补其所未载者，叙录之如左：

关汉卿十三本（凡元刊本均不著作者姓名，并识）：

《关张双赴西蜀梦》（元刊本，《录鬼簿》、《太和正音谱》并著录。《正音谱》作《双赴会》）

《闺怨佳人拜月亭》（元刊本，《录鬼簿》、《正音谱》、《也是园书目》并著录。"亭"《录鬼簿》作"庭"。钱目作《王瑞兰私祷拜月亭》）

《钱大尹智宠谢天香》（《元曲选》甲集下，《录鬼簿》、《正音谱》、《也是园书目》并著录）

《杜蕊娘智赏金线池》（《元曲选》辛集上，《录鬼簿》、《正音谱》、《也是园书目》著录）

《望江亭中秋切脍旦》（《元曲选》癸集上，《录鬼簿》、《正音谱》、《也是园书目》著录）

《赵盼儿风月救风尘》（《元曲选》乙集上，《录鬼簿》、《正音谱》、《也是园书目》著录，《录鬼簿》作《烟月旧风尘》）

《关大王单刀会》（元刊本，《录鬼簿》、《正音谱》、《也是园书目》著录）

《温太真玉镜台》（《元曲选》甲集下，《录鬼簿》、《正音谱》、《也是园书目》著录）

《诈妮子调风月》（元刊本，《录鬼簿》、《正音谱》著录）

《包待制三勘蝴蝶梦》（《元曲选》丁集下，《正音谱》、《也是园书目》著录）

《感天动地窦娥冤》（《元曲选》壬集下，《正音谱》、《也是园书目》著录）

《包待制智斩鲁斋郎》(《元曲选》戊集下,《也是园书目》著录,作元无名氏,《元曲选》题元大都关汉卿撰)

《崔莺莺待月西厢记》第五剧(明归安凌氏覆周定王刊本,近贵池刘氏覆凌本,他本皆改易体例,不足信据。《南濠诗话》、《艺苑卮言》皆以第五剧为汉卿作,是也)

高文秀三本:

《黑旋风双献功》(《元曲选》丁集下,《录鬼簿》、《正音谱》著录,《录鬼簿》作《黑旋风双献头》)

《须贾谇范叔》(《元曲选》庚集下,《录鬼簿》、《正音谱》、《也是园书目》著录。《录鬼簿》作《须贾谇范雎》)

《好酒赵元遇上皇》(元刊本,《录鬼簿》、《正音谱》、《也是园书目》著录)

郑廷玉五本:

《楚昭王疏者下船》(元刊本,《元曲选》乙集下,《录鬼簿》、《正音谱》、《也是园书目》著录)

《包待制智勘后庭花》(《元曲选》己集上,《录鬼簿》、《正音谱》、《也是园书目》著录)

《布袋和尚忍字记》(《元曲选》庚集上,《录鬼簿》、《正音谱》、《也是园书目》著录)

《看钱奴买冤家债主》(元刊本,《元曲选》癸集上,《录鬼簿》、《正音谱》、《也是园书目》著录)

《崔府君断冤家债主》(《元曲选》庚集上,《也是园书目》著录作元郑廷玉撰,《元曲选》题元无名氏撰)

白朴二本:

《唐明皇秋夜梧桐雨》(《元曲选》丙集上,《录鬼簿》、《正音

谱》、《也是园书目》著录)

《裴少俊墙头马上》(《元曲选》乙集下,《录鬼簿》、《正音谱》、《也是园书目》著录。《录鬼簿》作《鸳鸯简墙头马上》)

马致远六本:

《江州司马青衫泪》(《元曲选》己集上,《录鬼簿》、《正音谱》、《也是园书目》著录)

《吕洞宾三醉岳阳楼》(《元曲选》丁集下,《录鬼簿》、《正音谱》、《也是园书目》著录)

《太华山陈抟高卧》(元刊本,《元曲选》戊集上,《录鬼簿》、《正音谱》、《也是园书目》著录)

《破幽梦孤雁汉宫秋》(《元曲选》甲集上,《录鬼簿》、《正音谱》、《也是园书目》著录。《录鬼簿》无“破幽梦”三字)

《半夜雷轰荐福碑》(《元曲选》丁集上,《正音谱》、《也是园书目》著录)

《马丹阳三度任风子》(元刊本,《元曲选》癸集下,《正音谱》、《也是园书目》著录)

李文蔚一本:

《同乐院燕青博鱼》(《元曲选》乙集上,《录鬼簿》、《正音谱》、《也是园书目》著录。《录鬼簿》作《报冤台燕青扑鱼》)

李直夫一本:

《便宜行事虎头牌》(《元曲选》丙集上,《录鬼簿》、《正音谱》、《也是园书目》著录。《录鬼簿》作《武元皇帝虎头牌》)

吴昌龄二本:

《张天师断风花雪月》(《元曲选》乙集上,《录鬼簿》、《正音谱》著录。《录鬼簿》作《张天师夜断辰钩月》,《正音谱》作《辰钩月》)

《花间四友东坡梦》(《元曲选》辛集上,《正音谱》、《也是园书目》著录)

王实甫二本:

《崔莺莺待月西厢记》(明归安凌氏覆周定王刊本,近覆凌本,《录鬼簿》、《正音谱》、《也是园书目》著录)

《四丞相歌舞丽春堂》(《元曲选》己集上,《录鬼簿》、《正音谱》、《也是园书目》著录。《录鬼簿》"四丞相"作"四大王")

武汉臣三本:

《散家财天赐老生儿》(元刊本,《元曲选》丙集上,《录鬼簿》、《正音谱》、《也是园书目》著录)

《李素兰风月玉壶春》(《元曲选》丙集下,《也是园书目》著录,作元无名氏,《元曲选》题武汉臣撰)

《包待制智勘生金阁》(《元曲选》癸集下,《也是园书目》著录,作元无名氏,《元曲选》题武汉臣撰)

王仲文一本:

《救孝子烈母不认尸》(《元曲选》戊集上,《录鬼簿》、《正音谱》著录)

李寿卿二本:

《说专诸伍员吹箫》(《元曲选》丁集下,《录鬼簿》、《正音谱》、《也是园书目》著录)

《月明和尚度柳翠》(《元曲选》辛集下,《录鬼簿》、《正音谱》、《也是园书目》著录。《录鬼簿》作《月明三度临歧柳》)

尚仲贤四本:

《洞庭湖柳毅传书》(《元曲选》癸集上,《录鬼簿》、《正音谱》、《也是园书目》著录)

《尉迟公三夺槊》(元刊本,《录鬼簿》、《正音谱》著录)

《汉高祖濯足气英布》(元刊本,《元曲选》辛集上,《录鬼簿》、《正音谱》、《也是园书目》著录。《元曲选》不著谁作)

《尉迟公单鞭夺槊》(《元曲选》庚集下,《也是园书目》著录)

石君宝三本:

《鲁大夫秋胡戏妻》(《元曲选》丁集上,《录鬼簿》、《正音谱》、《也是园书目》著录)

《李亚仙诗酒曲江池》(《元曲选》乙集下,《录鬼簿》、《正音谱》著录)

《诸宫调风月紫云庭》(元刊本,《录鬼簿》、《正音谱》著录。《录鬼簿》"庭"作"亭"。又戴善甫亦有《宫调风月紫云亭》,此不知石作或戴作也)

杨显之二本:

《临江驿潇湘夜雨》(《元曲选》乙集上,《录鬼簿》、《正音谱》、《也是园书目》著录)

《郑孔目风雪酷寒亭》(《元曲选》己集下,《录鬼簿》、《正音谱》、《也是园书目》著录。"郑孔目"《录鬼簿》作"萧县君")

纪君祥一本:

《赵氏孤儿冤报冤》(元刊本,《元曲选》壬集上,《录鬼簿》、《正音谱》、《也是园书目》著录。"冤报冤"钱目作"大报仇")

戴善甫一本:

《陶学士醉写风光好》(《元曲选》丁集上,《录鬼簿》、《正音谱》、《也是园书目》著录。"陶学士"《录鬼簿》作"陶秀实")

李好古一本:

《沙门岛张生煮海》(《元曲选》癸集下,《录鬼簿》、《正音谱》、

《也是园书目》著录。《录鬼簿》无“沙门岛”三字）

张国宾三本：

《公孙汗衫记》（元刊本，《元曲选》甲集下，《录鬼簿》、《正音谱》著录。《录鬼簿》“公”字上有“相国寺”三字，《元曲选》作《相国寺公孙合汗衫》）

《薛仁贵衣锦还乡》（元刊本，《元曲选》乙集下，《录鬼簿》、《正音谱》著录）

《罗李郎大闹相国寺》（《元曲选》壬集下，《也是园书目》著录，元无名氏，《元曲选》题元张国宾撰）

石子章一本：

《秦翛然竹坞听琴》（《元曲选》壬集上，《录鬼簿》、《正音谱》、《也是园书目》著录）

孟汉卿一本：

《张鼎智勘魔合罗》（元刊本，《元曲选》辛集下，《录鬼簿》、《正音谱》、《也是园书目》著录。钱目及《元曲选》作《张孔目智勘魔合罗》）

李行道一本：

《包待制智勘灰阑记》（《元曲选》庚集上，《录鬼簿》、《正音谱》著录）

王伯成一本：

《李太白贬夜郎》（元刊本，《录鬼簿》、《正音谱》著录）

孙仲章一本：

《河南府张鼎勘头巾》（《元曲选》丁集下，《也是园书目》著录。《录鬼簿》孙仲章下无此本，而陆登善下有之，《元曲选》题元孙仲章撰）

康进之一本：

《梁山泊李逵负荆》（《元曲选》壬集下，《录鬼簿》、《正音谱》著录。《录鬼簿》作《梁山泊黑旋风负荆》）

岳伯川一本：

《岳孔目借铁拐李还魂》（元刊本，《元曲选》丙集下，《录鬼簿》、《正音谱》、《也是园书目》著录。《录鬼簿》、《元曲选》作《吕洞宾度铁拐李岳》，钱目作《铁拐李借尸还魂》）

狄君厚一本：

《晋文公火烧介子推》（元刊本，《录鬼簿》、《正音谱》著录）

孔文卿一本：

《东窗事犯》（元刊本，《录鬼簿》、《正音谱》、《也是园书目》著录。《录鬼簿》、钱目均作《秦太师东窗事犯》。案：金仁杰亦有此本，未知孔作或金作也）

张寿卿一本：

《谢金莲诗酒红梨花》（《元曲选》庚集上，《录鬼簿》、《正音谱》、《也是园书目》著录）

马致远、李时中、花李郎、红字李二合作一本：

《邯郸道省悟黄粱梦》（《元曲选》戊集上，《录鬼簿》、《正音谱》、《也是园书目》著录。《录鬼簿》、钱目作《开坛阐教黄粱梦》）

宫天挺一本：

《死生交范张鸡黍》（元刊本，《元曲选》己集上，《录鬼簿》、《正音谱》、《也是园书目》著录）

郑光祖四本：

《㑳梅香骗翰林风月》（《元曲选》庚集下，《录鬼簿》、《正音谱》、《也是园书目》著录。钱目作《㑳梅香骗翰林风月》）

《周公辅成王摄政》(元刊本,《录鬼簿》、《正音谱》著录)

《醉思乡王粲登楼》(《元曲选》戊集下,《录鬼簿》、《正音谱》、《也是园书目》著录)

《迷青琐倩女离魂》(《元曲选》戊集上,《录鬼簿》、《正音谱》、《也是园书目》著录)

金仁杰一本:

《萧何追韩信》(元刊本,《录鬼簿》、《正音谱》著录。《录鬼簿》作《萧何月夜追韩信》)

范康一本:

《陈季卿悟道竹叶舟》(元刊本,《元曲选》己集下,《录鬼簿》、《正音谱》、《也是园书目》著录)

曾瑞一本:

《王月英元夜留鞋记》(《元曲选》辛集上,《录鬼簿》、《正音谱》、《也是园书目》著录。《录鬼簿》作《佳人才子误元宵》)

乔吉甫三本:

《玉箫女两世姻缘》(《元曲选》己集下,《录鬼簿》、《正音谱》、《也是园书目》著录)

《杜牧之诗酒扬州梦》(《元曲选》戊集下,《录鬼簿》、《正音谱》、《也是园书目》著录)

《李太白匹配金钱记》(《元曲选》甲集上,《录鬼簿》、《正音谱》、《也是园书目》著录。《录鬼簿》作《唐明皇御断金钱记》)

秦简夫二本:

《东堂老劝破家子弟》(《元曲选》乙集上,《录鬼簿》、《正音谱》、《也是园书目》著录)

《宜秋山赵礼让肥》(《元曲选》己集下,《录鬼簿》、《正音谱》、

《也是园书目》著录)

萧德祥一本:

《王翛然断杀狗劝夫》(《元曲选》甲集下,《录鬼簿》、《也是园书目》著录。钱目作无名氏撰)

朱凯一本:

《昊天塔孟良盗骨殖》(《元曲选》甲集下,《录鬼簿》、《正音谱》著录。《录鬼簿》无"昊天塔"三字,《正音谱》及《元曲选》作元无名氏撰)

王晔一本:

《破阴阳八卦桃花女》(《元曲选》戊集下,《录鬼簿》、《也是园书目》著录。钱目作元无名氏撰)

杨梓一本:

《霍光鬼谏》(元刊本,《正音谱》著录,作元无名氏撰。今据姚桐寿《乐郊私语》,定为杨梓撰)

李致远一本:

《都孔目风雨还牢末》(《元曲选》癸集上,《正音谱》、《也是园书目》著录,均作元无名氏撰,《元曲选》题元李致远撰,钱目作《小妻大妇还牢末》)

杨景贤一本:

《马丹阳度脱刘行首》(《元曲选》辛集上,《正音谱》、《也是园书目》均作无名氏撰,《元曲选》题元杨景贤撰,或与明初之杨景言为一人)

无名氏二十七本:

《严子陵垂钓七里滩》(元刊本,各家均未著录,唯《录鬼簿》宫天挺条下有《严子陵钓鱼台》,此剧气骨亦与宫氏《范张鸡黍》相

似,疑或即此本)

《诸葛亮博望烧屯》(元刊本,《正音谱》、《也是园书目》著录)

《张千替杀妻》(元刊本,《正音谱》著录,作《张子替杀妻》)

《小张屠焚儿救母》(元刊本,各家均未著录)

《陈州粜米》(《元曲选》甲集上,未著录)

《玉清庵错送鸳鸯被》(《元曲选》甲集上,《也是园书目》著录)

《随何赚风魔蒯通》(《元曲选》甲集上,未著录)

《争报恩三虎下山》(《元曲选》甲集下,未著录)

《庞居士误放来生债》(《元曲选》乙集下,未著录)

《硃砂担滴水浮沤记》(《元曲选》丙集上,《正音谱》、《也是园书目》著录)

《包待制智赚合同文字》(《元曲选》丙集上,《也是园书目》著录)

《冻苏秦衣锦还乡》(《元曲选》丙集下,《正音谱》著录,作《苏秦还乡》,又有《张仪冻苏秦》一本)

《小尉迟将斗将认父归朝》(《元曲选》丙集下,《也是园书目》著录,《小尉迟将斗将将鞭认父》)

《神奴儿大闹开封府》(《元曲选》丁集上,《正音谱》、《也是园书目》著录)

《谢金吾诈拆清风府》(《元曲选》丁集上,未著录)

《庞涓夜走马陵道》(《元曲选》戊集上,《正音谱》、《也是园书目》著录)

《朱太守风雪渔樵记》(《元曲选》戊集下,《也是园书目》著录)

《孟德耀举案齐眉》(《元曲选》己集上,《正音谱》、《也是园书

目》著录)

《李云英风送梧桐叶》(《元曲选》庚集下,《也是园书目》著录)

《两军师隔江斗智》(《元曲选》辛集上,未著录)

《玎玎珰珰盆儿鬼》(《元曲选》辛集下,《正音谱》、《也是园书目》著录)

《逞风流王焕百花亭》(《元曲选》壬集上,《也是园书目》著录)

《锦云堂暗定连环计》(《元曲选》壬集上,《正音谱》、《也是园书目》著录。《正音谱》作《王允连环计》,钱目作《锦云堂美女连环计》)

《金水桥陈琳抱妆匣》(《元曲选》壬集上,《正音谱》、《也是园书目》著录)

《风雨像生货郎旦》(《元曲选》癸集上,《正音谱》、《也是园书目》著录)

《萨真人夜断碧桃花》(《元曲选》癸集上,《也是园书目》著录,"夜断"作"夜斩")

《冯玉兰夜月泣江舟》(《元曲选》癸集下,未著录)

右百十六本,我辈今日所据以为研究之资者,实止于此。此外零星折数,如白朴之《箭射双雕》、费唐臣之《苏子瞻风雪贬黄州》、李进取之《神龙殿栾巴噀酒》、赵明道之《陶朱公范蠡归湖》、鲍天祐之《王妙妙死哭秦少游》、周文质之《持汉节苏武还乡》,《雍熙乐府》中均有一折。吾人耳目所及,仅至于此。至如明季所刊之《元人杂剧选》、《古名家杂剧》与钱遵王所藏钞本,虽绝不经见,要不能遽谓之已佚。此外佚籍,恐尚有发见之一日,但以大数计之,恐不能出二百种以上也。

十一　元剧之结构

元剧以一宫调之曲一套为一折，普通杂剧大抵四折，或加楔子。案《说文》(六)："楔，櫼也。"今木工于两木间有不固处，则斫木札入之，谓之楔子，亦谓之櫼。杂剧之楔子亦然。四折之外，意有未尽，则以楔子足之。昔人谓，北曲之楔子即南曲之引子，其实不然。元剧楔子，或在前，或在各折之间，大抵用〔仙吕·赏花时〕或〔端正好〕二曲。唯《西厢记》第二剧中之楔子则用〔正宫·端正好〕全套，与一折等，其实亦楔子也。除楔子计之，仍为四折。唯纪君祥之《赵氏孤儿》则有五折，又有楔子，此为元剧变例。又张时起之《赛花月秋千记》，今虽不存，然据《录鬼簿》所纪，则有六折。此外无闻焉。若《西厢记》之二十折，则自五剧构成，合之为一，分之则仍为五。此在元剧中亦非仅见之作。如吴昌龄之《西游记》，其书至国初尚存，其著录于《也是园书目》者云四卷，见于曹寅《楝亭书目》者云六卷。明凌濛初《西厢序》云："吴昌龄《西游记》有六本。"则每本为一卷矣。凌氏又云："王实甫《破窑记》、《丽春园》、《贩茶船》、《进梅谏》、《于公高门》各有二本。关汉卿《破窑记》、《浇花旦》亦有二本。"此必与《西厢记》同一体例。此外《录鬼簿》所载，如李文蔚有《谢安东山高卧》，下注云："赵公辅次本。"而于赵公辅之《晋谢安东山高卧》下则注云："次本。"武汉臣有《虎牢关三战吕布》，下注云："郑德辉次本。"而于郑德辉此剧下则注云："次本。"盖李、武二人作前本，而赵、郑续之，以成一全体者也。余如武汉臣之《曹伯明错勘赃》、尚仲贤之《崔护谒浆》、赵子祥之《太祖夜斩石守信》、《风月害夫人》、赵文殷之《宦门子弟错立身》、金仁杰之《蔡琰还朝》，皆注“次本”。虽不言所续何人，当亦续《西厢记》之类。然此不过增多剧数，而每剧之以四折为率，则固无甚出入也。

杂剧之为物，合动作、言语、歌唱三者而成，故元剧对此三者，各有其相当之物。其纪动作者曰科；纪言语者曰宾、曰白；纪所歌唱者曰曲。元剧中所纪动作皆以科字终，后人与白并举，谓之科白，其实自为二事。《辍耕录》纪金人院本，谓教坊魏、武、刘三人鼎新编辑，魏长于念诵，武长于筋斗，刘长于科泛。科泛或即指动作而言也，宾白则余所见周宪王自刊杂剧，每剧题目下即有“全宾”字样。明姜南《抱璞简记》（《续说郛》卷十九）曰：“北曲中有全宾全白，两人相说曰宾，一人自说曰白。”则宾白又有别矣。臧氏《元曲选》序云：“或谓元取士有填词科（中略），主司所定题目外，止曲名及韵耳。其宾白则演剧时伶人自为之，故多鄙俚蹈袭之语。”填词取士说之妄，今不必辨。至谓宾白为伶人自为，其说亦颇难通。元剧之词，大抵曲、白相生，苟不兼作白，则曲亦无从作，此最易明之理也。今就其存者言之，则《元曲选》中百种无不有白，此犹可诿为明人之作也。然白中所用之语，如马致远《荐福碑》剧中之“曳剌”，郑光祖《王粲登楼》剧中之“点汤”，一为辽、金人语，一为宋人语，明人已无此语，必为当时之作无疑。至《元刊杂剧三十种》，则有曲无白者诚多，然其与《元曲选》复出者字句亦略相同，而有曲白相生之妙，恐坊间刊刻时，删去其白，如今日坊刊脚本然。盖白则人人皆知，而曲则听者不能尽解。此种刊本，当为供观剧者之便故也。且元剧中宾白鄙俚，蹈袭者固多，然其杰作如《老生儿》等，其妙处全在于白，苟去其白，则其曲全无意味，欲强分为二人之作，安可得也？且周宪王时代去元未远，观其所自刊杂剧，曲、白俱全，则元剧亦当如此。愈以知臧说之不足信矣。

元剧每折唱者止限一人，若末，若旦，他色则有白无唱，若唱则限于楔子中，至四折中之唱者，则非末若旦不可。而末若旦所扮者，不必皆为剧中主要之人物，苟剧中主要之人物于此折不唱，则亦退居他色，而以末若旦扮唱者，此一定之例也。然亦有出于例外者，如关汉卿之《蝴蝶梦》第三折，则旦之外，俫儿亦唱。尚仲贤之《气英布》第四折，则正末扮探子唱，又扮英布唱。张国宾之《薛仁贵》第三折，则丑扮禾旦上唱，正末复扮伴哥唱。范子安之《竹叶舟》第三折，则首列御寇唱，次正末唱。然《气英布》剧探子所唱，已至尾声，故元刊本及《雍熙乐府》所选皆至尾声而止，后三曲或后人所加。《蝴蝶梦》、《薛仁贵》中俫及丑所唱者，既非本宫之曲，且刊本中皆低一格，明非曲。《竹叶舟》中列御寇所唱，明曰道情，至下〔端正好〕曲乃入正剧。盖但以供点缀之用，不足破元剧之例也。唯《西厢记》第一、第四、第五剧之第四折，皆以二人唱。今《西厢》只有明人所刊，其为原本如此，抑由后人窜入，则不可考矣。

元剧脚色中，除末、旦主唱为当场正色外，则有净有丑。而末、旦二色，支派弥繁。今举其见于元剧者，则末有外末、冲末、二末、小末，旦有老旦、大旦、小旦、旦俫、色旦、搽旦、外旦、贴旦等。《青楼集》云："凡妓以墨点破其面为花旦。"元剧中之色旦、搽旦，殆即是也。元剧有外旦、外末，而又有外，外则或扮男，或扮女，当为外末、外旦之省。外末、外旦之省为外，犹贴旦之后省为贴也。案：《宋史·职官志》："凡直馆院则谓之馆职，以他官兼者谓之贴职。"又《武林旧事》（卷四）"乾淳教坊乐部"，有衙前，有和顾，而和顾人中，如朱和、蒋宁、王原全下，皆注云"次贴衙前"，意当与贴职之贴同，即谓非衙前而充衙前（衙前谓临安府乐人）也。然则曰冲、曰外、曰贴，均系一义，谓于正色之外又加某色以充之也。此外见于元剧者，以年龄言，则有若孛老、卜儿、倈儿；以地位职业言，则有若孤、细酸、伴哥、禾旦、曳剌、邦老，皆有某色以扮之，而其自身则非脚色之名，与宋、金之脚色无异也。

元剧中歌者与演者之为一人，固不待言。毛西河《词话》独创异说，以为演者不唱，唱者不演。然《元曲选》各剧，明云末唱、旦唱，《元刊杂剧》亦云“正末开”或“正末放”，则为旦、末自唱可知。且毛氏连厢之说，元、明人著述中从未见之，疑其言犹蹈明人杜撰之习。即有此事，亦不过演剧中之一派，而不足以概元剧也。

演剧时所用之物，谓之砌末。焦理堂《易余龠录》（卷十七）曰：“《辍耕录》有诸杂砌之目，不知所谓。按：元曲《杀狗劝夫》，只从取砌末上，谓所埋之死狗也。《货郎旦》外旦取砌末付净科，谓金银财宝也。《梧桐雨》正末引宫娥挑灯拿砌末上，谓七夕乞巧筵所设物也。《陈抟高卧》外扮使臣引卒子捧砌末上，谓诏书纁帛也。《冤家债主》和尚交砌末科，谓银也。《误入桃源》正末扮刘晨，外扮阮肇，带砌末上，谓行李包裹或采药器具也。又净扮刘德引沙三、王留等将砌末上，谓春社中羊酒纸钱之属也。”余谓焦氏之解砌末是也。然以之与杂砌相牵合，则颇不然。杂砌之解，已见上文，似与砌末无涉。砌末之语，虽始见元剧，必为古语。案：宋无名氏《续墨客挥犀》（卷七）云：“问今州郡有公宴，将作曲，伶人呼细末将来，此是何义？对曰：凡御宴进乐，先以弦声发之，然后众乐和之，故号丝抹将来。今所在起曲，遂先之以竹声，不唯讹其名，亦失其实矣。”又张表臣《珊瑚钩诗话》（卷二）亦云：“始作乐必曰丝抹将来，亦唐以来如是。”余疑砌末或为细末之讹，盖丝抹一语，既讹为细末，其义已亡，而其语独存，遂误视为将某物来之意，因以指演剧时所用之物耳。

十二　元剧之文章

元杂剧之为一代之绝作，元人未之知也。明之文人始激赏之，至有以关汉卿比司马子长者（韩文靖邦奇）。三百年来，学者文人，大抵屏元剧不观，其见元剧者无不加以倾倒。如焦理堂《易余籥录》之说，可谓具眼矣。焦氏谓一代有一代之所胜，欲自楚骚以下撰为一集，汉则专取其赋，魏晋六朝至隋则专录其五言诗，唐则专录其律诗，宋专录其词，元专录其曲。余谓律诗与词固莫盛于唐、宋，然此二者果为二代文学中最佳之作否，尚属疑问。若元之文学，则固未有尚于其曲者也。元曲之佳处何在？一言以蔽之，曰：自然而已矣。古今之大文学，无不以自然胜，而莫著于元曲。盖元剧之作者，其人均非有名位、学问也，其作剧也非有藏之名山，传之其人之意也。彼以意兴之所至为之，以自娱娱人。关目之拙劣，所不问也；思想之卑陋，所不讳也；人物之矛盾，所不顾也。彼但摹写其胸中之感想与时代之情状，而真挚之理与秀杰之气时流露于其间，故谓元曲为中国最自然之文学，无不可也。若其文字之自然，则又为其必然之结果，抑其次也。

明以后，传奇无非喜剧，而元则有悲剧在其中。就其存者言之：如《汉宫秋》、《梧桐雨》、《西蜀梦》、《火烧介子推》、《张千替杀妻》等，初无所谓先离后合、始困终亨之事也。其最有悲剧之性质者，则如关汉卿之《窦娥冤》、纪君祥之《赵氏孤儿》，剧中虽有恶人交构其间，而其蹈汤赴火者，仍出于其主人翁之意志，即列之于世界大悲剧中，亦无愧色也。

元剧关目之拙，固不待言。此由当日未尝重视此事，故往往互相蹈袭，或草草为之。然如武汉臣之《老生儿》、关汉卿之《救风尘》，其布置结构亦极意匠惨淡之致，宁较后世之传奇，有优无劣也。

然元剧最佳之处不在其思想结构，而在其文章。其文章之妙，亦一言以蔽之，曰：有意境而已矣。何以谓之有意境？曰：写情则沁人心脾，写景则在人耳目，述事则如其口出是也。古诗词之佳者，无不如是，元曲亦然。明以后其思想结构，尽有胜于前人者，唯意境则为元人所独擅，兹举数例以证之。其言情、述事之佳者，如关汉卿《谢天香》第三折：

〔正宫·端正好〕　我往常在风尘，为歌妓，不过多见了几个筵席，回家来仍作个自由鬼，今日倒落在无底磨牢笼内。

马致远《任风子》第二折：

〔正宫·端正好〕　添酒力晚风凉，助杀气秋云暮，尚兀自脚趔趄、醉眼模糊。他化的我一方之地都食素，单则俺杀生的无缘度。

语语明白如画，而言外有无穷之意。又如《窦娥冤》第二折：

〔斗虾蟆〕　空悲戚，没理会，人生死，是轮回。感着这般病疾，值着这般时势，可是风寒暑湿，或是饥饱劳役，各人证候自知。人命关天关地，别人怎生替得？寿数非干一世，相守三朝五夕。说甚一家一计？又无羊酒缎匹，又无花红财礼，把手为活过日，撒手如同休弃。不是窦娥忤逆，生怕旁人论议。不如听咱劝你，认个自家悔气，割舍的一具棺材，停置几件布帛，收拾出了咱家门里，送入他家坟地。这不是你那从小儿年纪，指脚的夫妻，我其实不关亲，无半点凄怆泪。休得要心如醉、意似痴,便这等嗟嗟怨怨、哭哭啼啼。

此一曲直是宾白,令人忘其为曲。元初所谓当行家,大率如此。至中叶以后,已罕觏矣。其写男女离别之情者,如郑光祖《倩女离魂》第三折:

〔醉春风〕 空服遍瞑眩药不能痊,知他这腤臜病何日起。要好时直等的见他时,也只为这症候因他上得。得,一会家缥渺呵,忘了魂灵。一会家精细呵,使著躯壳。一会家混沌呵,不知天地。

〔迎仙客〕 日长也愁更长,红稀也信尤稀,春归也奄然人未归。我则道相别也数十年,我则道相隔着数万里。为数归期,则那竹院里刻遍琅玕翠。

此种词如弹丸脱手,后人无能为役。唯南曲中《拜月》、《琵琶》差能近之。至写景之工者,则马致远之《汉宫秋》第三折:

〔梅花酒〕 呀,对着这回野凄凉,草色已添黄,兔起早迎霜,犬褪得毛苍。人搠起缨枪,马负着行装,车运着糇粮,打猎起围场。他他他伤心辞汉主,我我我携手上河梁。他部从,入穷荒;我銮舆,返咸阳。返咸阳,过宫墙;过宫墙,绕回廊;绕回廊,近椒房;近椒房,月昏黄;月昏黄,夜生凉;夜生凉,泣寒螿;泣寒螿,绿纱窗;绿纱窗,不思量。

〔收江南〕 呀,不思量,便是铁心肠,铁心肠也愁泪滴千行。美人图今夜挂昭阳,我那里供养,便是我高烧银烛照红妆。

〔尚书云〕 陛下回銮罢,娘娘去远了也。(驾唱)

〔鸳鸯煞〕 我煞大臣行,说一个推辞谎,又则怕笔尖儿那伙编修讲。不见那花朵儿精神,怎趁那草地里风光。唱道伫立多时,徘徊半晌,猛听的塞雁南翔,呀呀的声嘹亮,却原来满目牛羊,是兀那载离恨的毡车半坡里响。

以上数曲，真所谓写情则沁人心脾，写景则在人耳目，述事则如其口出者。第一期之元剧，虽浅深大小不同，而莫不有此意境也。

古代文学之形容事物也，率用古语，其用俗语者绝无，又所用之字数亦不甚多。独元曲以许用衬字故，故辄以许多俗语或以自然之声音形容之，此自古文学上所未有也。兹举其例，如《西厢记》第四剧第四折：

〔雁儿落〕 绿依依墙高柳半遮，静悄悄门掩清秋夜，疏剌剌林梢落叶风，昏惨惨云际穿窗月。

〔得胜令〕 惊觉我的是颤巍巍竹影走龙蛇，虚飘飘庄周梦蝴蝶，絮叨叨促织儿无休歇，韵悠悠砧声儿不断绝，痛煞煞伤别，急煎煎好梦儿应难舍，冷清清的咨嗟，娇滴滴玉人儿何处也？

此犹仅用三字也。其用四字者，如马致远《黄粱梦》第四折：

〔叨叨令〕 我这里稳丕丕土坑上迷飑没腾的坐，那婆婆将粗剌剌陈米喜收希和的播，那蹇驴儿柳阴下舒着足乞留恶滥的卧，那汉子去脖项上婆娑没索的摸。你则早醒来了也么哥，你则早醒来了也么哥，可正是窗前弹指时光过。

其更奇绝者，则如郑光祖《倩女离魂》第四折：

〔古水仙子〕 全不想这姻亲是旧盟，则待教祆庙火刮刮匝匝烈焰生。将水面上鸳鸯忒楞楞腾分开交颈，疏剌剌沙鞲雕鞍撒了锁鞓，厮琅琅汤偷香处喝号提铃，支楞楞争弦断了不续碧玉筝，吉丁丁珰精砖上摔破菱花镜，扑通通东井底坠银瓶。

又无名氏《货郎旦》剧第三折，则所用叠字其数更多：

〔货郎儿六转〕 我则见黯黯惨惨天涯云布，万万点点潇湘夜雨，正值著窄窄狭狭沟沟堑堑路崎岖，黑黑黯黯彤云布，赤留赤律潇潇洒洒断断续续，出出律律忽忽鲁鲁阴云开处，霍霍闪闪电光星注。正值着飕飕摔摔风，淋淋渌渌雨，高高下下凹凹答答一水模糊，扑扑簌簌湿湿渌渌疏林人物，却便似一幅惨惨昏昏潇湘水墨图。

由是观之，则元剧实于新文体中自由使用新言语，在我国文学中，于《楚辞》、《内典》外，得此而三。然其源远在宋、金二代，不过至元而大成。其写景、抒情、述事之美，所负于此者，实不少也。

元曲分三种，杂剧之外，尚有小令、套数。小令只用一曲，与宋词略同。套数则合一宫调中诸曲为一套，与杂剧之一折略同。但杂剧以代言为事，而套数则以自叙为事，此其所以异也。元人小令、套数之佳，亦不让于其杂剧。兹各录其最佳者一篇，以示其例，略可以见元人之能事也。

小令

〔天净沙〕（无名氏。此词《庶斋老学丛谈》及元刊《乐府新声》均不著名氏，《尧山堂外纪》以为马致远撰，朱竹垞《词综》仍之，不知何据）

枯籐老树昏鸦，小桥流水人家，古道西风瘦马，夕阳西下，断肠人在天涯。

套数

《秋思》（马致远。见元刊《中原音韵》、《乐府新声》）

〔双调·夜行船〕 百岁光阴如梦蝶，重回首往事堪嗟。昨日春来，今朝花谢，急罚盏夜阑灯灭。

〔乔木查〕 秦宫汉阙，做衰草牛羊野，不恁渔樵无话说。纵荒坟横断碑，不辨龙蛇。

〔庆宣和〕 投至狐踪与兔穴，多少豪杰，鼎足三分半腰折，魏耶？晋耶？

〔落梅风〕 天教富，不待奢，无多时好天良夜，看钱奴硬将心似铁，空辜负锦堂风月。

〔风入松〕 眼前红日又西斜，疾似下坡车，晚来清镜添白雪，上床与鞋履相别。莫笑鸠巢计拙，葫芦提一就装呆。

〔拨不断〕 利名竭，是非绝，红尘不向门前惹，绿树偏宜屋角遮，青山正补墙东缺，竹篱茅舍。

〔离亭宴煞〕 蛩吟罢一枕才宁贴，鸡鸣后万事无休歇，算名利何年是彻？密匝匝蚁排兵，乱纷纷蜂酿蜜，闹穰穰蝇争血。裴公绿野堂，陶令白莲社，爱秋来那些？和露滴黄花，带霜烹紫蟹，煮酒烧红叶。人生有限杯，几个登高节？嘱付与顽童记者，便北海探吾来，道东篱醉了也。

〔天净沙〕小令，纯是天籁，仿佛唐人绝句。马东篱《秋思》一套，周德清评之以为万中无一，明王元美等亦推为套数中第一，诚定论也。此二体虽与元杂剧无涉，可知元人之于曲，天实纵之，非后世所能望其项背也。

元代曲家，自明以来，称关、马、郑、白。然以其年代及造诣论之，宁称关、白、马、郑为妥也。关汉卿一空倚傍，自铸伟词，而其言曲尽人情，字字本色，故当为元人第一。白仁甫、马东篱，高华雄浑，情深文明。郑德辉清丽芊绵，自成馨逸，均不失为第一流。其余曲家，均在四家范围内。唯宫大用瘦硬通神，独树一帜。以唐诗喻之，则汉卿似白乐天，仁甫似刘梦得，东篱似李义山，德辉似温飞卿，而大用则似韩昌黎。以宋词喻之，则汉卿似柳耆卿，仁甫似苏东坡，东篱似欧阳永叔，德辉似秦少游，大用似张子野。虽地位不必同，而品格则略相似也。明宁献王曲品，跻马致远于第一，而抑汉卿于第十。盖元中叶以后，曲家多祖马、郑而祧汉卿，故宁王之评如是，其实非笃论也。

元剧自文章上言之，优足以当一代之文学。又以其自然故，故能写当时政治及社会之情状，足以供史家论世之资者不少。又曲中多用俗语，故宋、金、元三朝遗语所存甚多，辑而存之，理而董之，自足为一专书。此又言语学上之事，而非此书之所有事也。

十三　元院本

元人杂剧之外尚有院本，《辍耕录》云："国朝杂剧、院本，分而为二。"盖杂剧为元人所创，而院本则金源之遗，然元人犹有作之者。《录鬼簿》（卷下）云"屈英甫名彦英，编《一百二十行》及《看钱奴》院本"是也。元人院本，今无存者，故其体例如何，全不可考，唯明周宪王《吕洞宾花月神仙会》杂剧中有院本一段。此段系宪王自撰，或剪裁金、元旧院本充之，虽不可知，然其结构简易，与北剧、南戏均截然不同，故作元院本观可。即金人院本，亦即此而可想像矣。今全录其文如左：

末云："小生昨日街上闲行，见了四个乐工，自山东瀛州来到此处，打踅觅钱。小生邀他今日在大姐家，庆会小生生辰，偌早晚还不见来。"

办净同捷讥、付末、末泥上，相见了，做院本《长寿仙献香添寿》。院本上。捷云："歌声才住。"末泥云："丝竹暂停。"净云："俺四大佳戏向前。"付末云："道甚清才谢乐？"捷云："今日双秀才的生日，您一人要一句添寿的诗。"捷先云："桧柏青松常四时。"付末云:“仙鹤仙鹿献灵芝。”末泥云:“瑶池金母蟠桃宴。”付净云:“都活一千八百岁。”付末打云:“这言语不成文章,再说。”净云:“都活二千九百岁。”付末云:“也不成文章。”净云:“有了,有了,都活三万三千三百岁,白了髭髯白了眉。”付末云:“好,好,到是一个寿星。”捷云:“我问你一人要一件祝寿底物。”捷云:“我有一幅画儿,上面三个人儿,两个是福禄星君,一个是南极老儿。”问付末,云:“我有一幅画儿,上面四科树儿,两科是青松翠柏,两科是紫竹灵芝。”问末泥,云:“我有一幅画儿,上面两般物儿,一个是送酒黄鹤,一个是衔花鹿儿。”净趋抢云:“我也有,我有一幅画儿,上面一个靶儿,我也不识是甚物,人都道是春画儿。”付末打云:“这个甚底?将来献寿。”净云:“我子愿欢会长生。”净趋抢云:“俺一人要两般乐器:一般是丝,一般是竹,与双秀才添寿咱。”捷云:“我有一个玉笙,有一架银筝,就有一个小曲儿添寿,名是〔醉太平〕。”捷唱:“有一排玉笙,有一架银筝,将来献寿凤鸾鸣,感天仙降庭。玉笙吹出悠然兴,银筝挡得新词令,都来添寿乐官星,祝千年寿宁。”

末泥云:“我也有一管龙笛,一张锦瑟,就有一个曲儿添寿。”末泥唱:“品龙笛凤声,弹锦瑟泉鸣,供筵前添寿老人星,庆千春万龄。瑟呵,冰蚕吐出丝明净;笛呵,紫筠调得声相应。我将这龙笛锦瑟贺升平,饮香醪玉瓶。”

付末云:“我也有一面琵琶,一管紫箫,就有个曲儿添寿。”付末唱:“拨琵琶韵美,吹箫管声齐,琵琶、箫管庆樽席,向筵前奏只。琵琶弹出长生意,紫箫吹得天仙会,都来添寿笑嬉嬉,老人星贺喜。”

净趋抢云:“小子儿也有一条弦儿、一个孔儿的丝竹,就有一个曲儿添寿。”净唱:“弹棉花的木弓、吹柴草的火筒,这两般丝竹不相同,是俺付净色的受用。这木弓弹了棉花呵,一夜温暖衣衾重。这火筒吹着柴草呵，一生饱食凭他用。这两般不受饥，不受冷，过三冬，比你乐器的有功。”

付末打云：“付净的巧语能言。”净云：“说遍这丝竹管弦。”付末云：“蓝采和手执檀板。”净云：“汉钟离书捧真筌。”付末云：“铁拐李忙吹玉管。”净云：“白玉蟾舞袖翩翩。”付末云：“韩湘子生花藏叶。”净云：“张果老击鼓喧阗。”付末云：“曹国舅高歌大曲。”净云：“徐神翁慢抚琴弦。”付末云：“东方朔学踏焰爨。”净云：“吕洞宾掌记词篇。”付末云：“总都是神仙作戏。”净云：“庆千秋福寿双全。”付末云：“问你付净的办个甚色？”净云：“哎哎，哎哎，我办个富乐院里乐探官员。付末收住：“世财红粉高楼酒，都是人间喜乐时。”末云：“深谢四位伶官，逢场作戏，果然是锦心绣口，弄月嘲风。”

此中脚色，末泥、付末、付净（即副末、副净）三色，与《辍耕录》所载院本中脚色同，唯有捷讥而无引戏。案：上文说唱，皆捷讥在前，则捷讥或即引戏。捷讥之名，亦起于宋。《武林旧事》（卷六）“诸色伎艺人”中，商谜有捷机和尚是也。此四色中，以付净、付末二色为重。且以付净色为尤重，较然可见。此犹唐、宋遗风。其中付末打付净者三次，亦古代鹘打参军之遗。而末一段付净、付末各道一句，又欧阳公《与梅圣俞书》所谓“如杂剧人上名下韵不来，须副末接续”者也。此一段之为古曲，当无可疑；即非古曲，亦必全仿古剧为之者。以其足窥金、元之院本，故兹著之。

院本之体例，有白有唱，与杂剧无异。唯唱者不限一人，如上例中捷讥、末泥、付末、付净，各唱〔醉太平〕一曲是也。明徐充《暖姝由笔》（《续说郛》卷十九）曰：“有白有唱者名杂剧，用弦索者名套数，扮演戏跳而不唱者名院本。”杂剧与套数之别，既见上章，绝非如徐氏之说。至谓院本演而不唱，则不独金人院本以曲名者甚多，即上例之中亦有歌曲。而《水浒传》载白秀英之演院本，亦有白有唱，可知其说之无根矣。且院本一段之中，各色皆唱，又与南曲戏文相近。但一行于北，一行于南，其实院本与南戏之间，其关系较二者之与元杂剧更近。以二者一出于金院本，一出于宋戏文，其根本要有相似之处，而元杂剧则出于一时之创造故也。

十四　南戏之渊源及时代

元剧进步之二大端，既于第八章述之矣。然元剧大都限于四折，且每折限一宫调，又限一人唱，其律至严，不容逾越。故庄严雄肆，是其所长，而于曲折详尽，犹其所短也。至除此限制，而一剧无一定之折数，一折（南戏中谓之一出）无一定之宫调；且不独以数色合唱一折，并有以数色合唱一曲，而各色皆有白有唱者，此则南戏之一大进步，而不得不大书特书以表之者也。

南戏之渊源于宋，殆无可疑。至何时进步至此，则无可考。吾辈所知，但元季既有此种南戏耳。然其渊源所自，或反古于元杂剧。今试就其曲名分析之，则其出于古曲者更较元北曲为多，今南曲谱录之存者皆属明代之作。以吾人所见则其最古者，唯沈璟之《南九宫谱》二十二卷耳。此书前有李维桢序，谓出于陈白二谱，然其注新增者不少。今除其中之犯曲（即集曲）不计，则仙吕宫曲凡六十九章，羽调九章，正宫四十六章，大石调十五章，中吕宫六十五章，般涉调一章，南吕宫八十四章，黄钟宫四十章，越调五十章，商调三十六章，双调八十八章，附录三十九章，都五百四十三章。而其中出于古曲者如左。出于大曲者二十四：

〔剑器令〕(仙吕引子) 〔八声甘州〕(仙吕慢词) 〔梁州令〕〔齐天乐〕(以上正宫引子) 〔普天乐〕(正宫过曲) 〔催拍〕〔长寿仙〕(以上大石调过曲) 〔大胜乐〕(疑即〔大圣乐〕) 〔薄媚〕(以上南吕引子) 〔梁州序〕 〔大胜乐〕 〔薄媚衮〕(以上南吕过曲) 〔降黄龙〕(黄钟过曲) 〔入破〕 〔出破〕(以上越调近词) 〔新水令〕(双调引子) 〔六么令〕(双调过曲) 〔薄媚曲破〕(附录过曲) 〔入破第一〕 〔破第二〕 〔衮第三〕 〔歇拍〕〔中衮第五〕 〔煞尾〕 〔出破〕(以上黄钟过曲见《琵琶记》。七曲相连,实大曲之七遍而亡其调名者也)

其出于唐、宋词者一百九十:

〔卜算子〕〔番卜算〕〔探春令〕〔醉落魄〕〔天下乐〕〔鹊桥仙〕 〔唐多令〕 〔似娘儿〕 〔鹧鸪天〕(以上仙吕引子)〔碧牡丹〕 〔望梅花〕 〔感庭秋〕 〔喜还京〕 〔桂枝香〕〔河传序〕 〔惜黄花〕 〔春从天上来〕(以上仙吕过曲) 〔河传〕〔声声慢〕 〔杜韦娘〕 〔桂枝香〕(以上仙吕慢词) 〔天下乐〕〔喜还京〕(以上仙吕近词) 〔浪淘沙〕(羽调近词) 〔燕归梁〕〔七娘子〕 〔破阵子〕 〔瑞鹤仙〕 〔喜迁莺〕 〔缑山月〕 〔新荷时〕(以上正宫引子) 〔玉芙蓉〕 〔锦缠道〕 〔小桃红〕 〔三字令〕 〔倾杯序〕 〔满江红急〕 〔醉太平〕 〔双鸂鶒〕 〔洞仙歌〕 〔丑奴儿近〕(以上正宫过曲) 〔安公子〕(正宫慢词) 〔东风第一枝〕 〔少年游〕 〔念奴娇〕 〔烛影摇红〕(以上大石引子) 〔沙塞子〕 〔沙塞子急〕 〔念奴娇序〕 〔人月圆〕(以上大石过曲) 〔蓦山溪〕 〔乌夜啼〕 〔丑奴儿〕(以上大石慢词)〔插花三台〕(大石近词) 〔粉蝶儿〕 〔行香子〕 〔菊花新〕〔青玉案〕 〔尾犯〕 〔剔银灯引〕 〔金菊对芙蓉〕(以上中吕引

子）〔泣颜回〕（见《太平广记》，有哭颜回曲）〔好事近〕〔驻马听〕〔古轮台〕〔渔家傲〕〔尾犯序〕〔丹凤吟〕〔舞霓裳〕〔山花子〕〔千秋岁〕（以上中吕过曲）〔醉春风〕〔贺圣朝〕〔沁园春〕〔柳梢青〕（以上中吕慢词）〔迎仙客〕（中吕近词）〔哨遍〕（般涉调慢词）〔恋芳春〕〔女冠子〕〔临江仙〕〔一剪梅〕〔虞美人〕〔意难忘〕〔薄幸〕〔生查子〕〔于飞乐〕〔步蟾宫〕〔满江红〕〔上林春〕〔满园春〕（以上南吕引子）〔贺新郎〕〔贺新郎衮〕〔女冠子〕〔解连环〕〔引驾行〕〔竹马儿〕〔绣带儿〕〔琐窗寒〕〔阮郎归〕〔浣溪沙〕〔五更转〕〔满园春〕〔八宝妆〕（以上南吕过曲）〔贺新郎〕〔木兰花〕〔乌夜啼〕（以上南吕慢词）〔绛都春〕〔疏影〕〔瑞云浓〕〔女冠子〕〔点绛唇〕〔传言玉女〕〔西地锦〕〔玉漏迟〕（以上黄钟引子）〔绛都春序〕〔画眉序〕〔滴滴金〕〔双声子〕〔归朝欢〕〔春云怨〕〔玉漏迟序〕〔传言玉女〕〔侍香金童〕〔天仙子〕（以上黄钟过曲）〔浪淘沙〕〔霜天晓角〕〔金蕉叶〕〔杏花天〕〔祝英台近〕（以上越调引子）〔小桃红〕〔雁过南楼〕〔亭前柳〕〔绣停针〕〔祝英台〕〔忆多娇〕〔江神子〕（以上越调过曲）〔凤凰阁〕〔高阳台〕〔忆秦娥〕〔逍遥乐〕〔浇池游〕〔三台令〕〔二郎神慢〕〔十二时〕（以上商调引子）〔满园春〕〔高阳台〕〔击梧桐〕〔二郎神〕〔集贤宾〕〔莺啼序〕〔黄莺儿〕（以上商调过曲）〔集贤宾〕〔永遇乐〕〔熙州三台〕〔解连环〕（以上商调慢词）〔骤雨打新荷〕（小石调近词）〔真珠帘〕〔花心动〕〔谒金门〕〔惜奴娇〕〔宝鼎现〕〔捣练子〕〔风入松慢〕〔海棠春〕〔夜行船〕〔贺圣朝〕〔秋蕊香〕〔梅花引〕（以上双调引子）〔昼锦堂〕〔红林檎〕〔醉公子〕(以上双调过曲)〔柳摇金〕〔月上海棠〕〔柳梢青〕〔夜行船序〕〔惜奴娇〕〔品令〕〔豆叶黄〕〔字字双〕〔玉交枝〕〔玉抱肚〕〔川拨棹〕(以上仙吕入双调过曲)〔红林檎〕〔泛兰舟〕(以上双调慢词)〔帝台春〕(附录引子)〔鹤冲天〕〔疏影〕(以上附录过曲)

出于金诸宫调者十三:

〔胜葫芦〕〔美中美〕(以上仙吕过曲)〔石榴花〕〔古轮台〕〔鹘打兔〕〔麻婆子〕〔荼蘼香傍拍〕(以上中吕过曲)〔一枝花〕(南吕引子)〔出队子〕〔神仗儿〕〔啄木儿〕〔刮地风〕(以上黄钟过曲)〔山麻稭〕(越调过曲)

出于南宋唱赚者十:

〔赚〕〔薄媚赚〕(以上仙吕近词)〔赚〕〔黄钟赚〕(以上正宫过曲)〔本宫赚〕(大石过曲)〔本宫赚〕〔梁州赚〕(以上南吕过曲)〔赚〕(南吕近词)〔本宫赚〕(越调过曲)〔入赚〕(越调近词)

同于元杂剧曲名者十有三:

〔青哥儿〕(仙吕过曲)〔四边静〕(正宫过曲)〔红绣鞋〕〔红芍药〕(以上中吕过曲)〔红衫儿〕(南吕过曲)〔水仙子〕(黄钟过曲)〔秀厮儿〕〔梅花酒〕(以上越调过曲)〔绵搭絮〕(越调近词)〔梧叶儿〕(商调过曲)〔五供养〕(双调过曲)〔沈醉东风〕〔雁儿落〕〔步步娇〕(以上仙吕入双调过曲)〔货郎儿〕(附录过曲)

其有古词曲所未见而可知其出于古者,如左:

〔紫苏丸〕(仙吕过曲)《事物纪原》(卷九)《吟叫》条:"嘉祐末,仁宗上仙,四海遏密,故市井初有叫果子之戏。盖自至和、嘉祐之间，叫〔紫苏丸〕，洎乐工杜人经十叫子始也。京师凡卖一物必有声韵，其吟哦俱不同，故市人采其声调，间以词章，以为戏曲也。”则〔紫苏丸〕乃北宋叫声之遗，南宋赚词中犹有此曲，见第四章。

〔好女儿〕〔缕缕金〕〔越恁好〕（均中吕过曲） 均见第四章所录南宋赚词。

〔耍鲍老〕（中吕过曲） 又（黄钟过曲） 〔鲍老催〕（黄钟过曲） 见第八章〔鲍老儿〕条。

〔合生〕（中吕过曲） 见第六章。

〔杵歌〕（中吕过曲） 〔园林杵歌〕（越调过曲） 《事物纪原》（卷九）有《杵歌》一条，又《武林旧事》（卷二）舞队中有《男女杵歌》。

〔大迓鼓〕（南吕过曲） 见第三章。

〔刘衮〕（南吕过曲） 〔山东刘衮〕（仙吕入双调过曲） 《武林旧事》（卷四）杂剧三甲，内中只应一甲五人，内有次净刘衮。又（卷二）舞队中有《刘衮》，又金院本名目中有《调刘衮》一本。

〔太平歌〕（黄钟过曲） 南宋官本杂剧段①，《钱手帕爨》下注小字〔太平歌〕。

〔蛮牌令〕（越调过曲） 见第八章〔六国朝〕条。

〔四国朝〕（双调引子） 见第八章〔六国朝〕条。

〔破金歌〕（仙吕入双调过曲） 此词云破金，必南宋所作也。

〔中都俏〕（附录过曲） 案：金以燕京为中都，元世祖至元元年又改燕京为中都，九年改大都，则此为金人或元初遗曲也。

---

① “段”后当补一“数”字。——校者注

以上十八章，其为古曲或自古曲出，盖无可疑，此外想尚不少。总而计之，则南曲五百四十三章中，出于古曲者凡二百六十章，几当全数之半。而北曲之出于古曲者，不过能举其三分之一，可知南曲渊源之古也。

南戏之曲名，出于古曲者其多如此。至其配置之法，一出中不以一宫调之曲为限，颇似诸宫调。其有一出，首尾只用一曲，终而复始者，又颇似北宋之传踏。又《琵琶记》中第十六出，有大曲一段，凡七遍，虽失其曲名，且其各遍之次序，与宋大曲不尽合，要必有所出。可知南戏之曲，亦综合旧曲而成，并非出于一时之创造也。

更以南戏之材质言之，则本于古者更多，今日所存最古之南戏，仅《荆》、《刘》、《拜》、《杀》与《琵琶记》五种耳。《荆》谓《荆钗》，《刘》谓《白兔》，《拜》、《杀》则谓《拜月》、《杀狗》二记，此四本与《琵琶》均出于元、明之间（见下），然其源颇古。施愚山《矩斋杂记》云："传奇《荆钗记》丑诋孙汝权。按汝权宋名进士，有文集，尚气谊，王梅溪先生好友也。梅溪劾史浩八罪，汝权怂恿之，史氏切齿，故入传奇，谬其事以污之。温州周天锡字懋宠，尝辨其诬，见《竹懒新著》。"施氏之说信否不可知，要足备参考也。《白兔记》演李三娘事，然元刘唐卿已有《李三娘麻地捧印》杂剧，则亦非创作矣。《杀狗》则元萧德祥有《王翛然断杀狗劝夫》杂剧。《拜月》之先，已有关汉卿《闺怨佳人拜月亭》、王实甫《才子佳人拜月亭》二剧。《琵琶》则陆放翁既有"满村听唱蔡中郎"之句，而金人院本名目亦有《蔡伯喈》一本，又祝允明《猥谈》谓："南戏，余见旧牒，其时有赵闲①夫榜禁，颇述名目，如《赵真女蔡二郎》等，亦不甚多。"余

① "闲"当作"闳"。——校者注

案:元岳伯川《吕洞宾度铁拐李岳》杂剧,第二折〔煞尾〕云:“你学那守三贞赵真女,罗裙包土将坟台建。”则其事正与《琵琶记》中之赵五娘同。岳伯川,元初人,则元初确有此南戏矣。且今日《琵琶记》传本第一出末,有四语,末二语云:“有贞有烈赵真女,全忠全孝蔡伯喈。”此四语实与北剧之题目正名相同。则虽今本《琵琶记》,其初亦当名《赵真女》或《蔡伯喈》,而《琵琶》之名乃由后人追改,则不徒用其事,且袭其名矣。然则今日所传最古之南戏,其故事关目皆有所由来,视元杂剧对古剧之关系更为亲密也。

南戏始于何时,未有定说。明祝允明《猥谈》(《续说郛》卷四十六)云:“南戏出于宣和之后,南渡之际,谓之温州杂剧。予见旧牒,其时有赵闳夫榜禁,颇述名目,如《赵真女蔡二郎》等,亦不甚多。”云云。其言出于宣和之后,不知何据。以余所考,则南戏当出于南宋之戏文,与宋杂剧无涉,唯其与温州相关系,则不可诬也。戏文二字,未见于宋人书中,然其源则出于宋季。元周德清《中原音韵》云:“南宋都杭,吴兴与切邻,故其戏文如《乐昌分镜》等,唱念呼吸皆如约韵(谓沈约韵)。”此但浑言南宋,不著其为何时。刘一清《钱唐遗事》则云:“贾似道少时,佻㒓尤甚。自入相后,犹微服间行,或饮于伎家。至戊辰己巳间,《王焕》戏文盛行于都下,始自太学,有黄可道者为之。”则戏文于度宗咸淳四五年间既已盛行,尚不言其始于何时也。叶子奇《草木子》则云:“俳优戏文始于王魁,永嘉人作之。识者曰:‘若见永嘉人作相,国当亡。’及宋将亡,乃永嘉陈宜中作相。其后元朝南戏盛行。及当乱,北院本特盛,南戏遂绝。”案:宋官本杂剧中,有《王魁三乡题》,其翻为戏文不知始于何时,要在宋亡前百数十年间。至以戏文为永嘉人所作,亦非无据。案:周密《癸辛杂志》别集上,纪温州乐清县僧祖杰,杨髡之党(中略），旁观不平，乃撰为戏文，以广其事。又撰《琵琶记》之高则诚亦温州永嘉人。叶盛《菉竹堂书目》有《东嘉韫玉传奇》。则宋元戏文大都出于温州，然则叶氏永嘉始作之言，祝氏温州杂剧之说，其或信矣。元一统后，南戏与北杂剧并行，《青楼集》云："龙楼景、丹墀秀皆金门高之女，俱有姿色，专工南戏。"《录鬼簿》谓："南北调合腔，自沈和甫始。"又云："萧德祥，凡古文俱檃括为南曲，街市盛行，又有南曲戏文等。"以南曲戏文四字连称，则南戏出于宋末之戏文，固昭昭矣。

然就现存之南戏言之，则时代稍后。后人称《荆》、《刘》、《拜》、《杀》为元四大家，明无名氏亦以《荆钗记》为柯丹丘撰，世亦传有元刊本（贵池刘氏有之，余未见。然闻缪艺风秘监言，中有制义数篇，则为洪武后刊本明矣）。然柯敬仲未闻以制曲称，想旧本当题丹丘子或丹丘先生撰。丹丘子者，明宁献王道号也（《千顷堂书目》有丹丘子《太和正音谱》二卷，谱中亦自称丹丘先生。其实此书，乃宁献王撰，故书中著录，讫于明初人也），后人不知，见丹丘二字，即以为敬仲耳。《白兔记》不知撰人。《杀狗记》据《静志居诗话》（卷四）则为徐晒所作，晒字仲由，淳安人，洪武初征秀才，至藩省辞归。则其人至明初尚存，其制作之时，在元在明已不可考矣。《拜月亭》（其刻于《六十种曲》中者，易名《幽闺记》）则明王元美、何元朗、臧晋叔等皆以为元施君美（惠）所撰。君美杭人，卒于至顺、至正间，然《录鬼簿》谓君美诗酒之暇，唯以填词和曲为事，有《古今砌话》编成一集，而无一语及《拜月亭》。虽《录鬼簿》但录杂剧，不录南戏，然其人苟有南戏或院本，亦必及之，如范居中、屈彦英、萧德祥等是也。则《拜月》是否出君美手，尚属疑问，唯就曲文观之，定为元人之作，当无大谬。而其撰人与时代确乎可知者，唯

《琵琶》一记耳。

作《琵琶》者人人皆知其为高则诚，然其名则或以为高拭，或以为高明，其字则或以为则诚，或以为则成。蒋仲舒《尧山堂外记》（卷七十六）："高拭字则成，作《琵琶记》者。或谓方谷真据庆元时，有高明者，避地鄞之栎社，以词曲自娱（中略）。案：高明，温州瑞安人，以春秋中至正乙酉第，其字则诚，非则成也。或曰二人同时同郡，字又同音，遂误耳。"以上皆蒋氏说。王元美《艺苑卮言》亦云："南曲高拭则诚遂掩前后。"朱竹垞《静志居诗话》于高明条下，引《外纪》之说，复云"涵虚子曲谱，有高拭而无高明，则蒋氏之言或有所据"云云。余案：元刊本张小山《北曲联乐府》，前有海粟冯子振、燕山高拭题词，此即涵虚子曲谱中之高拭。《琵琶》乃南曲戏文，则其作者自当为永嘉之高明，而非燕山之高拭。况明人中如姚福《青溪暇笔》、田艺衡《留青日札》，皆以作《琵琶》者为高明，当不谬也。既为高明，则其字自当为则诚，而非则成。至其作《琵琶记》之时代，则据《青溪暇笔》及《留青日札》，均谓在寓居栎社之后。其寓居栎社，据《留青日札》及《列朝诗集》，又在方国珍降元之后。按国珍降元者再，其初降时，尚未据庆元，其再降则在至正十六年，则此记之作，亦在至正十六年以后矣。然《留青日札》又谓高皇帝微时，尝奇此戏。案明太祖起兵在至正十二年闰三月，若微时已有此戏，则当成于十二年以前。又《日札》引一说，谓："初东嘉以伯喈为不忠不孝，梦伯喈谓之曰：'公能易我为全忠全孝，当有以报公。'遂以全忠全孝易之，东嘉后果发解。"案则诚中进士第，在至正五年，则成书又当在五年以前。然明人小说所载，大抵无稽之说，宁从《青溪暇笔》及《留青日札》前说，谓成书于避地栎社之后，为较妥也。

由是观之，则现存南戏，其最古者大抵作于元、明之间，而《草木子》反谓“元朝南戏盛行，及当乱，北院本（此谓元人杂剧）特盛，南戏遂绝”者，果何说欤？曰：叶氏所记，或金华一地之事。然元代南戏之盛，与其至明初而衰息，此亦事实，不可诬也。沈氏《南九宫谱》所选古传奇，如《刘盼盼》、《王焕》、《韩寿》、《朱买臣》、《古西厢》、《王魁》、《孟姜女》、《冤家债主》、《玩江楼》、《李勉》、《燕子楼》、《郑孔目》、《墙头马上》、《司马相如》、《进梅谏》、《诈妮子》、《复落倡》、《崔护》等，其名各与宋杂剧段数、金院本名目、元人杂剧相同，复与明代传奇不类，疑皆元人所作南戏。此外命名相类者亦尚有二十余种，亦当为同时之作也。而自明洪武至成宏间，则南戏反少，沈德苻[①]《万历野获编》（卷二十五）：“原明之南曲，谓《四节》、《连环》、《绣襦》之属，出于成、宏间，始为时所称。”则元、明之间，南曲一时衰熄，事或然也。观明初曲家所作杂剧多，而传奇绝少，或足证此事欤。

十五　元南戏之文章

元之南戏，以《荆》、《刘》、《拜》、《杀》并称，得《琵琶》而五。此五本尤以《拜月》、《琵琶》为眉目，此明以来之定论也。元南戏之佳处，亦一言以蔽之，曰：自然而已矣。申言之，则亦不过一言，

① “苻”当作“符”。——校者注

曰：有意境而已矣。故元代南、北二戏佳处略同，唯北剧悲壮沉雄，南戏清柔曲折，此外殆无区别。此由地方之风气及曲之体制使然，而元曲之能事则固未有间也。

元人南戏，推《拜月》、《琵琶》，明代如何元朗、臧晋叔、沈德符辈，皆谓《拜月》出《琵琶》之上。然《拜月》佳处，大都蹈袭关汉卿《闺怨佳人拜月亭》杂剧，但变其体制耳。明人罕睹关剧，又尚南曲，故盛称之。今举其例，资读者之比较焉。

关剧第一折：

〔油葫芦〕 分明是风雨催人辞故国，行一步一叹息。两行愁泪脸边垂，一点雨间一行凄惶泪。一阵风对一声长吁气。百忙里一步一撒，索与他一步一提。这一对绣鞋儿分不得帮和底，稠紧紧粘糯糯带着淤泥。

南戏《拜月亭》第十三出：

〔剔银灯〕 （老旦）迢迢路不知是那里？前途去安身在何处？（旦）一点点雨间着一行行凄惶泪，一阵阵风对着一声声愁和气。（合）云低，天色向晚，子母命存亡，兀自尚未知。

〔摊破地锦花〕 （旦）绣鞋儿分不得帮和底，一步步提，百忙里褪了跟儿。（老旦）冒雨冲风，带水拖泥。（合）步迟迟，全没些气和力。

又如《拜月》南戏中第三十二出，实为全书中之杰作，然大抵本于关剧第三折。今先录关剧一段如下：

旦做入房里科。小旦云了。“夜深也，妹子你歇息去波，我也待睡也。”小旦云了。“梅香安排香桌儿去，我去烧炷夜香咱。”梅香云了。

〔伴读书〕 你靠栏槛临台榭，我准备名香爇，心事悠悠冯谁说，只除向金鼎焚龙麝，与你殷勤参拜遥天月，此意也无别。

〔笑和尚〕 韵悠悠比及把角品绝，碧荧荧投至那镫儿灭，薄设设衾共枕空舒设，冷清清不恁迭，闲遥遥生枝节，闷恹恹怎捱他如年夜？梅香云了，做烧香科。

〔倘秀才〕 天那，这一炷香，则愿削减俺尊君狠切，这一炷香则愿俺那抛闪下的男儿较些，那一个耶娘不间叠，不似俺忒唓嗻，劣缺。

做拜月科，云："愿天下心厮爱的夫妻，永无分离，教俺两口儿早得团圆。"小旦云了，做羞科。

〔叨叨令〕 元来你深深的花底将身儿遮，搽搽的背后把鞋儿捻，涩涩的轻把我裙儿拽，煴煴的羞得我腮儿热，小鬼头直到撞破我也末哥，直到撞破我也末哥，我一星星都索从头儿说。

小旦云了。"妹子你不知我兵火中多得他本人气力来，我以此上忘不下他。"小旦云了，打悲科。"恁姐夫姓蒋名世隆，字彦通，如今二十三岁也。"小旦打悲科，做猛问科。

〔倘秀才〕 "来波，我怨感我合哽咽，不剌你啼哭你为甚迭？"小旦云了，"你莫不元是俺男儿旧妻妾？阿，是是是，当时只争个字儿别，我错呵了应者。"小旦云了，"你两个是亲弟兄。"小旦云了，做欢喜科。

〔呆古朵〕 "似恁的呵，咱从今后越索着疼热，休想似在先时节。你又是我妹妹、姑姑，我又是你嫂嫂、姐姐。"小旦云了。"这般者，俺父母多宗派，您兄弟无枝叶。从今后休从俺耶娘家根脚排，只做俺儿夫家亲眷者。"小旦云了。"若说着俺那相别呵，话长。"

〔三煞〕 他正天行汗病，换脉交阳，那其间被俺耶把我横拖倒拽在招商舍，硬厮强扶上走马车。谁想舞燕啼，莺翠鸾娇凤，撞着猛虎狞狼，蝠蝎顽蛇。又不敢号咷悲哭，又不敢嘱咐丁宁，空则索感叹伤嗟。据着那凄凉惨切，一霎儿似痴呆。

〔二煞〕 则就里先肝肠眉黛千千结，烟水云山万万叠。他便似烈焰飘风，劣心卒性。怎禁他后拥前推，乱棒胡茄？阿谁无个老父，谁无个尊君，谁无个亲耶？从头儿看来，都不似俺那狠爹爹。

〔尾〕 "他把世间毒害收拾彻，我将天下忧愁结揽绝。"小旦云了。"没盘缠，在店舍，有谁人，厮抬贴？那萧疏，那凄切，生分离，厮抛撇。从相别，那时节，音书无，信音绝。我这些时眼跳腮红耳轮热，眠梦交杂不宁贴，您哥哥暑湿风寒纵较些，多被那烦恼忧愁上断送也。"下。

《拜月》南戏第三十二出，全从此出，而情事更明白曲尽，今亦录一段以比较之：

（旦）"呀，这丫头去了。天色已晚，只见半弯新月，斜挂柳梢，不免安排香案，对月祷告一番，争些误了。"

〔二郎神慢〕 "拜星月，宝鼎中明香满爇。"（小旦潜上听科）

（旦）"上苍，这一炷香呵，愿我抛闪下的男儿疾效些，得再睹同欢同悦。"（小旦）"悄悄轻把衣袂拽，却不道小鬼头春心动也。"（走科）（旦）"妹子到那里去？"（小旦）"我也到父亲行去说。"（旦扯科）（小旦）"放手，我这回定要去。"（旦跪科）"妹子饶过姐姐罢。"（小旦）"姐姐请起，那娇怯，无言俯首，红晕满腮颊。"

〔莺集御林春〕 "恰才的乱掩胡遮，事到如今漏泄，姊妹心肠休见别，夫妻每是些周折。"（旦）"教我难推恁阻，罢，妹子我一星星对伊仔细从头说。"（小旦）"姐姐，他姓甚么？"（旦）"姓蒋。"（小旦）"呀，他也姓蒋？叫做甚么名字？"（旦）"世隆名。"（小旦）"呀，他家在那里？"（旦）"中都路是家。"（小旦）"呀，姐姐，你怎么认得他？他是甚么样人？”（旦）“是我男儿受儒业。”

〔前腔〕（小旦悲科）“听说罢姓名家乡，这情苦意切。闷海愁山，将我心上撇，不由人不泪珠流血。”（旦）“我凄惶是正理，只合此愁休对愁人说。妹子，你啼哭为何因，莫非是我男儿旧妻妾？”

〔前腔〕（小旦）“他须是瑞莲亲兄。”（旦）“呀，元来是令兄，为何失散了？”（小旦）“为军马犯阙。”（旦）“是，我晓得了，散失忙寻相应者，那时节只争个字儿差迭。妹子，和你比先前又亲，自今越更着疼热，你休随着我踉脚，久已后是我男儿那枝叶。”

〔前腔〕（小旦）“我须是你妹妹、姑姑，你是我嫂嫂，又是姐姐。未审家兄和你因甚别，两分离是何时节？”（旦）“正遇寒冬冷月，恨爹爹将奴拆散在招商舍。”（小旦）“你如今还思量着他么？”（旦）“思量起痛心酸，那其间染病耽疾。”（小旦）“那时怎生割舍得撇了？”（旦）“是我男儿，教我怎割舍？”

〔四犯黄莺儿〕（小旦）“他直恁太情切，你十分忒软怯，眼睁睁忍相抛撇。”（旦）“枉自怨嗟，无可计设，当不过他抢来推去望前拽。”（合）“意似虺蛇，性以蝎螫，一言如何诉说？”

〔前腔〕（小旦）“流水下似马和车，顷刻间途路赊，他在穷途逆旅应难舍。”（旦）“那时节呵，囊箧又竭，药食又缺，他那里闷恹恹捱不过如年夜。”（合）“宝镜分裂，玉钗断折，何日重圆再接？”

〔尾〕自从别后信音绝，这些时魂惊梦怯，莫不是烦恼忧愁将人断送也？

细较南、北二戏，则汉卿杂剧固酣畅淋漓，而南戏中二人对唱亦宛转详尽。情与词偕，非元人不办。然则《拜月》纵不出于施君美，亦必元代高手也。

《拜月亭》南戏，前有所因，至《琵琶》则独铸伟词，其佳处殆兼南北之胜。今录其《吃糠》一节，可窥其一斑：

（商调过曲）〔山坡羊〕（旦）“乱荒荒不丰稔的年岁，远迢迢不回来的夫婿，急煎煎不耐烦的二亲，软怯怯不济事的孤身体。衣典尽寸丝不挂体，几番拼死了奴身已，争奈没主公婆教谁看取？思之，虚飘飘命怎期？难捱，实丕丕灾共危。”

〔前腔〕“滴溜溜难穷尽的珠泪，乱纷纷难宽解的愁绪，骨崖崖难扶持的病身，战兢兢难捱过的时和岁。这糠，我待不吃你呵，教奴怎忍饥？我待吃你呵，教奴怎生吃？思量起来不如奴先死，图得不知亲死时。思之，虚飘飘命怎期？难捱，实丕丕灾共危。奴家早上安排些饭与公婆吃，岂不欲买些鲑菜，争奈无钱可买。不想公婆抵死埋怨，只道奴家背他自吃了甚么东西，不知奴家吃的是米膜糠粃。又不敢教他知道，便使他埋怨杀我，我也不敢分说。苦，这些糠粃怎生吃得下？”（吃吐科）

〔双调过曲〕（孝顺歌）（旦）“呕得我肝肠痛，珠泪垂，喉咙尚兀自牢嗄住。糠那，你遭砻，被桩杵，筛你簸扬你，吃尽控持，好似奴家身狼狈，千辛万苦皆经历。苦人吃着苦滋味，两苦相逢，可知道欲吞不去。”（外净潜上觑科）

〔前腔〕（旦）“糠和米，本是相依倚，被簸扬作两处飞。一贵与一贱，好似奴家与夫婿，终无见期。丈夫便是米呵，米在他方没处寻；奴家便似糠呵，怎的把糠来救得人饥馁？好似儿夫出去，怎的教奴供膳得公婆甘旨？”（外净潜下科）

〔前腔〕（旦）“思量我生无益，死又值甚底，不如忍饥死了为怨鬼。只一件、公婆老年纪，靠奴家相依倚，只得苟活片时。片时苟活虽容易，到底日久也难相聚。漫把糠来相比，这糠尚兀自有人吃，奴家的骨头知他埋在何处？”（外净上）（净云）“媳妇，你在这里吃甚么？”（旦云）“奴家不曾吃甚么。”（净搜夺科）（旦云）“婆婆你吃不得。”（外云）“咳，这是甚么东西？”

〔前腔〕（旦）“这是谷中膜，米上皮。”（外云）“呀，这便是糠，要他何用？”（旦）“将来饽饦可疗饥。”（净云）“咦，这糠只好将去喂猪狗，如何把来自吃。”（旦）“尝闻古贤书，狗彘食人食，也强如草根树皮。”（外净云）“恁的苦涩东西，怕不噎坏了你。”（旦）“啮雪吞毡，苏卿犹健，餐松食柏，到做得神仙侣。这糠呵，纵然吃些何虑？”（净云）“阿公你休听他说谎，这糠如何吃得？”（旦）“爹妈休疑，奴须是你孩儿的糟糠妻室。”（外净看，哭科）“媳妇，我元来错埋怨了你，兀的不痛杀我也。”

此一出实为一篇之警策。竹垞《静志居诗话》谓闻则诚填词，夜案烧双烛，填至《吃糠》一出，句云“糠和米本一处飞”，双烛花交为一。吴舒凫《长生殿传奇序》亦谓则诚居栎社沈氏楼，清夜案歌，几上蜡炬二枚光交为一，因名其楼曰瑞光。此事固属附会，可知自昔皆以此出为神来之作。然记中笔意近此者，亦尚不乏。此种笔墨，明以后人全无能为役，故虽谓北剧南戏，限于元代可也。

十六　余论

一

由此书所研究者观之，知我国戏剧，汉、魏以来，与百戏合，至唐而分为歌舞戏及滑稽戏二种。宋时滑稽戏尤盛,又渐藉歌舞以缘饰故事。于是向之歌舞戏,不以歌舞为主,而以故事为主。至元杂剧出而体制遂定,南戏出而变化更多,于是我国始有纯粹之戏曲。然其与百戏及滑稽戏之关系,亦非全绝。此于第八章论古剧之结构时已略及之,元代亦然。意大利人马哥朴禄《游记》中,记元世祖时曲宴礼节云:"宴毕彻案,伎人入,优戏者、奏乐者、倒植者、弄手技者,皆呈艺于大汗之前,观者大悦。"则元时戏剧,亦与百戏合演矣。明代亦然。吕毖《明宫史》(木集)谓"钟鼓司过锦之戏,约有百回,每回十余人不拘。浓淡相间,雅俗并陈,全在结局有趣。如说笑话之类,又如杂剧故事之类,各有引旗一对,锣鼓送上。所装扮者,备极世间骗局俗态,并闺阃拙妇骀男,及市井商匠刁赖、词讼杂耍把戏等项"。则与宋之杂扮略同。至杂耍把戏则又兼及百戏,虽在今日,犹与戏剧未尝全无关系也。

二

由前章观之,则北剧、南戏皆至元而大成,其发达亦至元代而止。嗣是以后,则明初杂剧如谷子敬、贾仲名辈,矜重典丽,尚似元代中叶之作。至仁宣间,而周宪王有燉,最以杂剧知名,其所著见于《也是园书目》者共三十种。即以平生所见者论,其所自刊者九种,刊于《杂剧十段锦》者十种,而一种复出,共得十八种。其词虽谐稳,然元人生气至是顿尽。且中颇杂以南曲,且每折唱者不限一人,已失元人法度矣。此后唯王渼陂九思、康对山海,皆以北曲擅场,而二人所作《杜甫游春》、《中山狼》二剧,均鲜动人之处。徐文长渭之《四声猿》,虽有佳处,然不逮元人远甚。至明季所谓杂剧,如汪伯玉道昆、陈玉阳与郊、梁伯龙辰鱼、梅禹金鼎祚、王辰玉衡、卓珂月人月所作,蒐于《盛明杂剧》中者,既无定折,又多用南曲,其词亦无足观。南戏亦然。此戏明中叶以前,作者寥寥,至隆、万后始盛,而尤以吴江沈伯英璟、临川汤义仍显祖为巨擘。沈氏之词以合律称,而其文则庸俗不足道。汤氏才思诚一时之隽,然较之元人,显有人工与自然之别。故余谓北剧、南戏限于元代,非过为苛论也。

三

杂剧、院本、传奇之名,自古迄今,其义颇不一。宋时所谓杂剧,其初殆专指滑稽戏言之。孔平仲《谈苑》(卷五):"山谷云:作诗正如作杂剧,初时布置,临了须打诨。"吕本平[①]《童蒙训》亦云:"如作杂剧,打猛诨入,却打猛诨出。"《梦粱录》亦云:"杂剧全用故事,务在滑稽。"故第二章所集之滑稽戏,宋人恒谓之杂剧,此杂剧最初之意也。至《武林旧事》所载之官本杂剧段数,则多以故事为主,与滑稽戏截然不同,而亦谓之杂剧,盖其初本为滑稽戏之名,后扩而为戏剧之总名也。元杂剧又与宋官本杂剧截然不同,至明中叶以后,则以戏曲之短者为杂剧,其折数则自一折以至六、七折皆有之,又舍北曲而用南曲,又非元人所谓杂剧矣。

院本之名义亦不一,金之院本与宋杂剧略同。元人既创新杂剧,而又有院本,则院本殆即金之旧剧也。然至明初,则已有谓元杂剧为院本者,如《草木子》所谓"北院本特盛,南戏遂绝"者,实谓

① "平"当作"中"。——校者注

北杂剧也。顾起元《客座赘语》谓:“南都万历以前,大席则用教坊,打院本,乃北曲四大套者。”此亦指北杂剧言之也。然明文林《琅琊漫钞》(《苑录汇编》卷一百九十七)所纪太监阿丑打院本事,与《万历野获编》(卷二十六)所纪郭武定家优人打院本事,皆与唐、宋以来之滑稽戏同,则犹用金、元院本之本义也。但自明以后,大抵谓北剧或南戏为院本。《野获编》谓“逮本朝院本久不传,今尚称院本者,犹沿宋、元之旧也。金章宗时,董解元《西厢》尚是院本模范”云云。其以《董西厢》为院本,固误,然可知明以后所谓院本,实与戏曲之意无异也。

传奇之名,实始于唐。唐裴铏所作《传奇》六卷,本小说家言,此传奇之第一义也。至宋则以诸宫调为传奇,《武林旧事》所载诸色伎艺人,诸宫调传奇,有高郎妇、黄淑卿、王双莲、袁太道等。《梦粱录》亦云:“说唱诸宫调,昨汴京有孔三传,编成传奇、灵怪,入曲说唱。”即《碧鸡漫志》所谓“泽州孔三传,首唱诸宫调古传,士大夫皆能诵之”者也。则宋之传奇,即诸宫调,一谓之古传,与戏曲亦无涉也。元人则以元杂剧为传奇,《录鬼簿》所著录者均为杂剧,而录中则谓之传奇。又杨铁崖《元宫词》云:“《尸谏灵公》演传奇,一朝传到九重知,奉宣赍与中书省,诸路都教唱此词。”按:《尸谏灵公》乃鲍天祐所撰杂剧,则元人均以杂剧为传奇也。至明人则以戏曲之长者为传奇(如沈璟《北[①]九宫谱》等),以与北杂剧相别。乾隆间,黄文旸编《曲海目》,遂分戏曲为杂剧、传奇二种,余襄作《曲录》从之。盖传奇之名,至明凡四变矣。

戏文之名出于宋、元之间,其意盖指南戏。明人亦多用此语,

① “北”当作“南”。——校者注

意亦略同。唯《野获编》始云："自北有《西厢》，南有《拜月》，杂剧变为戏文。以至《琵琶》遂演为四十余折，几倍杂剧。"则戏曲之长者，不问北剧、南戏，皆谓之戏文，意与明以后所谓传奇无异。而戏曲之长者，北少而南多，故亦恒指南戏。要之，意义之最少变化者，唯此一语耳。

至我国乐曲与外国之关系，亦可略言焉。三代之顷，庙中已列夷蛮之乐。汉张骞之使西域也，得《摩诃兜勒》之曲以归，至晋吕光平西域得龟兹之乐，而变其声。魏太武平河西得之，谓之西凉乐。魏、周之际，遂谓之国伎。龟兹之乐，亦于后魏时入中国。至齐、周二代，而胡乐更盛。《隋志》谓："齐后主唯好胡戎乐，耽爱无已，于是繁手淫声，争新哀怨，故曹妙达、安未弱、安马驹之徒，至有封王开府者（曹妙达之祖曹婆罗门，受琵琶曲于龟兹商人，盖亦西域人也）。遂服簪缨而为伶人之事。后主亦自能度曲，亲执乐器，悦玩无厌，使胡儿阉官之辈齐唱和之。"北周亦然。太祖辅魏之时，得高昌伎，教习以备飨宴之礼。及武帝大和六年，罗掖庭四夷乐，其后帝娉皇后于北狄，得其所获康国、龟兹等乐，更杂以高昌之旧，并于大司乐习焉。故齐、周二代，并用胡乐。至隋初而太常雅乐，并用胡声。而龟兹之八十四调，遂由苏祇婆郑译而显。当时九部伎，除清乐、文康为江南旧乐外，余七部皆胡乐也。有唐仍之。其大曲、法曲大抵胡乐，而龟兹之八十四调，其中二十八调尤为盛行。宋教坊之十八调，亦唐二十八调之遗物。北曲之十二宫调与南曲之十三宫调，又宋教坊十八调之遗物也。故南北曲之声皆来自外国，而曲亦有自外国来者，其出于大曲、法曲等自唐以前入中国者且勿论，即以宋以后言之，则徽宗时蕃曲复盛行于世。吴曾《能改斋漫录》（卷一）云："徽宗政和初，有旨立赏钱五百千，若用鼓板改作北曲子,并著北服之类,并禁止支赏。其后民间不废鼓枝之戏,第改名太平鼓。"云云。至"绍兴年间,有张五牛大夫听动鼓板,中有〔太平令〕,因撰为赚(见上)。"则北曲中之〔太平令〕,与南曲中之〔太平歌〕皆北曲子。又第四章所载南宋赚词,其结构似北曲而曲名似南曲者,亦当自蕃曲出,而南北曲之赚,又自赚词出也。至宣和末,京师街巷鄙人多歌蕃曲,名曰〔异国朝〕、〔四国朝〕、〔六国朝〕、〔蛮牌序〕、〔蓬蓬花〕等,其言至俚,一时士大夫皆能歌之(见上)。今南北曲中尚有〔四国朝〕、〔六国朝〕、〔蛮牌儿〕,此亦蕃曲,而于宣和时已入中原矣。至金人入主中国,而女真乐亦随之而入,《中原音韵》谓:"女真〔风流体〕等乐章,皆以女真人音声歌之。虽字有舛讹,不伤于音律者,不为害也。"则北曲双调中之〔风流体〕等,实女真曲也。此外如北曲黄钟宫之〔者刺古〕,双调之〔阿纳忽〕、〔古都白〕、〔唐兀歹〕、〔阿忽令〕,越调之〔拙鲁速〕,商调之〔浪来里〕,皆非中原之语,亦当为女真或蒙古之曲也。

以上就乐曲之方面论之。至于戏剧,则除《拨头》一戏自西域入中国外,别无所闻。辽、金之杂剧、院本,与唐、宋之杂剧结构全同。吾辈宁谓辽、金之剧皆自宋往,而宋之杂剧不自辽、金来,较可信也。至元剧之结构,诚为创见,然创之者实为汉人,而亦大用古剧之材料与古曲之形式,不能谓之自外国输入也。

至我国戏曲之译为外国文字也,为时颇早,如《赵氏孤儿》,则法人特赫尔特实译于千七百六十二年,至一千八百三十四年而裘利安又重译之。又英人大维斯之译《老生儿》在千八百十七年,其译《汉宫秋》在千八百二十九年。又裘利安所译尚有《灰阑记》、《连环记》、《看钱奴》,均在千八百三四十年间。而拔残氏所译尤多,如《金钱记》、《鸳鸯被》、《赚蒯通》、《合汗衫》、《来生债》、《薛仁贵》、《铁拐李》、《秋胡戏妻》、《倩女离魂》、《黄粱梦》、《昊天塔》、《忍字记》、《窦娥冤》、《货郎旦》,皆其所译也。此种译书皆据《元曲选》,而《元曲选》百种中译成外国文者,已达三十种矣。

附录 元戏曲家小传

(今取有戏曲传于今者为之传)

一、杂剧家

关汉卿,不知其为名或字也,号已斋叟,大都人。金末以解元贡于乡,后为太医院尹,则亦未知其在金世欤?元世欤?元初大名王和卿,滑稽佻达,传播四方。中统初,燕市有一蝴蝶,其大异常,王赋〔醉中天〕小令,由是其名益著。汉卿与之善,王尝以讥谑加之,汉卿虽极意还答,终不能胜。王忽坐逝,而鼻垂双涕尺余,人皆叹骇。汉卿来吊唁,询其由,或曰:“此释家所谓坐化也。”复问鼻悬何物,又对曰:“此玉筋也。”汉卿曰:“我道你不识,不是玉筋,是嗓。”咸发一笑。或戏汉卿云:“你被王和卿轻侮半世,死后方还得一筹。”“凡六畜劳伤,则鼻中常流脓水,谓之嗓;又爱讦人之过者,亦谓之嗓,故云尔。”(《录鬼簿》,参《辍耕录》、《鬼董跋》、《尧山堂外纪》)

高文秀,东平人,府学生,早卒。(《录鬼簿》)

郑廷玉,彰德人。(同上)

白朴,字太素,一字仁甫,号兰谷,隩州人。后居真定,故又为真定人焉。祖元遗山为作墓表,所谓善人白公是也。父华,字文举，号寓斋，仕金贵显，为枢密院判官，《金史》有传。仁甫为寓斋仲子，于遗山为通家姓。甫七岁，遭壬辰之难，寓斋以事远适。明年春，京城变，遗山遂挈以北渡。自是不茹荤血，人问其故，曰：“俟见吾亲则如初。”尝罹疫，遗山昼夜抱持，凡六日，竟于臂上得汗而愈。盖视亲子侄不啻过之。数年，寓斋北归，以诗谢遗山云：“顾我真成丧家狗，赖君曾护落巢儿。”居无何，父子卜筑于滹阳。律赋为专门之学，而太素有能声，为后进之翘楚。遗山每遇之，必问为学次第，尝赠之诗曰：“元白通家旧，诸郎独汝贤。”未几，生长见闻，学问博览。然自幼经丧乱，仓皇失母，便有满目山川之叹。逮亡国，恒郁郁不乐，以故放浪形骸，期于适意。中统初，开府史公将以所业荐之于朝，再三逊谢，栖迟衡门，视荣利蔑如也。至元一统后，徙家金陵，从诸遗老放情山水间，日以诗酒优游，用示雅志。诗词篇翰，在在有之。后以子贵，赠嘉议大夫，掌礼仪院大卿。著有《天籁词》二卷。（《金史·白华传》、《录鬼簿》、《元遗山文集》、王博文、孙大雅《天籁集序》）

马致远，号东篱，大都人，任江浙行省务官。（《录鬼簿》）

李文蔚，真定人，江州路瑞昌县尹。（同上）

李直夫，女直人，居德兴府，一称蒲察李五。（同上）

吴昌龄，西京人。（同上）

王实甫，大都人。（同上）

武汉臣，济南府人。（同上）

王仲文，大都人。（同上）

李寿卿，太原人，将仕郎除县丞。（同上）

尚仲贤，真定人，江浙行省务官。（同上）

石君宝，平阳人。（同上）

杨显之，大都人，与汉卿莫逆交，凡有珠玉，与公校之。（同上）

纪君祥（一作天祥），大都人，与李寿卿、郑廷玉同时。（同上）

戴善甫，真定人，江浙行省务官。（同上）

李好古，保定人，或云西平人。（同上）

张国宾（一作国宝），大都人，即喜时营教坊句管。（同上）

石子章，大都人，与元遗山、李显卿同时。（《录鬼簿》、《遗山集》、《寓庵集》）

孟汉卿，亳州人。（《录鬼簿》）

李行道（一作行甫），绛州人。（同上）

王伯成，涿州人，有《天宝遗事》诸宫调行于世。（同上）

孙仲章，大都人，或云姓李。（同上）

岳伯川，济南人，或云镇江人。（同上）

康进之，棣州人，一云姓陈。（同上）

狄君厚，平阳人。（同上）

孔文卿，平阳人。（同上）

张寿卿，东平人，浙江省掾史。（同上）

李时中，大都人。（同上）

杨梓，字□□，海盐人。至元三十年二月，元师征爪哇，公以招谕爪哇等处宣慰司官，随福建行省平章政事伊克穆苏，以五百余人、船十艘，先往招谕之。大军继进，爪哇降，公引其宰相昔剌难答吒耶等五十余人来迎，后为安抚总使，官至嘉议大夫、杭州路总管。致仕卒，赠两浙都转运使、上轻车都尉，追封弘农郡侯，谥康惠。公节侠风流，善音律，与武林阿里海涯之子云石交善。云石翩翩公子，所制乐府散套骏逸，为当行之冠，即歌声高引，可彻云汉。而公独得其传。杂剧中有《豫让吞炭》、《霍光鬼谏》、《敬德不服老》，皆公自制，以寓祖父之意，特去其著作姓名耳。其后长公国材、少公次中，复与鲜于去矜交好。去矜亦乐府擅场，以故杨氏家僮千指，无不善南北歌调者，由是州人往往得其家法，以能歌名于浙右云。（《元史·爪哇传》、元姚桐寿《乐郊私语》、明董穀《续澉水志》）

宫天挺，字大用，大名开州人。历学官，除钓台书院山长。为权豪所中，事获辨明，亦不见用，卒于常州。（《录鬼簿》）

郑光祖，字德辉，平阳襄陵人，以儒补杭州路吏。为人方真，不妄与人交。病卒，火葬于西湖之灵芝寺。伶伦辈称郑老先生，皆知其为德辉也。（同上）

范康，字子安，杭州人。明性理，善讲解，能词章，通音律。因王伯成有《李太白贬夜郎》，乃编《杜子美游曲江》，一下笔即新奇，盖天资卓异，人不可及也。（同上）

曾瑞，字瑞卿，大兴人。自北来南，喜江浙人才之多，羡钱唐景物之盛，因而家焉。神采卓异，衣冠整肃，优游于市井，洒然如神仙中人。志不屈物，故不愿仕，自号褐夫。江湖之达者，岁时馈送不绝，遂得以徜徉卒岁。善丹青，能隐语、小曲，有《诗酒余音》行于世。（同上）

乔吉（一作吉甫），字梦符，号笙鹤翁，又号惺惺道人，太原人。美容仪，能词章，以威严自饬，人敬畏之。居杭州太乙宫前，有赵①西湖〔梧叶儿〕百篇，名公为之序。江湖间四十年，欲刊行所作，竟无成事者。至正五年，病卒于家。尝谓作乐府亦有法，凤头、猪肚、豹尾是也。大概起要美丽，中要浩荡，结要响亮。尤贵在首尾贯

① “赵”当作“题”。——校者注

串，意思清新，能若是，斯可以言乐府矣。明李中麓辑其所作小令，为《惺惺道人乐府》一卷，与《小山乐府》并刊焉。（《录鬼簿》，参《辍耕录》）

秦简夫，初擅名都下，后居杭州。（《录鬼簿》）

萧德祥，号复斋，杭州人。以医为业，凡古文俱檃括为南曲，街市盛行，所作杂剧外，又有南曲戏文等。（同上）

朱凯，字士凯，所编《升平乐府》及《隐语》、《包罗天地谜韵》，皆大梁钟嗣成为之序。（同上）

王晔，字日华，杭州人，能词章乐府，所制工巧。又尝作《优戏录》，杨铁崖为之序云："侏儒奇伟之戏，出于古亡国之君。春秋之世，陵铄大诸侯，后代离析文义，至侮圣人之言为大剧，盖在诛绝之法。而太史公为滑戏者作传，取其谈言微中，则感世道者实深矣。钱唐王晔，集历代之优辞有关于世道者，自楚国优孟而下，至金人玳瑁头，凡若干条，太史公之旨，其有概于中者乎？予闻仲尼论谏之义有五，始曰谲谏，终曰讽谏。且曰：吾从者讽乎？盖以讽之效，从容一言之中，而龙逢、比干不获称，良臣者之所不及也。及观优之寓于讽者，如'漆城瓦'、'衣雨税'之类，皆一言之微，有回天倒日之力，而勿烦乎牵裾伏蒲之勃也。则优戏之伎虽在诛绝，而优谏之功岂可少乎？他如安金藏之剺肠、申渐高之饮酖、敬新磨之免戮疲令、杨花飞之易乱主于治。君子之论，且有谓台官不如伶官。至其锡教及于弥侯解愁，其死也，足以愧北面二君者，则忧世君子不能不三喟于此矣。故吾于晔之编为书如此，使览者不徒为轩渠一噱之助，则知晔之感，太史氏之感也欤。至正六年秋七月序。"（《录鬼簿》、《东维子文集》）

二、南戏家

施惠(一云姓沈),字君美,杭州人。居吴山城隍庙前,以坐贾为业。巨目美髯,好谈笑,诗酒之暇,唯以填词和曲为事。有《古今砌话》,编成一集,其好事也如此。(《录鬼簿》)

高明,字则诚,温州瑞安人(《玉山草堂雅集》、《列朝诗集》皆云永嘉平阳人)。以《春秋》中至正乙酉第,授处州录事,后改调浙江阃幕都事,转江西行台掾,又转福建行省都事。初方国珍叛,省臣以则诚温人,知海滨事,择以自从。后仍以江西、福建官佐幕事,与幕府论事不合。国珍就抚,欲留置幕下,不从,即日解官,旅寓鄞栎社沈氏,以词曲自娱。明太祖闻其名,召之,以老病辞归,卒于宁海。则诚所交,皆当世名士,尝往来无锡顾阿瑛玉山草堂。阿瑛选其诗,入《草堂雅集》,称其长才硕学,为时名流。其为浙幕都事与归温州也,会稽杨维桢与东山赵汸作序送之。尝有岳鄂王墓诗云:“莫向中州叹黍离,英雄生死系安危。内廷不下班师诏,绝漠全收大将旗。父子一门甘伏节,山河万里竟分支。孤臣尚有埋身地,二帝游魂更可悲。”又尝作《乌宝传》(谓钞也),虽以文为戏,亦有裨于世教。其卒也,孙德旸以诗哭之曰:“乱离遭世变,出处叹才难。坠地文将丧,忧天寝不安。名题前进士,爵署旧郎官,一代儒林传,真堪入史刊。”所著有《柔克斋集》。(《辍耕录》、《玉山草堂雅集》、《东维子文集》、《留青日札》、《列朝诗集》、《静志居诗话》)

徐𤦺,字仲由,淳安人。明洪武初征秀才,至藩省辞归。尝谓吾诗文未足品藻,唯传奇词曲不多让古人。有《叶儿乐府》〔满庭芳〕云:“乌纱裹头,清霜篱落,黄叶林邱,渊明彭泽辞官后,不事王侯，爱的是青山旧友，喜的是绿酒新笤，相拖逗，金樽在手，烂醉菊花秋。”比于张小山、马东篱亦未多逊。有《巢松集》。（《静志居诗话》）

附考：元代曲家，与同时人同姓名者不少。就见闻所及，则有三白贲，三刘时中，三赵天锡，二马致远，二赵良弼，二秦简夫，二张鸣善。《中州集》有白贲，汴人，自上世以来至其孙渊，俱以经术著名，此一白贲也。元遗山《善人白公墓表》次子贲（即仁甫仲父），则隩州人，此又一白贲也。曲家之白无咎，亦名贲，姚际恒《好古堂书画记》“白贲，字无咎，大德间钱唐人”是也。《元史·世祖纪》：“以刘时中为宣慰使，安辑大理。”此一刘时中也。《遂昌杂录》又有刘时中，名致。曲家之刘时中则号逋斋，洪都人，官学士，《阳春白雪》所谓古洪刘时中者是也（此与《遂昌杂录》之刘时中时代略同，或系一人）。世祖武臣有赵天锡，冠氏人，《元史》有传。《遂昌杂录》谓今河南行省参事宛邱赵公，名颐，字子期，其先府君宛邱公，讳祐，字天锡，为江浙行省照磨，此又一赵天锡也。曲家之赵天锡，则汴梁人，官镇江府判者也。马致远，其一制曲者为大都人；一为金陵人，即马文璧（琬）之父，见张以宁《翠屏集》。赵良弼，一为世祖大臣，《元史》有传；一为东平人，即见于《录鬼簿》者也。秦简夫，一名略，陵川人，与元遗山同时；一为制曲者，即《录鬼簿》所谓：“见在都下擅名，近岁来杭者也。”张鸣善，一名择，平阳人（或云湖南人），为江浙提学，谢病隐居吴江，见王逢《梧溪集》；一为扬州人，宣慰司令史，则制曲者也。元代曲家，名位既微，传记更阙，恐世或疑为一人，故附著焉。

附　录

人间词*

蝶　恋　花

辛苦钱塘江上水，日日西流，日日趋东海。终古越山澒洞里，可能消得英雄气。　　说与江潮应不至，潮落潮生，几换人间世。千载荒台麋鹿死，灵胥抱愤终何是。

浣　溪　沙

昨夜新看北固山，今朝又上广陵船。金焦在眼苦难攀。
猛雨自随汀雁落，湿云常与暮鸦寒。人天相对作愁颜。

临　江　仙

过眼韶华何处也，萧萧又是秋声。极天衰草暮云平。斜阳漏处，一塔枕孤城。　　独立荒寒谁语？蓦回头，宫阙峥嵘。红墙隔

* 《人间词甲稿》初刊于《教育世界》第 123 号（1906 年 4 月），《人间词乙稿》初刊于《教育世界》第 161 号（1907 年 11 月）。甲、乙稿序均为王国维托名樊志厚作。本书所收王国维词作文字依据萧艾《王国维诗词笺校》（湖南人民出版社 1984 年版）一书。

雾未分明。依依残照,独拥最高层。

踏　莎　行

绝顶无云,昨宵有雨,我来此地闻天语。疏钟暝直乱峰回,孤僧晓渡寒溪去。　　是处青山,前生俦侣,招邀尽入闲庭户。朝朝含笑复含颦,人间相媚争如许。

贺　新　郎

月落飞乌鹊,更声声、暗催残岁,城头寒柝。曾记年时游冶处,偏反一栏红药,和士女盈盈欢谑。眼底春光何处也,只极天野烧明山郭。侧身望,天地窄。　　遣愁何计频商略,恨今宵、书城空拥,愁城难落。陋室风多青灯炧,中有千秋魂魄,似诉尽人间纷浊。七尺微躯百年里,那能消今古闲哀乐。与蝴蝶,蘧然觉。

浣　溪　沙

霜落清林木叶丹,远山如在有无间。经秋何事亦孱颜?
且向田家拚泥饮,聊从卜肆憩征鞍。只应游戏在尘寰。

八声甘州

直青山缺处倚东南,万堞浸明湖。看片帆指处,参差宫阙,风展旌旃。向晚榜声渐数,萧瑟杂菰蒲。一骑严城去,灯火千衢。

不道繁华如许,又万家爆竹,隔院笙竽。叹沈沈人海,不与慰羁孤。剩终朝襟裾相对,纵委蛇,人已厌狂疏。呼灯且觅朱家去,痛饮屠苏。

满 庭 芳

水抱孤城，云开远戍，垂柳点点栖鸦。晚潮初落，残日漾平沙。白鸟悠悠自去，汀洲外，无限蒹葭。西风起，飞花如雪，冉冉去斜帆。　　天涯，还忆旧，香尘随马，明月窥车。渐秋风镜里，暗换年华。纵使长条无恙，重来处，攀折堪嗟。人何许？朱楼一角，寂寞倚残霞。

浣 溪 沙

爱棹扁舟傍岸行，红装素萏斗轻盈，脸边舷外晚霞明。
为惜花香停短棹，戏窥鬟影拨流萍，玉钗斜立小蜻蜓。

点 绛 唇

波逐流云，棹歌袅袅凌波去。数声和橹，远入蒹葭浦。
落日中流，几点闲鸥鹭。低飞处，菰蒲无数，瑟瑟风前语。

蝶 恋 花

独向沧浪亭外路，六曲阑干，曲曲垂杨树。展尽鹅黄千万缕，月中并作濛濛雾。　　一片流云无觅处，云里疏星，不共云流去。闭置小窗真自误，人间夜色还如许。

浣 溪 沙

舟逐清溪弯复弯，垂杨开处见青山。毵毵绿发覆烟鬟。
夹岸莺花迟日里，归船萧鼓夕阳间。一生难得是春闲。

祝英台近

月初残，门小掩，看上大堤去。仆御喧阗，行子黯无语。为谁收拾离颜，一腔红泪，待留向孤衿偷注。　　马蹄驻，但觉怨慕悲凉，条风过平楚。树上啼鹃，又诉岁华暮。思量只有人间，年年征路。纵有恨，都无啼处。

鹧　鸪　天

列炬归来酒未醒，六街人静马蹄轻。月中薄雾漫漫白，桥外渔灯点点青。　　从醉里，忆平生。可怜心事太峥嵘。更堪此夜西楼梦，摘得星辰满袖行。

青　玉　案

姑苏台上乌啼曙，剩霸业，今如许。醉后不堪仍吊古。月中杨柳，水边楼阁，犹自教歌舞。　　野花开遍真娘墓，绝代红颜委朝露。算是人生赢得处：千秋诗料，一抔黄土，十里寒螿语。

青　玉　案

江南秋色垂垂暮，算幽事，浑无数。日日沧浪亭畔路：西风林下，夕阳水际，独自寻诗去。　　可怜愁与闲俱赴，待把尘劳截愁住。灯影幢幢天欲曙。闲中心事，忙中情味，并入西楼雨。

少　年　游

垂杨门外，疏灯影里，上马帽檐斜。紫陌霜浓，青松月冷，炬火散林鸦。　　酒醒起看西窗上，翠竹影交加。跌宕歌词，纵横书卷，不与遣年华。

点 绛 唇

暗里追凉，扁舟径掠垂杨过。湿萤光大，一一风前堕。坐觉西南，紫电排云破。严城锁，高歌无和，万舫沉沉卧。

浣 溪 沙

路转峰回出画塘，一山枫叶背残阳。看来浑未似秋光。隔座听歌人似玉，六街归骑月如霜。客中行乐只寻常。

玉 楼 春

今年花事垂垂过，明岁花开应更夥。看花终古少年多，只恐少年非属我。　　劝君莫厌金罍大，醉倒且拚花底卧。君看今日树头花，不是去年枝上朵。

蝶 恋 花

阅尽天涯离别苦，不道归来，零落花如许。花底相看无一语，绿窗春与天俱莫。　　待把相思灯下诉，一缕新欢，旧恨千千缕。最是人间留不住，朱颜辞镜花辞树。

摸 鱼 儿　秋柳

问断肠、江南江北，年时如许春色。碧阑干外无边柳，舞落迟迟红日。长堤直，又道是、连朝寒雨送行客，烟笼数驿。剩今日天涯，衰条折尽，月落晓风急。　　金城路，多少人间行役。当年风度曾识。北征司马今头白，唯有攀条沾臆。都狼藉。君不见、舞衣寸寸填沟洫。细腰谁惜？算只有多情、昏鸦点点，攒向断枝立。

蝶 恋 花

谁道人间秋已尽，衰柳毵毵，尚弄鹅黄影。落日疏林光炯炯，不辞立尽西楼暝。　　万点栖鸦浑未定，潋滟金波，又幂青松顶。何处江南无此景，只愁没个闲人领。

浣 溪 沙

画舫离筵乐未停，潇潇暮雨阖闾城。那堪还向曲中听。只恨当时形影密，不关今日别离轻。梦回酒醒忆平生。

浣 溪 沙

七月秋风动地吹，黄埃和叶满城飞。征人一日换缁衣。金马岂真堪避世，海鸥应是未忘机。故人今有问归期。

浣 溪 沙

城郭秋生一夜凉，独骑瘦马傍宫墙。参差霜阙带朝阳。旋解冻痕生绿雾，倒涵高树作金光。人间夜色尚苍苍。

清 平 乐

樱桃花底，相见颓云髻，的的银釭无限意，消得和衣浓睡。当时草草西窗，都成别后思量。遮莫天涯异日，转思今夜凄凉。

蝶 恋 花

昨夜梦中多少恨，细马香车，两两行相近。对面似怜人瘦损，众中不惜搴帷问。　　陌上轻雷听渐隐，梦里难从，觉后那堪讯。蜡泪窗前堆一寸，人间只有相思分。

浣溪沙

曾识卢家玳瑁梁，觅巢新燕屡回翔。不堪重问郁金堂。今雨相看非旧雨，故乡罕乐况他乡。人间何地着疏狂。

踏莎行 元夕

绰约衣裳，凄迷香麝，华灯素面光交射。天公倍放月婵娟，人间解与春游冶。　　乌鹊无声，鱼龙不夜。九衢忙煞闲车马。归来落月挂西窗，邻鸡四起兰釭灺。

蝶恋花

窈窕燕姬年十五，惯曳长裾，不作纤纤步。众里嫣然通一顾，人间颜色如尘土。　　一树亭亭花乍吐，除却天然，欲赠浑无语。当面吴娘夸善舞，可怜总被腰肢误。

菩萨蛮

红楼遥隔帘纤雨，沉沉暝色笼高树。树影到依窗，君家灯火光。　　风枝和影弄，似妾西窗梦。梦醒即天涯，打窗闻落花。

菩萨蛮

玉盘寸断葱芽嫩，弯刀细割羊肩进。不敢厌腥臊，缘君亲手调。　　红炉赪素面，醉把貂蝉缓。归路有余狂，天街宵踏霜。

蝶恋花

落落盘根真得地，涧畔双松，相背呈奇态。势欲拼飞终复坠，苍龙下饮东溪水。　　溪上平冈千叠翠，万树亭亭，争做拏云势。

总为自家生意遂，人间爱道为渠媚。

浣　溪　沙

草偃云低渐合围，雕弓声急马如飞。笑呼从骑载禽归。万事不如身手好，一生须惜少年时。那能白首下书帷。

浣　溪　沙

六郡良家最少年，戎装骏马照山川。闲抛金弹落飞鸢。何处高楼无可醉，谁家红袖不相怜。人间那信有华颠。

点　绛　唇

厚地高天，侧身颇觉平生左。小斋如舸，自许回旋可。聊复浮生，得此须臾我。乾坤大，霜林独坐，红叶纷纷堕。

点　绛　唇

高峡流云，人随飞鸟穿云去。数峰著雨，相对青无语。岭上金光，岭下苍烟冱。人间曙，疏林平楚，历历来时路。

喜　迁　莺

秋雨霁，晚烟拖，宫阙与云摩。片云流月入明河，鸩鹊散金波。　　宜春院，披香殿，雾里梧桐一片。华灯簇处动笙歌，复道属车过。

蝶　恋　花

月到东南秋正半，双阙中间，浩荡流银汉。谁起水晶帘下看，风前隐隐闻箫管。　　凉露湿衣风拂面，坐爱清光，分照恩和怨。苑柳宫槐浑一片，长门西去昭阳殿。

减字木兰花

乱山四倚，人马崎岖行井底。路逐风旋，斜日杏花明一山。

销沉就里，终古兴亡离别意。依旧年年，迤逦骡纲度上关。

蝶　恋　花

连岭云天知几尺，岭上秦关，关上元时阙。谁信京华城里客，独来绝塞看明月。　　如此高寒真欲绝，眼底青山，一半溶溶白。小立西风吹素帻，人间几度生华岁。

浣　溪　沙

夜永衿寒梦不成，当轩减尽半天星。带霜宫阙日初升。

客里欢娱和岁减，年来哀乐与词增。更缘何物遣孤灯。

蝶　恋　花

翠幙轻寒无着处，好梦初回，枕上惺鬆语。残夜小楼天欲曙，四山积雪明如许。　　莫遣良辰闲过去，起瀹龙团，对雪烹肥羜。此景人间殊不负，檐前冻雀还知否？

浣　溪　沙

月底栖鸦当叶看，推窗跕跕堕枝间。霜高风定独凭栏。

为制新词髭尽断，偶听悲剧泪无端。可怜衣带为谁宽。

蝶　恋　花

落日千山啼杜宇，送得归人，不遣居人住。自是精魂先魄去，凄凉病榻无多语。　　往事悠悠容细数：见说他生，又恐他生误。纵使兹盟终不负，那时能记今生否？

虞　美　人

杜鹃千里啼春晚，故国春心断。海门空阔月皑皑，依旧素车白马夜潮来。　　山川城郭非故，恩怨须臾误。人间孤愤最难平，消得几回潮落又潮生。

浣　溪　沙

漫作年时别泪看，西窗蜡炬尚汍澜。不堪重梦十年间。
斗柄又垂天直北，官书坐会岁将阑。更无人解忆长安。

好　事　近

夜起倚危楼，楼角玉绳低亚。惟有月明霜冷，浸万家鸳瓦。
人间何苦又悲秋，正是伤春罢。却向春风亭畔，数梧桐叶下。

浣　溪　沙

才过苕溪又霅溪，短松疏竹媚朝晖。去年此际远人归。
烧后更无千里草，雾中不隔万家鸡。风光浑异去年时。

浣　溪　沙

掩卷平生有百端，饱更忧患转冥顽。偶听啼鴂怨春残。
坐觉无何消白日，更缘随例弄丹铅。闲愁无分况清欢。

蝶　恋　花

急景流年真一箭，残雪声中，省识东风面。风里垂杨千万线，昨宵染就鹅黄浅。　又是廉纤春雨暗，倚遍危楼，高处人难见。已恨平芜随雁远，暝烟更界平芜断。

如　梦　令

点滴空阶疏雨，迢递严城更鼓。睡浅梦初成，又被东风吹去。无据，无据，斜汉垂垂欲曙。

好　事　近

愁展翠罗衾，半是余温半泪。不辨坠欢新恨，是人间滋味。　几年相守郁金堂，草草浑闲事。独向西风林下，望红尘一骑。

西　河

垂柳里，兰舟当日曾系。千帆过尽，只伊人不随书至。怪渠道着我侬心，一般思妇游子。　昨宵梦，分明记：几回飞度烟水。西风吹断，伴灯花摇摇欲坠。宵深待到凤凰台，声声啼鴂催起。　锦书宛在怀袖底，人迢迢，紫塞千里。算是不曾相忆。倘有情，早合归来，休寄一纸无聊相思字。

点　绛　唇

万顷蓬壶，梦中昨夜扁舟去。萦回岛屿，中有舟行路。　波上楼台，波底层层俯。何人住？断崖如锯，不见停桡处。

浣　溪　沙

天末同云黯四垂，失行孤雁逆风飞。江湖寥落尔安归？

陌上挟丸公子笑，座中调醯丽人嬉。今宵欢宴胜平时。

蝶　恋　花

窣地重帘围画省，帘外红墙，高与青天并。开尽隔墙桃与杏，人间望眼何由骋。　　举首忽惊明月冷，月里依稀，认得山河影。问取嫦娥浑未肯，相携素手阆风顶。

南　歌　子

又是乌西匿，初看雁北翔。好与报檀郎：春来宵渐短，莫思量。

鹊　桥　仙

沈沈戍鼓，萧萧厩马，起视霜华满地。猛然记得别伊时，正今夕邮亭天气。　　北征车辙，南征归梦，知是调停无计。人间事事不堪凭，但除却无凭二字。

减字木兰花

皋兰被径，月底阑干闲独凭。修竹娟娟，风里时闻响佩环。
蓦然深省，起踏中庭千个影。依旧人间，一梦钧天只枉然。

鹧　鸪　天

阁道风飘五丈旗，层楼突兀与云齐。空余明月连钱列，不照红葩倒井披。　　频摸索，且攀跻。千门万户是耶非？人间总是堪疑处，唯有兹疑不可疑。

人　月　圆　梅

天公应自嫌寥落，随意着幽花。月中霜里，数枝临水，水底横斜。　萧然四顾，疏林远渚，寂寞天涯。一声鹤泪，殷勤唤起，大地清华。

卜　算　子　水仙

罗袜悄无尘，金屋浑难贮。月底溪边一晌看，便恐凌波去。　独自惜幽芳，不敢矜迟莫。却笑孤山万树梅，狼藉花如许。

荷　叶　杯　戏效花间体

一

手把金樽酒满，相劝。情极不能羞，乍调筝处又回眸。留么留？留么留？

二

矮纸数行草草，书到。总道苦相思，朱颜今日未应非。归么归？归么归？

三

无赖灯花又结，照别。休作一生拚，明朝此际客舟寒。欢么欢？欢么欢？

四

谁道闲愁如海，零碎。雨过一池沤，时时飞絮上帘钩。愁么愁？愁么愁？

五

昨夜绣衿孤拥，幽梦。一霎钿车尘，道旁依约见天人。真么真？真么真？

六

隐隐轻雷何处？将曙。隔牖见疏星，一庭芳树乱啼莺。醒么醒？醒么醒？

临　江　仙

闻说金微郎戍处，昨宵梦向金微。不知今又过辽西。千屯沙上暗，万骑月中嘶。　　郎似梅花侬似叶，朅来手抚空枝。可怜开谢不同时，漫言花落早，只是叶生迟。

水　龙　吟　杨花

用章质夫、苏子瞻唱和韵

开时不与人看，如何一霎蒙蒙坠？日长无绪，回廊小立，迷离寻思。细雨池塘，斜阳院落，重门深闭。正参差欲住，轻衫掠处，又特地、因风起。　　花事阑珊到汝，更休寻、满枝琼缀。算来只合、人间哀乐，者般零碎。一样飘零，宁为尘土，勿随流水。怕盈盈一片春江，都贮得、离人泪。

蝶　恋　花

谁道江南春事了？废苑朱藤，开尽无人到。高柳数行临古道，一藤红遍千枝杪。　　冉冉赤云将绿绕，回首林间，无限夕阳好。若是春归归合早，余春只搅人怀抱。

玉　楼　春

西园花落堪扫，过眼韶华真草草，开时寂寂尚无人，今日偏嗔摇落早。　　昨朝却走西山道，花事山中浑未了。数峰和雨对斜阳，十里杜鹃红似烧。

蝶　恋　花

莫斗婵娟弓样月，只坐蛾眉，消得千谣诼。臂上宫砂那不灭，古来积毁能销骨。　　手把齐纨相决绝，懒祝秋风，再使人间热。镜里朱颜犹未歇，不辞自媚朝和夕。

阮　郎　归

女贞花白草迷离，江南梅雨时。阴阴帘幙万家垂，穿帘双燕飞。　　朱阁外，碧窗西，行人一舸归。清溪转处柳阴低。当窗人画眉。

蝶　恋　花

满地霜华浓似雪，人语西风，瘦马嘶残月。一曲阳关浑未彻，车声渐共歌声咽。　　换尽天涯芳草色，陌上深深，依旧年时辙。自是浮生无可说，人间第一耽离别。

蝶　恋　花

陡觉宵来情绪恶，新月生时，黯黯伤离索。此夜清光浑似昨，不辞自下深深幕。　　何物尊前哀与乐，已坠前欢，无据他年约。几度烛花开又落，人间须信思量错。

蝶　恋　花

百尺朱楼临大道。楼外轻雷，不间昏和晓，独倚阑干人窈窕，闲中数尽行人小。　　一霎车尘生树杪。陌上楼头，都向尘中老。薄晚西风吹雨到，明朝又是伤流潦。

谒　金　门

孤檠侧，诉尽十年踪迹。残夜人间无气力，绿窗寒恻恻。落叶瑶阶狼藉，高树露华凝碧。露点声疏人语密，旧欢无处觅。

苏　幕　遮

倦凭栏，低拥髻，丰颊修眉，犹是年时意。昨夜西窗残梦里，一霎幽欢，不似人间世。　　恨来迟，防醒易，梦里惊疑，何况醒时际。凉月满窗人不寐，香印成灰，总作回肠字。

浣　溪　沙

本事新词定有无？斜行小草字模糊。灯前肠断为谁书？隐几窥君新制作，背灯数妾旧欢娱。区区情事总难符。

蝶　恋　花

袅袅鞭丝冲落絮，归去临春，试问春何许？小阁重帘天易暮，隔帘阵阵飞红雨。　　刻意伤春谁与诉？闷拥罗衾，动作经旬度。已恨年华留不住，争知恨里年华去。

蝶　恋　花

窗外绿阴添几许？剩有朱樱，尚系残春住。老尽莺雏无一语，飞来衔得樱桃去。　　坐看画梁双燕乳。燕语呢喃，似惜人迟暮。自是思量渠不与，人间总被思量误。

点绛唇

屏却相思，近来知道都无益。不成抛掷，梦里终相觅。
醒后楼台，与梦俱明灭。西窗白，纷纷凉月，一院丁香雪。

清平乐

斜行淡墨，袖得伊书迹。满纸相思容易说，只爱年年离别。
罗衾独拥黄昏，春来几点啼痕。厚薄不关妾命，浅深只问君恩。

浣溪沙

已落芙蓉并叶凋，半枯萧艾过墙高。日斜孤馆易魂销。
坐觉清秋归荡荡，眼看白日去昭昭。人间争度渐长宵。

菩萨蛮

回廊小立秋将半，婆娑树影当阶乱。高树是东家，月华笼露华。　　碧阑干十二，都作回肠字。独有倚阑人，断肠君不闻。

浣溪沙

似水轻纱不隔香，金波初转小回廊。离离丛菊已深黄。
尽撤华灯招素月，更缘人面发花光。人间何处有严霜。

鹊桥仙

绣衿初展，银缸旋剔，不尽灯前欢语。人间岁岁似今宵，便胜却貂蝉无数。　　霎时送远，经年怨别，镜里朱颜难驻。封侯觅得也寻常，何况是封侯无据。

采 桑 子

高城鼓动兰缸炧，睡也还醒，醉也还醒，忽听孤鸿三两声。人生只似风前絮，欢也飘零，悲也飘零，都作连江点点萍。

浣 溪 沙

山寺微茫背夕曛，鸟飞不到半山昏。上方孤磬定行云。试上高峰窥皓月，偶开天眼觑红尘。可怜身是眼中人。

清 平 乐

垂杨深院，院落双飞燕。翠幕银灯春不浅，记得那时初见。眼波靥晕微流，尊前都按凉州。拼取一生肠断，消他几度回眸。

蝶 恋 花

黯淡灯花开又落，此夜云踪，知向谁边着？频弄玉钗思旧约，知君未忍浑抛却。　　妾意苦专君苦博，君似朝阳，妾似倾阳藿。但与百花相斗作，君恩妾命原非薄。

虞 美 人

碧苔深锁长门路，总为蛾眉误。自来积毁骨能销，何况真红一点臂砂娇。　　妾身但使分明在，肯把朱颜悔？从今不复梦承恩，且喜簪花坐赏镜中人。

齐 天 乐　蟋蟀

用姜石帚原韵

天涯已自悲秋极，何须更闻虫语。乍响瑶阶，旋穿绣闼，更入画屏深处。喁喁似诉，有几许哀丝，佐伊机杼。一夜东堂，暗抽离恨万千绪。　　空庭相和秋雨，又南城罢柝，西院停杵。试问王孙：苍茫岁晚，那有闲愁无数？宵深谩与，怕梦稳春酣，万家儿女，不识孤吟，劳人床下苦。

扫　花　游

疏林挂日，正雾淡烟收，苍然平楚。绕林细路，听沉沉落叶，玉骢踏去。背日丹枫，到眼秋光如许。正延伫，便一片飞来，说与迟暮。　　欢事难再溯，是载酒携柑，旧曾游处。清歌未住，又黄鹂趁拍，飞花入俎。今日重来，除是斜晖如故。隐高树，有寒鸦，相呼俦侣。

浣　溪　沙

乍向西林斗草过，药栏红日尚婆娑。一春只遣睡消磨。
发为沈酣从委地，脸缘微笑暂生涡。这回好梦莫惊他。

虞　美　人

犀比六博消长昼，五白惊呼骤。不须辛苦问亏成，一霎樽前了了见浮生。　　笙歌散后人微倦，归路风吹面。西窗落月荡花枝，又是人间酒醒梦回时。

蝶　恋　花

帘幙深深香雾重，四照朱颜，银烛光浮动。一霎新欢千万种，人间今日浑如梦。　　小语灯前和目送，密意芳心，不放罗帷空。看取博山闲袅凤，濛濛一气双烟共。

蝶　恋　花

手剔银灯惊柱短，拥髻无言，脉脉生清怨。此恨今宵争得浅，思量旧日深恩遍。　　月影移帘风过院，待到归来，传尽中宫箭。故拥绣衿遮素面，赚他醉里频频唤。

菩　萨　蛮

高楼直挽银河住，当时曾笑牵牛处。今夕渡河津，牵牛应笑人。　　桐梢垂露脚，梢上惊乌掠。灯焰不成青，绿窗纱半明。

应　天　长

紫骝却照春波绿，波上荡舟人似玉。似相知，羞相逐，一晌低头犹送目。　　鬓云欹，眉黛蹙，应恨这番匆促。恼一时心曲，手中双桨速。

鹧　鸪　天

楼外秋千索向悬，霜高素月慢流天。倾残玉椀难成醉，滴尽铜壶不解眠。　　人寂寂，夜厌厌。北窗情味似枯禅。不缘此夜金闺梦，那信人间尚少年。

浣　溪　沙

花影闲窗压几重，连环新解玉玲珑。日长无事等匆匆。
静听斑骓深巷里，坐看飞鸟镜屏中。乍梳云髻那时松。

蝶　恋　花

忆挂孤帆东海畔，咫尺神山，海上年年见。几度天风吹棹转，望中楼阁阴晴变。　　金阙荒凉瑶草短，到得蓬莱，又值蓬莱浅。只恐飞尘沧海满，人间精卫知何限。

虞　美　人

金鞭珠弹嬉春日，门户初相识。未能羞涩但娇痴，却立风前散发衬凝脂。　　近来瞥见都无语，但觉双眉聚。不知何日始工愁，记取那回花下一回头。

蝶　恋　花

春到临春花正妩，迟日阑干，蜂蝶飞无数。谁遣一春抛却去，马蹄日日章台路。　　几度寻春春不遇，不见春来，那识春归处。斜日晚风杨柳渚，马头何处无飞絮。

菩　萨　蛮

西风水上摇征梦，舟轻不碍孤帆重。江阔树冥冥，荒鸡叫雾醒。　　舟穿妆阁底，楼上佳人起。蓦入欲通辞，数声柔艣枝。

醉　落　魄

柳烟淡薄，月中闲杀秋千索。踏青挑菜都过却，陡忆今朝，又失湔裙约。　　落红一阵飘帘幙，隔帘错怨东风恶。披衣小立阑干角，摇荡花枝，哑哑南飞鹊。

阮　郎　归

美人消息隔重关，川途弯复弯。沉沉空翠厌征鞍，马前山复山。

浓泼黛，缓拖鬟，当年看复看。只余眉样在人间，相逢艰复艰。

鹧　鸪　天

庚戌除夕和吴伯宛舍人

绛蜡红梅竞作花，客中惊又度年华。离离长柄垂天斗，隐隐轻雷隔巷车。　　斟醁醑，和尖叉，新词飞寄舍人家。可将平日丝纶手，系取今宵赴壑蛇。

霜　花　腴

用梦窗韵补寿彊村侍郎 己未

海澨倦客，是赤明延康，旧家衣冠。坡老黎村，冬郎闽峤，中年陶写应难。醉乡尽宽，更紫萸黄菊尊前。剩沧江梦绕觚棱，斗边槎外恨高寒。　　回首凤城花事，便玉河烟柳，总带栖蝉。写艳霜边，疏芳篱下，消磨十样蛮笺。载将画船，荡素波凉月娟娟。倩郦泉与驻秋容，重来扶醉看。

百　字　令

题孙隘庵《南窗寄傲图》　戊午

楚灵均后，数柴桑第一伤心人物。招屈亭前千古水，流向浔百折。夷叔西陵，山阳下国，此恨那堪说。寂寥千载，有人同此伊郁。

堪叹招隐图成，赤明龙汉，小劫须臾阅。试与披图寻甲子，尚记义熙年月。归鸟心期，孤云身世，容易成华发。乔松无恙，素心还问霜杰。

清　平　乐

况夔笙太守索题《香南雅集图》　庚申

蕙兰同畹，著意风光转。劫后芳华仍畹晚，得似凤城初见。

旧人惟有何戡，玉宸宫调曾谙。断肠杜陵诗句，落花时节江南。

人间词甲稿序

王君静安将刊其所为《人间词》，诒书告余曰："知我词者莫如子，叙之亦莫如子宜。"余与君处十年矣，比年以来，君颇以词自娱。余虽不能词，然喜读词。每夜漏始下，一灯荧然，玩古人之作，未尝不与君共。君成一阕，易一字，未尝不以讯余。既而睽离，苟有所作，未尝不邮以示余也。然则余于君之词，又乌可以无言乎？

夫自南宋以后，斯道之不振久矣。元、明及国初诸老，非无警句也，然不免乎局促者，气困于雕琢也；嘉、道以后之词，非不谐美也，然无救于浅薄者，意竭于摹拟也。君之于词，于五代喜李后主、冯正中，于北宋喜永叔、子瞻、少游、美成，于南宋除稼轩、白石外，所嗜盖鲜矣。尤痛诋梦窗、玉田，谓梦窗砌字，玉田垒句，一雕琢，一敷衍，其病不同，而同归于浅薄，六百年来，词之不振，实自此始。其持论如此。

及读君自所为词，则诚往复幽咽，动摇人心，快而沈，直而能曲，不屑屑于言词之末，而名句间出，殆往往度越前人。至其言近而指远，意决而辞婉，自永叔以后，殆未有工如君者也。君始为词时，亦不自意其至此，而卒至此者，天也，非人之所能为也。若夫观物之微，托兴之深，则又君诗词之特色，求之古代作者，罕有伦比。

呜呼，不胜古人，不足以与古人并，君其知之矣。世有疑余言者乎？则何不取古人之词，与君词比类而观之也。光绪丙午三月山阴樊志厚叙。

人间词乙稿序

去岁夏，王君静安集其所为词，得六十余阕，名曰《人间词甲稿》，余既叙而行之矣。今冬复汇所作词为《乙稿》，丐余为之叙，余其敢辞，乃称曰：

文学之事，其内足以摅己而外足以感人者，意与境二者而已。上焉者意与境浑，其次或以境胜，或以意胜，苟缺其一，不足以言文学。原夫文学之所以有意境者，以其能观也。出于观我者，意余于境；而出于观物者，境多于意。非物然无以见我，而观我之时，又自有我在。故二者常互相错综，能有所偏重，而不能有所偏废也。文学之工不工，亦视其意境之有无与其深浅而已。自夫人不能观古人之所观，而徒学古人之所作，于是始有伪文学。学者便之，相尚以辞，相习以模拟，遂不复知意境之为何物，岂不悲哉。

苟持此以观古今人之词，则其得失可得而言焉：温、韦之精艳，所以不如正中者，意境有深浅也。珠玉所以逊六一，小山所以愧淮海者，意境异也。美成晚出，始以辞采擅长，然终不失为北宋人之词者，有意境也。南宋词人之有意境者，唯一稼轩，然亦若不欲以意境胜。白石之词，气体雅健耳，至于意境，则去北宋人远甚。及梦窗、玉田出，并不求诸气体，而惟文字之是务，于是词之道熄矣。自元迄明，益以不振。至于国朝，而纳兰侍卫以天赋之才，崛起于方兴之族，其所为词，悲凉顽艳，独有得于意境之深，可谓豪杰之士，奋乎百世之下者矣。同时朱、陈，既非劲敌；后世项、蒋，尤难鼎足。至乾、嘉以降，审乎体格韵律之间者愈微，而意味之溢于字句之表者愈浅，岂非拘泥文字而不求诸意境之失欤？抑观我观物之事，自有天在，固难期诸流俗欤？

余与静安均夙持此论。静安之为词，真能以意境胜。夫古今人词之以意胜者，莫若欧阳公；以境胜者，莫若秦少游。至意、境两浑，则唯太白、后主、正中数人足以当之。静安之词，大抵意深于欧，而境次于秦。至其合作，如《甲稿·浣溪沙》之“天末同云”、《蝶恋花》之“昨夜梦中”、《乙稿·蝶恋花》之“百尺朱楼”等阕，皆意、境两忘，物我一体，高蹈乎八荒之表，而抗心乎千秋之间，骎骎乎两汉之疆域，广于三代，贞观之政治，隆于武德矣。方之侍卫，岂徒伯仲。此固君所得于天者独深，抑岂非致力于意境之效也。

至君词之体裁，亦与五代、北宋为近。然君词之所以为五代、北宋之词者，以其有意境在。若以其体裁故，而至遽指为五代、北宋，此又君之不任受，固当与梦窗、玉田之徒专事模拟者同类而笑之也。光绪三十三年十月山阴樊志厚叙

人间词话未刊稿、删稿*

一

余填词不喜作长调,尤不喜用人韵。偶尔游戏,作《水龙吟》咏杨花,用质夫、东坡倡和韵,作《齐天乐》;咏蟋蟀用白石韵,皆有与晋代兴之意。然余之所长殊不在是,世之君子宁以他词称我。

二

樊抗父谓余词如《浣溪沙》之"天末同云"、《蝶恋花》之"昨夜梦中"、"百尺朱楼"、"春到临春"等阕,凿空而道,开词家未有之境。余自谓才不若古人,但于力争第一义处,古人亦不如我用意耳。

三

叔本华曰:"抒情诗,少年之作也;叙事诗及戏曲,壮年之作也。"余谓:抒情诗,国民幼稚时代之作;叙事诗,国民盛壮时代之作也。故曲则古不如今(元曲诚多天籁,然其思想之陋劣、布置之粗笨,千篇一律,令人喷饭。至本朝之《桃花扇》、《长生殿》诸传奇,则进矣),词则今不如古。盖一则以布局为主,一则须伫兴

---

* 王国维撰《人间词话》共120多则,除其本人及赵万里公开刊布者之外,还有一些未刊稿及删稿,这里根据作者手稿影印本(浙江古籍出版社2005年版)辑录整理。

而成故也。

四

贺黄公裳《皱水轩词筌》云:“张玉田《乐府指迷》,其调叶宫商,铺张藻绘,抑亦可矣,至于风流蕴藉之事,真属茫茫。如啖官厨饭者,不知牲牢之外别有甘鲜也。”此语解颐。

五

周保绪济《词辨》云:“玉田,近人所最尊奉,才情诣力,亦不后诸人,终觉积谷作米,把缆放船,无开阔手段。”又云:“叔夏所以不及前人处,只在字句上著功夫,不肯换意。”近人喜学玉田,亦为修饰字句易,换意难。

六

《提要》载《古今词话》六卷,国朝沈雄纂。雄字偶僧,吴江人。是编所述,上起于唐,下迄康熙中年云云。然维见明嘉靖前合口本《笺注草堂诗余》林外《洞仙歌》下引《古今词话》云:“此词乃近时林外题于吴江垂虹亭。”(明刻《类编草堂诗余》亦同)案:升庵《词品》云:“林外字岂尘,有《洞仙歌》,书于垂虹亭畔。作道装,不告姓名,饮醉而去,人疑为吕洞宾。传入宫中,孝宗笑曰:‘“云崖洞天无锁”,“锁”与“老”叶韵,则“锁”音“扫”,乃闽音也。’侦问之,果闽人林外也。”《齐东野语》所载亦略同。则《古今词话》宋时固有此书,岂雄窃此书而复益以近代事欤?又,《季沧苇书目》载《古今词话》十卷,而沈雄所纂只六卷,益证其非一书矣。

七

唐五代、北宋之词家，倡优也；南宋后之词家，俗子也。二者其失相等。然词人之词，宁失之倡优，不失之俗子。以俗子之可厌，较倡优为甚故也。

八

《蝶恋花》“独倚危楼”一阕，见《六一词》，亦见《乐章集》。余谓屯田轻薄子，只能道“奶奶兰心蕙性”耳。“衣带渐宽终不悔，为伊消得人憔悴”，此等语固非欧公不能道也。

九

“纷吾既有此内美兮，又重之以修能”。文学之事，于此二者，不可缺一。然词乃抒情之作，故尤重内美。无内美而但有修能，则白石耳。

十

诗人视一切外物，皆游戏之材料也。然其游戏，则以热心为之，故诙谐与严重二性质，亦不可缺一也。

十一

昔人但知双声之不拘四声，不知叠韵亦不拘平、上、去三声。凡字之同母音者，虽平仄有殊，皆叠韵也。

十二

诗词之题目，本为自然及人生。自古人误以为美刺、投赠、咏史、怀古之用，题目既误，诗亦自不能佳。后人才不及古人，见古名大家亦有此等作，遂遗其独到之处而专学此种，不复知诗之本意。于是豪杰之士出，不得不变其体格，如楚辞、汉初之五言诗、唐、五代、北宋之词皆是也。故此等文学皆无题。

十三

昔"岂不尔思，室是远而"，孔子讥之。故知孔门而用词，则牛峤之"甘作一生拚，尽君今日欢"等作必不在见删之数。

十四

《提要》王明清《挥麈录》载，曾布所作《冯燕歌》，已成套数，与词律殊途。毛西河《词话》谓：赵德麟令畤作《商调鼓子词》谱西厢传奇，为杂剧之祖。然《乐府雅词》卷首所载秦少游、晁补之、郑彦能（名仅）《调笑转踏》，首有致语，末有放队，每调之前有口号诗，甚似曲本体例。无名氏《九张机》亦然。至董颖《道宫薄媚》大曲咏西子事，凡十只曲，皆平仄通押，则竟是套曲。此可与《弦索西厢》同为曲家之荜路。曾氏置诸《雅词》卷首，所以别之于词也。颖字仲达，绍兴初人，从汪彦章、徐师川游，彦章为作《字说》，见《书录解题》。

十五

宋人遇令节、朝贺、宴会、落成等事，有致语一种，亦谓之参语，亦谓之念语。宋子京、欧阳永叔、苏子瞻、陈后山、文宋瑞集中皆有之。《啸余谱》列之于词曲之间。其式先教坊致语（四六文），次口号（诗），次句合曲（四六文），次句小儿队（四六文），次队名（诗二句)，次问小儿、次小儿致语，次句杂剧(皆四六文)，次放队(或诗或四六文)。若有女弟子队，则句女弟子队如前。其所歌之词曲与所演之剧，则自伶人定之。少游、补之之《调笑》乃并为之作词。元人杂剧乃以曲代之，曲中楔子、科白、上下场诗，犹是致语、口号、句队、放队之遗。此故程明善《啸余谱》所以列致语于词曲之间者也。

十六

明顾梧芳刻《尊前集》二卷，自为之引，并云明嘉禾顾梧芳编次。毛子晋刻《词苑英华》，疑为梧芳所辑。朱竹垞跋称吴下得吴宽手钞本，取顾本勘之，靡有不同，因定为宋初人编辑。《提要》两存其说。案《古今词话》云："赵崇祚《花间集》载温飞卿《菩萨蛮》甚多，合之吕鹏《尊前集》，不下二十阕。"今考顾刻所载飞卿《菩萨蛮》五首，除"咏泪"一首外，皆《花间》所有，知顾刻虽非自编，亦非复吕鹏所编之旧矣。《提要》又云："张炎《乐府指迷》虽云唐人有《尊前》、《花间集》，然《乐府指迷》真出张炎与否，盖未可定。陈振孙《书录解题》歌词类以《花间集》为首，注曰：此近世倚声填词之祖，而无《尊前集》之名。不应张炎见之而陈振孙不见。"然《书录解题》"阳春录"条下引高邮崔公度语曰："《尊前》、《花间》往往谬其姓氏。"公度元佑间人，《宋史》有传。则北宋固有此书，不过直斋未见耳。又案：黄升《花庵词选》李白《清平乐》下注云："翰林应制。"又云"案唐吕鹏《遏云集》载应制词四首，以后二首无清逸气韵，疑非太白所作"云云。今《尊前集》所载太白《清平乐》有五首，岂《尊前集》一名《遏云集》，而四首、五首之不同，乃花庵所见之本略异欤？又，欧阳炯《花间集序》谓："明皇朝有李太白应制《清平乐》四首。"则唐、宋时只有四首，岂末一首为梧芳所羼入，非吕鹏之旧欤？

十七

楚辞之体，非屈子之所创也。《沧浪》、《凤兮》之歌，已与三百篇异，然至屈子而最工。五、七律始于齐、梁而盛于唐，词源于唐而大成于北宋。故最工之文学，非徒善创，亦且善因。

十八

金朗甫作《词选后序》，分词为淫词、鄙词、游词三种，词之弊尽是矣。五代、北宋之词，其失也淫；辛、刘之词，其失也鄙；姜、张之词，其失也游。

人间词话选*

余于七八年前，偶书词话数十则。今检旧稿，颇有可采者，摘录如下：

一

词以境界为最上。有境界，则自成高格，自有名句。五代、北宋之词所以独绝者在此。

二

言气格，言神韵，不如言境界。境界，本也；气格、神韵，末也。境界具，而二者随之矣。

三

有造境，有写境，此理想与写实二派之所由分。然二者颇难区别，因大诗人所造之境，必合乎自然，所写之境，必邻乎理想故也。

四

境非独谓景物也，情感亦人心中之一境界，故能写真景物、真

* 初刊于《盛京时报》1915 年 1 月 13、15—17、19—21 日。本书所收依据彭玉平《〈盛京时报〉本〈人间词话〉校订并跋》（《中山大学学报》2008 年第 3 期）一文，题目为整理者所加。

感情者，谓之有境界；否则谓之无境界。

五

“红杏枝头春意闹”，著一“闹”字，而境界全出；“云破月来花弄影”，著一“弄”字，而境界全出矣。

六

境界有大小，然不以是而分优劣。“细雨鱼儿出，微风燕子斜”，何遽不若“落日照大旗，马鸣风萧萧”；“宝帘闲挂小银钩”，何遽不若“雾失楼台，月迷津渡”也。

七

《诗·蒹葭》一篇，最得风人深致，晏同叔之“昨夜西风凋碧树。独上高楼，望尽天涯路”，意颇近之，但一洒落，一悲壮耳。

八

“我瞻四方，蹙蹙靡所骋”，诗人之忧生也，“昨夜西风凋碧树。独上高楼，望尽天涯路”似之；“终日驰车走，不见所问津”，诗人之忧世也，“百草千花寒食路，香车系在谁家树”似之。

九

成就一切事，罔不历三种境界：“昨夜西风凋碧树。独上高楼，望尽天涯路”，此第一境也；“衣带渐宽终不悔，为伊销得人憔悴”，此第二境也；“众里寻他千百度。回头蓦见，那人正在，灯火阑珊处”，此第三境也。此等语均非大词人不能道，然遽以此意解诸词，恐为晏、欧诸公所不许也。

十

太白词纯以气象胜。"西风残照,汉家陵阙",寥寥八字,遂关千古登临之口,后世唯范文正之《渔家傲》、夏英公之《喜迁莺》差堪继武,然气象已不逮矣。

十一

温飞卿之词,句秀也;韦端己之词,骨秀也;李后主之词,神秀也。词至李后主而境界始大,感慨遂深,遂变伶工之词而为士大夫之词,宋初晏、欧诸公皆自此出,而《花间》一派微矣。

十二

冯正中词除《鹊踏枝》、《菩萨蛮》数十阕最煊赫外,如《醉花间》之"高树鹊衔巢,斜月明寒草",虽韦苏州之"流萤度高阁"、孟襄阳之"疏雨滴梧桐",不能过也。

十三

"画屏金鹧鸪",飞卿语也,其词品似之;"弦上黄莺语",端己语也,其词品亦似。若正中词品,欲于其词求之,则"和泪试严妆",殆近之欤。

十四

欧阳公《浣溪沙》词"绿杨楼外出秋千",晁补之谓只一"出"字,便后人所不能道。余谓此本于正中《上行杯》词"柳外秋千出画墙”，但欧语尤工耳。

十五

少游词境，最为凄婉，至“可堪孤馆闭春寒，杜鹃声里斜阳暮”，则变而凄厉矣。东坡赏其后二语，尤为皮相。

十六

“风雨如晦，鸡鸣不已”，“山峻高以蔽日兮，下幽晦以多雨；霰雪纷其无垠兮，云霏霏而承宇”，“树树皆秋色，山山尽落晖”，“可堪孤馆闭春寒，杜鹃声里斜阳暮”，气象皆相似。

十七

美成词深远之致不及欧、秦，唯言情体物，穷极工巧，故不失为第一流之作者。但恨创调之才多，创意之才少耳。

十八

词最忌用替代字。美成《解语花》之“桂华流瓦”，境界极妙，惜以“桂华”二字代“月”耳。梦窗以下，则用代字更多。其所以然者，非意不足，则语不妙也。盖语妙则不必代，意足则不暇代，此少游之《水龙吟》首二语，所以为东坡所讥也。

十九

美成《青玉案》词“叶上初阳干宿雨，水面清圆，一一风荷举”，此真能得荷之神理者。觉白石《念奴娇》、《惜红衣》二词犹有隔雾看花之恨。

二十

南宋词人，白石有格而无情，剑南有气而乏韵，其堪与北宋人颉颃者，唯一幼安耳。近人祖南宋而祧北宋，以南宋之词可学，北宋不可学也。学南宋者，不祖白石，则祖梦窗，以白石、梦窗可学，幼安不可学也。学幼安者，率祖其粗犷、滑稽，以其粗犷、滑稽处可学，佳处不可学也。同时白石、龙洲学幼安之作且如此，况其他乎？其实幼安词之佳者，俊伟幽咽，独有千古，其他豪放之处，亦有"横素波、干青云"之概，岂梦窗辈龌龊小生所可语耶？

二十一

东坡之词旷，稼轩之词豪。无二人之胸襟，而学其词，犹东施之效捧心也。

二十二

读东坡、稼轩词，须观其雅量高致，有伯夷、柳下惠之风。白石虽似蝉蜕尘埃，终不免局促辕下。

二十三

昭明太子称陶渊明诗"跌宕昭彰，独超众类；抑扬爽朗，莫之与京"，王无功称薛收赋"韵趣高奇，词义晦远。嵯峨萧瑟，真不可言"。词中惜少此二种气象，前者坡词近之，后者唯白石略得一二耳。

二十四

白石写景之作，如"二十四桥仍在，波心荡、冷月无声"，"数峰清苦，商略黄昏雨”，“高树晚蝉，说西风消息”，虽格韵高绝，然如雾里看花，终隔一层。梅溪、梦窗诸家写景之作，其病皆在一“隔”字。北宋风流，过江遂绝，抑真有风会存乎其间耶？

二十五

东坡、稼轩，词中之狂；白石，词中之狷。若梅溪、梦窗、草窗、玉田、西麓、竹山之词，则乡愿而已。

二十六

问“隔”与“不隔”之别，曰：“生年不满百，常怀千岁忧。昼短苦夜长，何不秉烛游。”“服食求神仙，多为药所误。不如饮美酒，被服纨与素。”写情如此，方为不隔。“采菊东篱下，悠然见南山。山气日夕佳，飞鸟相与还。”“天似穹庐，笼盖四野。天苍苍，野茫茫，风吹草低见牛羊。”写景如此，方为不隔。词亦如之，如欧阳公《少年游》咏春草云：“阑干十二独凭春，晴碧远连云。三月二月，千里万里，行色苦愁人。”语语皆在目前，便是不隔。至换头云：“谢家池上，江淹浦畔，吟魄与离魂。”使用故事，便不如前半精彩。然欧词前既实写，故至此不能不拓开。若通体如此，则成笑柄。南宋人词则不免通体皆是“谢家池上”矣。

二十七

国朝人词，余最爱宋尚木《蝶恋花》“新样罗衣浑弃却，犹寻旧日春衫著”及谭复堂之“连理枝头侬与汝，千花百草从渠许”，以为最得风人之旨。

二十八

近人词，如复堂之深婉、彊村之隐秀，当在吾家半塘翁之上。彊村学梦窗，而情味较梦窗反胜，盖有临川、庐陵之高华，而济以白石之疏越者。学人之词，斯为极则。然于古人自然神妙处，尚未梦见。《半唐丁稿》和冯正中《鹊踏枝》十阕，乃鹜翁词之最精者。"望远愁多休纵目"等阕，郁伊惝恍，令人不能为怀，《定稿》只存六阕，殊为未允。

二十九

词总集如《花间》、《尊前》，行于宋世。南宋迄明，盛行《草堂诗余》。自朱竹垞力诋《草堂》，而推重周草窗之《绝妙好词》。其实《草堂》瑕瑜互见，宋人名作大抵在焉。《绝妙好词》则如碱砆，无瑕可指，而可观之词甚少。竹垞《词综》自唐宋以后，其病略同，皋文《词选》又扬其波，固陋弥甚矣。

三十

词至元人，皆承南宋绪余，殆无足观。然曲中小令却有绝妙者，如无名氏《天净沙》云："枯藤老树昏鸦。小桥流水人家。古道西风瘦马。夕阳西下。断肠人在天涯。"此等语非当时词家所能道也。

三十一

元人曲中小令以无名氏《天净沙》为第一。套数则以马东篱之《双调夜行船》为第一。兹录其词如左："［夜行船］百岁光阴如梦蝶。重回首，往事堪嗟。昨日春来，今朝花谢。急罚盏夜阑灯灭。

［乔木查］想秦宫汉阙，都做了衰草牛羊野。不恁渔樵无话说。纵荒坟横断碑，不辨龙蛇。［庆宣和］投至狐踪与兔窟，多少豪杰。鼎足三分半腰折，魏耶？晋耶？［落梅花］天教富，不待奢。无多时，好天良夜。看钱奴，硬将心似铁，空辜负锦堂风月。［风入松］眼前红日又西斜，疾似下坡车。晓来青镜添白发，上床和鞋履相别。莫笑鸠巢计拙，葫芦提一就娄呆。［拨不断］利名竭，是非绝。红尘不向门前惹，绿树偏宜屋角遮，青山正补墙东缺，竹篱茅舍。［离亭宴煞］蛩吟一枕方宁贴，鸡鸣万事无休歇。争名利，何年是彻？密匝匝，蚁排兵；乱纷纷，蜂酿蜜；急攘攘，蝇争血。裴公绿野堂，陶令白莲社。爱秋来，那些和露摘黄花，带霜烹紫蟹，煮酒烧红叶。人生有限杯，几个登高节？嘱付与顽童记者：便北海探吾来，道东篱醉了也。”周德清《中原音韵》中载此剧，以为万中无一，不虚也。

词曲散论*

一

蕙风词小令似叔原，长调亦在清真、梅溪间，而沉痛过之。彊村虽富丽精工，犹逊其真挚也。天以百凶成就一词人，果何为哉。

二

蕙风《洞仙歌》“秋日游某氏园”及《苏武慢》“寒夜闻角”二阕，境似清真，集中他作，不能过之。

（以上赵万里录自《蕙风琴趣》评语）

三

彊村词，余最赏其《浣溪沙》“独鸟冲波去意闲”二阕，笔力峭拔，非他词可能过之。

四

蕙风《听歌》诸作，自以《满路花》为最佳。至《题香南雅集图》诸词，殊觉泛泛，无一言道著。

（以上赵万里自《丙寅日记》所记观堂论学语中摘出）

---

* 该部分内容系赵万里等人从王国维手稿、日记中辑出，原载《人间词话》（开明书店1939年版），后不断增补。本书文字依据王幼安校订本《蕙风词话 人间词话》（人民文学出版社1960年版）一书，原题《人间词话附录》，此题目为整理者所加。

五

（皇甫松）词，黄叔旸称其《摘得新》二首为有达观之见。余谓不若《忆江南》二阕，情味深长，在乐天、梦得上也。

六

端己词情深语秀，虽规模不及后主、正中，要在飞卿之上。观昔人颜、谢优劣论可知矣。

七

（毛文锡）词比牛、薛诸人，殊为不及。叶梦得谓："文锡词以质直为情致，殊不知流于率露。诸人评庸陋词者，必曰：此仿毛文锡之《赞成功》而不及者。"其言是也。

八

（魏承班）词逊于薛昭蕴、牛峤，而高于毛文锡，然皆不如王衍。五代词以帝王为最工，岂不以无意于求工欤。

九

（顾）夐词在牛给事、毛司徒间。《浣溪沙》"春色迷人"一阕，亦见《阳春录》。与《河传》、《诉衷情》数阕，当为夐最佳之作矣。

十

（毛熙震）周密《齐东野语》称其词新警而不为儇薄。余尤爱其《后庭花》，不独意胜，即以调论，亦有俊上清越之致，视文锡蔑如也。

十一

（阎选）词唯《临江仙》第二首有轩翥之意，余尚未足与于作者也。

十二

昔沈文悫深赏（张）泌“绿杨花扑一溪烟”为晚唐名句。然其词如“露浓香泛小庭花”，较前语似更幽艳。

十三

（孙光宪词）昔黄玉林赏其“一庭花雨湿春愁”为古今佳句，余以为不若“片帆烟际闪孤光”尤有境界也。

（以上录自《唐五代二十一家词辑》诸跋）

十四

（周清真）先生于诗文无所不工，然尚未尽脱古人蹊径。平生著述，自以乐府为第一。词人甲乙，宋人早有定论，惟张叔夏病其意趣不高远。然北宋人如欧、苏、秦、黄，高则高矣，至精工博大，殊不逮先生。故以宋词比唐诗，则东坡似太白，欧、秦似摩诘，耆卿似乐天，方回、叔原则大历十子之流。南宋惟一稼轩可比昌黎。而词中老杜，则非先生不可。昔人以耆卿比少陵，犹为未当也。

十五

（清真）先生之词，陈直斋谓其多用唐人诗句檃栝入律，浑然天成。张玉田谓其善于融化诗句，然此不过一端。不如强焕云“模写物态，曲尽其妙”为知言也。

十六

山谷云：“天下清景，不择贤愚而与之，然吾特疑端为我辈设。”诚哉是言。抑岂独清景而已，一切境界，无不为诗人设。世无诗人，即无此种境界。夫境界之呈于吾心而见于外物者，皆须臾之物。惟诗人能以此须臾之物，镌诸不朽之文字，使读者自得之。遂觉诗人之言，字字为我心中所欲言，而又非我之所能自言，此大诗人之秘妙也。境界有二：有诗人之境界，有常人之境界。诗人之境界，惟诗人能感之而能写之，故读其诗者，亦高举远慕，有遗世之意。而亦有得有不得，且得之者亦各有深浅焉。若夫悲欢离合、羁旅行役之感，常人皆能感之，而惟诗人能写之。故其入于人者至深，而行于世也尤广。（清真）先生之词，属于第二种为多。故宋时别本之多，他无与匹。又和者三家，注者二家（强焕本亦有注，见毛跋）。自士大夫以至妇人女子，莫不知有清真，而种种无稽之言，亦由此以起。然非入人之深，乌能如是耶？

十七

楼忠简谓（清真）先生妙解音律，惟王晦叔《碧鸡漫志》谓：“江南某氏者，解音律，时时度曲。周美成与有瓜葛。每得一解，即为制词。故周集中多新声。”则集中新曲，非尽自度。然顾曲名堂，不能自已，固非不知音者。故先生之词，文字之外，须兼味其音律。惟词中所注宫调，不出教坊十八调之外。则其音非大晟乐府之新声，而为隋、唐以来之燕乐，固可知也。今其声虽亡，读其词者，犹觉拗怒之中，自饶和婉。曼声促节，繁会相宣；清浊抑扬，辘轳交往。两宋之间，一人而已。

（以上录自《清真先生遗事尚论》三）

十八

（《云谣集·杂曲子》）《天仙子》词特深峭隐秀，堪与飞卿、端己抗行。

（以上录自《观堂集林·唐写本云谣集杂曲子跋》）

十九

（王）以凝词句法精壮，如和虞彦恭寄钱逊升《蓦山溪》一阕、重午登霞楼《满庭芳》一阕、舣舟洪江步下《浣溪沙》一阕，绝无南宋浮艳虚薄之习。其他作亦多类是也（按：此则乃观堂所录阮元《四库未收书目王周士词提要》，实非观堂论词之语）。

（以上录自《观堂别集·跋王周士词》）

二十

有明一代，乐府道衰。《写情》、《扣舷》，尚有宋、元遗响。仁、宣以后，兹事几绝。独文愍（夏言）以魁硕之才，起而振之。豪壮典丽，与于湖、剑南为近。

（以上录自《观堂外集·桂翁词跋》）

二十一

欧公《蝶恋花》"面旋落花"云云，字字沉响，殊不可及。

（以上陈乃乾录自观堂旧藏《六一词》眉间批语）

二十二

《片玉词》“良夜灯光簇如豆”一首，乃改山谷《忆帝京》词为之者，似屯田最下之作，非美成所宜有也。

（以上陈乃乾录自观堂旧藏《片玉词》眉间批语）

二十三

温飞卿《菩萨蛮》：“雨后却斜阳，杏花零落香。”少游之“雨余芳草斜阳。杏花零落燕泥香”虽自此脱胎，而实有出蓝之妙。

二十四

白石尚有骨，玉田则一乞人耳。

二十五

美成词多作态，故不是大家气象。若同叔、永叔虽不作态，而一笑百媚生矣。此天才与人力之别也。

二十六

周介存谓白石以诗法入词，门径浅狭，如孙过庭书，但便后人模仿。予谓近人所以崇拜玉田，亦由于此。

二十七

予于词，五代喜李后主、冯正中而不喜《花间》，宋喜同叔、永叔、子瞻、少游而不喜美成，南宋只爱稼轩一人，而最恶梦窗、玉田。介存《词辨》所选词，颇多不当人意，而其论词则多独到之语。始知天下固有具眼人，非予一人之私见也。

（以上陈乃乾录自观堂旧藏《词辨》眉间批语）

静庵文集自序*

余之研究哲学，始于辛、壬之间。癸卯春，始读汗德之《纯理批评》，苦其不可解，读几半而辍。嗣读叔本华之书而大好之。自癸卯之夏，以至甲辰之冬，皆与叔本华之书为伴侣之时代也。其所尤惬心者，则在叔本华之知识论、汗德之说得因之以上窥。然于其人生哲学观，其观察之精锐与议论之犀利，亦未尝不心怡神释也。后渐觉其有矛盾之处，去夏所作《红楼梦评论》，其立论虽全在叔氏之立脚地，然于第四章内已提出绝大之疑问。旋悟叔氏之说，半出于其主观的气质，而无关于客观的知识。此意于《叔本华及尼采》一文中始畅发之。今岁之春，复返而读汗德之书，嗣今以后，将以数年之力研究汗德。他日稍有所进，取前说而读之，亦一快也。故并诸杂文，刊而行之，以存此二三年间思想上之陈迹云尔。光绪三十一年秋八月，海宁王国维自序。

---

* 原载《静庵文集》，1905 年刊行。

文学小言*

一

昔司马迁推本汉武时学术之盛，以为利禄之途使然。余谓一切学问皆能以利禄劝，独哲学与文学不然。何则？科学之事业皆直接、间接以厚生利用为旨，故未有与政治及社会上之兴味相刺谬者也。至一新世界观与新人生观出，则往往与政治及社会上之兴味不能相容。若哲学家而以政治及社会之兴味为兴味，而不顾真理之如何，则又决非真正之哲学。此欧洲中世哲学之以辩护宗教为务者，所以蒙极大之污辱，而叔本华所以痛斥德意志大学之哲学者也。文学亦然，铺馁的文学，决非真正之文学也。

二

文学者，游戏的事业也。人之势力用于生存竞争而有余，于是发而为游戏。婉娈之儿，有父母以衣食之，以卵翼之，无所谓争存之事也。其势力无所发泄，于是作种种之游戏。逮争存之事亟，而游戏之道息矣。唯精神上之势力独优，而又不必以生事为急者，然后终身得保其游戏之性质。而成人以后，又不能以小儿之游戏为满足，于是对其自己之感情及所观察之事物而摹写之，咏叹之，以发泄所储蓄之势力。故民族文化之发达，非达一定之程度，则不能有文学；而个人之汲汲于争存者，决无文学家之资格也。

---

* 本文初刊于《教育世界》第139号，(1906年12月)。

三

人亦有言:名者,利之宾也。故文绣的文学之不足为真文学也,与铺缀的文学同。古代文学之所以有不朽之价值者,岂不以无名之见者存乎?至文学之名起,于是有因之以为名者,而真正文学乃复托于不重于世之文体以自见。逮此体流行之后,则又为虚车矣。故模仿之文学是文绣的文学与铺缀的文学之记号也。

四

文学中有二原质焉:曰景,曰情。前者以描写自然及人生之事实为主,后者则吾人对此种事实之精神的态度也。故前者客观的,后者主观的也;前者知识的,后者感情的也。自一方面言之,则必吾人之胸中洞然无物,而后其观物也深,而其体物也切,即客观的知识实与主观的感情为反比例。自他方面言之,则激烈之感情亦得为直观之对象、文学之材料,而观物与其描写之也,亦有无限之快乐伴之。要之,文学者不外知识与感情交代之结果而已。苟无锐敏之知识与深邃之感情者,不足与于文学之事。此其所以但为天才游戏之事业,而不能以他道劝者也。

五

古今之成大事业、大学问者,不可不历三种之阶级:“昨夜西风凋碧树,独上高楼,望尽天涯路”(晏同叔《蝶恋花》),此第一阶级也;“衣带渐宽终不悔,为伊消得人憔悴”(欧阳永叔《蝶恋花》),此第二阶级也;“众里寻他千百度,回头蓦见,那人正在灯火阑珊处”(辛幼安《青玉案》),此第三阶级也。未有不阅第一、第二阶级而能遽跻第三阶级者。文学亦然,此有文学上之天才者,所以又需莫大之修养也。

六

三代以下之诗人，无过于屈子、渊明、子美、子瞻者。此四子者，苟无文学之天才，其人格亦自足千古。故无高尚伟大之人格而有高尚伟大之文学者，殆未之有也。

七

天才者，或数十年而一出，或数百年而一出，而又须济之以学问，帅之以德性，始能产真正之大文学。此屈子、渊明、子美、子瞻等所以旷世而不一遇也。

八

“燕燕于飞，差池其羽”，“燕燕于飞，颉之颃之”，“睍睆黄鸟，载好其音”，“昔我往矣，杨柳依依”。诗人体物之妙，侔于造化，然皆出于离人、孽子、征夫之口，故知感情真者，其观物亦真。

九

“驾彼四牡，四牡项领，我瞻四方，蹙蹙靡所骋”，以《离骚》、《远游》数千言言之而不足者，独以十七字尽之，岂不诡哉。然以讥屈子之文胜，则亦非知言者也。

十

屈子，感自己之感，言自己之言者也。宋玉、景差，感屈子之所感，而言其所言，然亲见屈子之境遇与屈子之人格，故其所言，亦殆与言自己之言无异。贾谊、刘向，其遇略与屈子同而才则逊矣。王叔师以下，但袭其貌而无真情以济之。此后人之所以不复为楚人之词者也。

十一

屈子之后，文学上之雄者，渊明其尤也。韦、柳之视渊明，其如贾、刘之视屈子乎？彼感他人之所感，而言他人之所言，宜其不如李、杜也。

十二

宋以后之能感自己之感，言自己之言者，其唯东坡乎。山谷可谓能言其言矣，未可谓能感所感也。遗山以下亦然。若国朝之新城，岂徒言一人之言已哉？所谓“莺偷百鸟声”者也。

十三

诗至唐中叶以后，殆为羔雁之具矣。故五季、北宋之诗（除一二大家外），无可观者，而词则独为其全盛时代。其诗词兼擅如永叔、少游者，皆诗不如词远甚，以其写之于诗者不若写之于词者之真也。至南宋以后，词亦为羔雁之具，而词亦替矣（除稼轩一人外）。观此足以知文学盛衰之故矣。

十四

上之所论，皆就抒情的文学言之（《离骚》、诗词皆是）。至叙事的文学（谓叙事传、史诗、戏曲等，非谓散文也），则我国尚在幼稚之时代。元人杂剧，辞则美矣，然不知描写人格为何事。至国朝之《桃花扇》，则有人格矣，然他戏曲则殊不称是。要之，不过稍有系统之词，而并失词之性质者也。以东方古文学之国，而最高之文学无一足以与西欧匹者，此则后此文学家之责矣。

十五

抒情之诗，不待专门之诗人而后能之也。若夫叙事，则其所需之时日长，而其所取之材料富，非天才而又有暇日者不能。此诗家之数之所不可更仆数而叙事文学家殆不能及百分之一也。

十六

《三国演义》无纯文学之资格，然其叙关壮缪之释曹操，则非大文学家不办。《水浒传》之写鲁智深，《桃花扇》之写柳敬亭、苏昆生，彼其所为，固毫无意义，然以其不顾一己之利害，故犹使吾人生无限之兴味，发无限之尊敬，况于观壮缪之矫矫者乎？若此者，岂真如汗德所云，实践理性为宇宙人生之根本欤？抑与现在利己之世界相比较，而益使吾人兴无涯之感也？则选择戏曲、小说之题目者，亦可以知所去取矣。

十七

吾人谓戏曲、小说家为专门之诗人，非谓其以文学为职业也。以文学为职业，餔餟的文学也。职业的文学家，以文学得生活；专门之文学家，为文学而生活。今餔餟的文学之途，盖已开矣。吾宁闻征夫、思妇之声而不屑使此等文学嚣然污吾耳也。

自　　序*

岁月不居，时节如流，犬马之齿，已过三十。志学以来，十有余年，体素羸弱，不能锐进于学。进无师友之助，退有生事之累，故十年所造，遂如今日而已。然此十年间进步之迹，有可言焉。夫怀旧之感，恒笃于暮年；进取之方，不容于反顾。余年甫壮，而学未成，冀一篑以为山，行百里而未半。然举前十年之进步，以为后此十年、二十年进步之券，非敢自喜，抑亦自策励之一道也。

余家在海宁，故中人产也，一岁所入，略足以给衣食。家有书五六箧，除《十三经注疏》为儿时所不喜外，其余晚自塾归，每泛览焉。十六岁见友人读《汉书》而悦之，乃以幼时所储蓄之岁朝钱万，购前四史于杭州，是为平生读书之始。时方治举子业，又以其间学骈文、散文，用力不专，略能形似而已。未几而有甲午之役，始知世尚有所谓学者。家贫不能以资供游学，居恒怏怏，亦不能专力于是矣。二十二岁正月，始至上海，主时务报馆，任书记校雠之役。二月而上虞罗君振玉等私立之东文学社成，请于馆主汪君康年，日以午后三小时往学焉，汪君许之。然馆事颇剧，无自习之暇，故半年中之进步，不如同学诸子远甚。夏六月，又以病足归里，数月而愈。愈而复至沪，则时务报馆已闭。罗君乃使治社之庶务，而免其学资。是时社中教师为日本文学士藤田丰八、田冈佐代治二君。二君故治哲学，余一日见田冈君之文集中有引汗德、叔本华之哲学

---

* 本文初刊于《教育世界》第148号，(1907年5月)。

者,心甚喜之。顾文字睽隔,自以为终身无读二氏之书之日矣。次年,社中兼授数学、物理、化学、英文等。其时担任数学者,即藤田君。君以文学者而授数学,亦未尝不自笑也。顾君勤于教授,其时所用藤泽博士之算术、代数两教科书,问题殆以万计。同学三四人者,无一问题不解,君亦无一不校阅也。又一年,而值庚子之变,学社解散。盖余之学于东文学社也,二年有半,而其学英文亦一年有半。时方毕第三读本,乃购第四、第五读本,归里自习之。日尽一二课,必以能解为度,不解者且置之。而北乱稍定,罗君乃助以资,使游学于日本。亦从藤田君之劝,拟专修理学。故抵日本后,昼习英文,夜至物理学校习数学。留东京四五月而病作,遂以是夏归国。自是以后,遂为独学之时代矣。体素羸弱,性复忧郁,人生之问题,日往复于吾前,自是始决从事于哲学,而此时为余读书之指导者,亦即藤田君也。次岁春,始读翻尔彭之《社会学》,及文之《名学》、海甫定《心理学》之半。而所购哲学之书亦至,于是暂辍心理学而读巴尔善之《哲学概论》、文特尔彭之《哲学史》。当时之读此等书,固与前日之读英文读本之道无异。幸而已得读日文,则与日文之此类书参照而观之,遂得通其大略。既卒《哲学概论》、《哲学史》,次年始读汗德之《纯理批评》。至先天分析论,几全不可解。更辍不读,而读叔本华之《意志及表象之世界》一书。叔氏之书,思精而笔锐。是岁前后读二过,次及于其《充足理由之原则论》、《自然中之意志论》及其文集等。尤以其《意志及表象之世界》中《汗德哲学之批评》一篇,为通汗德哲学关键。至二十九岁,更返而读汗德之书,则非复前日之窒碍矣。嗣是,于汗德之《纯理批评》外,兼及其伦理学及美学。至今年从事第四次之研究,则窒碍更少,而觉其窒碍之处,大抵其说之不可持处而已。此则当日志学之初所不及料，而在今日亦得以自慰藉者也。此外如洛克、休蒙之书，亦时涉猎及之。近数年来为学之大略如此。

顾此五六年间，亦非能终日治学问，其为生活故而治他人之事，日少则二三时，多或三四时，其所用以读书者，日多不逾四时，少不过二时。过此以往，则精神涣散，非与朋友谈论，则涉猎杂书。唯此二三时间之读书，则非有大故，不稍间断而已。夫以余境之贫薄，而体之孱弱也，又每日为学时间之寡也，持之以恒，尚能小有所就，况财力、精力之倍于余者，循序而进，其所造岂有量哉。故书十年间之进步，非徒以为责他日进步之券，亦将以励今之人，使不自馁也。若夫余之哲学上及文学上之撰述，其见识文采亦诚有过人者，此则汪氏中所谓"斯有天致，非由人力，虽情符曩哲，未足多矜"者，固不暇为世告焉。

自序二*

前篇既述数年间为学之事，兹复就为学之结果述之：

余疲于哲学有日矣。哲学上之说，大都可爱者不可信，可信者不可爱。余知真理，而余又爱其谬误。伟大之形而上学、高严之伦理学，与纯粹之美学，此吾人所酷嗜也。然求其可信者，则宁在知识论上之实证论、伦理学上之快乐论，与美学上之经验论。知其可信而不能爱，觉其可爱而不能信，此近二三年中最大之烦闷，而近日之嗜好所以渐由哲学而移于文学，而欲于其中求直接之慰藉者也。要之，余之性质，欲为哲学家则感情苦多，而知力苦寡；欲为诗人，则又苦感情寡而理性多。诗歌乎？哲学乎？他日以何者终吾身，所不敢知，抑在二者之间乎？

今日之哲学界，自赫尔德曼以后，未有敢立一家系统者也。居今日而欲自立一新系统，自创一新哲学，非愚则狂也。近二十年之哲学家，如德之芬德、英之斯宾塞尔，但搜集科学之结果，或古人之说而综合之、修正之耳。此皆第二流之作者，又皆所谓可信而不可爱者也。此外所谓哲学家，则实哲学史家耳。以余之力，加之以学问，以研究哲学史，或可操成功之券。然为哲学家，则不能；为哲学史，则又不喜，此亦疲于哲学之一原因也。

近年嗜好之移于文学，亦有由焉，则填词之成功是也。余之于词，虽所作尚不及百阕，然自南宋以后，除一二人外，尚未有能及余

---

* 本文初刊于《教育杂志》第152号，（1907年7月）。

者，则平日之所自信也。虽比之五代、北宋之大词人，余愧有所不如，然此等词人，亦未始无不及余之处。因词之成功，而有志于戏曲，此亦近日之奢愿也。然词之于戏曲，一抒情，一叙事，其性质既异，其难易又殊，又何敢因前者之成功，而遽冀后者乎？但余所以有志于戏曲者，又自有故。吾中国文学之最不振者，莫戏曲若。元之杂剧、明之传奇，存于今日者，尚以百数。其中之文字，虽有佳者，然其理想及结构，虽欲不谓至幼稚、至拙劣，不可得也。国朝之作者，虽略有进步，然比诸西洋之名剧，相去尚不能以道里计。此余所以自忘其不敏，而独有志乎是也。然目与手不相谋，志与力不相副，此又后人之通病。故他日能为之与否，所不敢知，至为之而能成功与否，则愈不敢知矣。

虽然，以余今日研究之日浅，而修养之力乏，而遽绝望于哲学及文学，毋乃太早计乎？苟积毕生之力，安知于哲学上不有所得，而于文学上不终有成功之一日乎？即今一无成功，而得于局促之生活中，以思索玩赏为消遣之法，以自逭于声色货利之域，其益固已多矣。诗云："且以喜乐，且以永日。"此吾辈才弱者之所有事也。若夫深湛之思、创造之力，苟一日集于余躬，则俟诸天之所为欤，俟诸天之所为欤。

曲录自序*

余作词录竟，因思古人所作戏曲，何虑万本，而传世者寥寥。正史艺文志及《四库全书提要》，于戏曲一门，既未著录；海内藏书家，亦罕有搜罗者。其传世总集，除臧懋循之《元曲选》、毛晋之《六十种曲》外，若《古名家杂剧》等，今日皆绝不可睹，余亦仅寄之伶人之手，且颇遭改窜，以就其唇吻。今昆曲且废，则此区区之寄于伶人之手者，恐亦不可问矣。明李中麓作《张小山小令》序，谓明初诸王之国，必以杂剧千七百本资遣之。今元曲目之载于《元曲选》首卷及程明善《啸余谱》者，仅五百余本，则其散失不自今日始矣。继此作曲目者，有焦循之《曲考》、黄文旸之《曲目》、无名氏之《传奇汇考》等。焦氏丛书中未刻《曲考》，《曲目》则仪征李斗载之《扬州画舫录》，《传奇汇考》仅有旧钞残本，惟黄氏之书稍为完具。其所见之曲，通杂剧传奇汇考共一千零十三种，复益以《曲考》所有而黄氏未见者六十八种。余乃参考诸书并各种曲谱及藏书家目录，共得二千二百二十本，视黄氏之目，增逾一倍。又就曲家姓名可考者考之，可补者补之，粗为排比，成书二卷。黄氏所见之书，今日存者恐不及十之三四，何况百种外之元曲、曲谱中之原本，岂可问哉，岂可问哉。则兹录之作，又乌可以已也。光绪戊申八月。

* 撰于1908年9月，收入《王国维遗书》。

曲录自序二*

戏曲之兴，由来远矣。宣和之末，始见萌芽；乾淳以还，渐多纂述。泗水潜夫纪武林之杂剧，南村野叟录金人之院本。丑斋《点鬼》，丹邱《正音》，著录斯开，搜罗尤盛。上自洪武诸王就国之装（见李开先《张小山小令跋》），下讫天、崇私家插架之轴。则有若章邱之李（《列朝诗集》李开先小传）、临川之汤（姚士粦《见只编》卷中）、黄州之刘（《静志居诗话》卷十五臧懋循条下）、山阴之淡生（同上，卷十六祁承（火業）条下）、海虞之述古（钱曾《也是园书目》），富者千余，次亦百数。然中麓诸家，未传目录；《也是》一编，仅窥崖略。存什一于千百，或有录而无书。暨乎国朝，亦有撰著，然《传奇汇考》之作，仅见残钞；广陵进御之书，惟存《总目》。放失之厄，斯为甚矣。鄙薄之原，抑有由焉。

粤自贸丝抱布，开叙事之端；织素裁衣，肇代言之体。追原戏曲之作，实亦古诗之流。所以穷品性之纤微，极遭遇之变化，激荡物态，抉发人心，舒轸哀乐之余，摹写声容之末，婉转附物，惆怅切情，虽雅颂之博徒，亦滑稽之魁桀。惟语取易解，不以鄙俗为嫌；事贵翻空，不以谬悠为讳。庸人乐于染指，壮夫薄而不为。遂使陋巷言怀，人人青紫；香闺寄怨，字字桑间。抗志极于利禄，美谈止于兰芍，意匠同于千手，性格歧于一人，岂托体之不尊，抑作者之自弃也？然而明昌一编，尽金源之文献；吴兴百种，抗皇元之风雅。百

---

* 撰于1909年夏，收入《王国维遗书》。

年之风会成焉,三朝之人文系焉。况乎第其卷帙,轶两宋之诗余;论其体裁,开有明之制义。考古者征其事,论世者观其心,游艺者玩其辞,知音者辨其律。此则石渠存目,不废雍熙;洙泗删诗,犹存郑卫者矣。

国维雅好声诗,粗谙流别,痛往籍之日丧,惧来者之无征。是用博稽故简,撰为总目。存佚未见,未敢颂言。时代姓名,粗具条理,为书六卷,为目三千有奇。非徒为考镜之资,亦欲作搜讨之助。补三朝之志,所不敢言;成一家之书,请俟异日。宣统改元夏。

宋椠大唐三藏取经诗话跋*

宋椠《大唐三藏取经诗话》三卷，日本高山寺旧藏，今在三浦将军许。阙卷上第一叶、卷中第二、三叶。卷末有“中瓦子张家印”款一行。中瓦子为宋临安府街名，倡优剧场之所在也。吴自牧《梦粱录》卷十九云：“杭之瓦舍，内外合计有十七处，如清冷桥、熙春桥下，谓之南瓦子；市南坊北、三元楼前，谓之中瓦子。”又卷十五：“铺席门、保佑坊前，张官人经史子文籍铺，其次即为中瓦子前诸铺。”此云“中瓦子张家印”，盖即《梦粱录》所谓张官人经史子文籍铺。南宋临安书肆，若太庙前尹家、太学前陆家、鞔鼓桥陈家，所刊书籍，世多知之。中瓦子张家，惟此一见而已。

此书与《五代平话》、《京本小说》及《宣和遗事》体例略同。三卷之书，共分十七节，亦后世小说分章回之祖。其称诗话，非唐、宋士夫所谓诗话，以其中有诗有话，故得此名；其有词有话者，则谓之词话。《也是园书目》有宋人词话十六种，《宣和遗事》其一也。词话之名，非遵王所能杜撰，必此十六种中，有题词话者。此书有诗无词，故名诗话，皆《梦粱录》、《都城纪胜》所谓说话之一种也。

书中载元奘取经，皆出猴行者之力，即《西游演义》所本。又考陶南村《辍耕录》所载院本名目，实金人之作，中有《唐三藏》一本。《录鬼簿》载元吴昌龄杂剧有《唐三藏西天取经》，其书至国初尚

---

* 撰于1915年（一说1913年），初刊于《国学月报》第2卷第8、9、10号合刊（1927年10月）。

存。《也是园书目》有吴昌龄《西游记》四卷，《曹楝亭书目》有《西游记》六卷，无名氏《传奇汇考》亦有《北西游记》云。今用北曲，元人作，盖即昌龄所撰杂剧也。今金人院本、元人杂剧皆佚，而南宋人所撰话本尚存，岂非人间希有之秘笈乎。闻日本德富苏峰尚藏一大字本，题《大唐三藏取经记》，不知与小字本异同何如也。乙卯春。

唐写本残小说跋*

右唐人小说断片，亦狩野博士所录英伦博物馆本，记太宗入冥事，又记判官姓名为崔子玉。狩野博士曾于《艺文杂志》中考此断片，引《太平广记》（一百四十六）所引《朝野佥载》纪太宗入冥事，谓唐初已有此传说。然《佥载》不著冥判姓名。近代郑烺作《崔府君祠录》，引《府君神异录》，正与《佥载》同，惟以冥判为崔府君。考费衮《梁溪漫志》，载宋仁宗景祐二年，加崔真君封号，诏曰："惠存滏邑，恩结蒲人，生著令猷，没司幽府。"已以崔真君为司幽府之神。而楼钥《显应观碑记》言：宣和三年，磁守韩景作记，言唐太宗尝梦得之，诏入觐，刺蒲州、河北采访使。则径以太宗所见冥判为即真君。今观此残卷，知唐人已有此说矣。太宗入冥与崔判官事，传世《西游记演义》亦载之，其语诞妄不足诘。《朝野佥载》则谓冥中问六月四日事。案太宗诛建成、元吉事，在武德九年六月四日，张鷟不言建成、元吉事者，唐人记先皇事，特微其词耳。《佥载》及《府君神异录》二事，兹比录之，以备参考，可知后世传说，其所由来远矣。

唐太宗极康豫。太史令李淳风见上，流泪无言。上问之，对曰："陛下夕当晏驾。"太宗曰："人生有命，亦何忧也。"留淳风宿。太宗至夜半，上奄然入定。见一人云："陛

---

* 撰于1919年8月，原载《观堂集林》，后收入《王国维遗书》。

下蹔合来，还即去也。”帝问：“君是何人？”对曰：“臣是生人判冥事。”太宗入见，判官问六月四日事，即令还。向见者又迎送引导出。淳风即观乾象，不许哭泣，须臾乃寤。至曙，求昨所见者，令所司与一官，遂注蜀道一丞（《朝野佥载》）。

《神异录》滏阳八事之一曰：一日，府君忽奉东岳圣帝旨，敕断隐、巢等狱，府君令二青衣引太宗至。时魏征已卒，迎太宗，属曰：“隐、巢等冤诉，不可与辨。帝功大，但称述，神必祐也。”帝颔之。及对质，帝惟以功上陈，不与辨。府君判曰：“帝治世安民之功甚伟，隐、巢等淫乱，帝诛除之，亦正家之义也。即不名正其罪恶，为擅诛，促寿而已。今且君临天下，为苍生主也。”敕二青衣送帝回，隐、巢等惶恐去。帝行，复与府君别，府君曰：“毋泄也。”后帝令传府君像，与判狱神无异，益信府君之德通于神明矣（《崔府君祠录》）。

唐写本《云谣集杂曲子》跋*

此卷首题"云谣集杂曲子,共三十首"。其目为:《凤归云》四首、《天仙子》二首,《竹枝子》、《洞仙歌》、《破阵子》、《换沙溪》、《柳青娘》、《倾杯乐》,则不著首数。其词为狩野博士录出者,《凤归云》二首、《天仙子》一首而已。案此八调名,均见崔令钦《教坊记》所载曲名中。《唐书·宰相世系表》有国子司业崔令钦,为隋宏农太守宣度之五世孙,则其人当生玄、肃二宗时。《教坊记》记事讫于开元,亦足推其时代。则此八曲固开元教坊旧物矣。郭茂倩《乐府诗集》近代曲辞中有滕潜《凤归云》二首,皆七言绝句,此则为长短句。此犹唐人乐府见于各家文集、《乐府诗集》者多近体诗,而同调之见于《花间》、《尊前》者,则多为长短句。盖诗家务尊其体,而乐家只倚其声,故不同也。《天仙子》,唐人皇甫松所作者不叠,此则有二叠;《凤归云》二首,句法与用韵各自不同,然大体相似,可见唐人词律之宽。《天仙子》,词特深峭隐秀,堪与飞卿、端己抗行,惜其余二十余篇不可见也。(癸亥冬,罗叔言参事寄巴黎写本至,存十八首,惟《倾杯乐》有目而佚其词,三十首中但佚十二首耳。)

---

* 撰于1919年8月,原载《观堂集林》,后收入《王国维遗书》。

敦煌发见唐朝之通俗诗及通俗小说*

敦煌唐写本书籍为英国斯坦因博士携归伦敦者，有韦庄《秦妇吟》一卷，前后残阙，尚近千字。此诗韦庄《浣花集》十卷中不载，唐写本亦无书题及撰人姓名。然孙光宪《北梦琐言》谓蜀相韦庄应举时，遇黄寇犯阙，著《秦妇吟》一篇，云"内库烧为锦绣灰，天街踏尽公卿骨"，今敦煌残卷中有此二句，其为韦诗审矣。诗为长庆体，叙述黄巢焚掠，借陷贼妇人口中述之，语极沉痛详尽，其词复明浅易解，故当时人人喜诵之，至制为障子。《北梦琐言》谓庄贵后讳此诗为己作，至撰家戒，不许垂《秦妇吟》障子，则其风行一时可知矣。其诗曰：

（上阙）

南邻走入北邻藏，东邻走向西邻避。
北邻诸妇咸相凑，户外奔腾如走兽。
轰轰焜焜乾坤动，万马雷声从地涌。
火迸金星上九天，十二官街烟烘炯。
日轮西下寒光白，上帝无言空脉脉。
阴云晕气若重围，□者流星如血色。
紫气潜随帝座移，妖光暗射□星析。

---

* 本文初刊于《东方杂志》第17卷第8号，（1920年4月）。

家家流血如泉沸，处处冤声声动地。
舞伎歌姬尽黯然，婴儿稚女皆生弃。
东邻有女眉新画，倾国倾城不知价。
长戈拥得上戎车，回首香闺泪盈把。
旋抽金线学缝旗，才上雕鞍教走马。
有时马上见良人，不敢回眸空泪下。
西邻有女真仙子，一寸横波剪秋水。
妆成只对镜中春，年幼不知门外事。
一夫跳跃上金阶，斜袒半肩欲相耻。
牵衣不肯出朱门，红粉香脂刀下死。
南邻有女不记姓，昨日良媒新纳聘。
玻璃阶上不闻声，翡翠帘前空见影。
忽惊庭际刀刃鸣，身首分离在俄顷。
仰天掩面哭一声，女弟女兄同入井。
北邻少妇行相促，旋拆云鬟拭眉绿。
已闻击托坏高门，不觉攀援上重屋。
须臾四门火光来，欲下危梯梯又摧。
烟中大声犹求救，梁上悬尸已作灰。
妾身幸得全刀锯，不敢踟蹰久回顾。
旋梳云鬓逐军行，强展蛾眉出门去。
旧里从兹不得归，六亲自此无寻处。
一从陷贼经三载，终日忧惊心肝碎。
夜卧千重剑戟围，朝餐一味人肝脍。
鸳帏纵入岂成欢，宝货虽多非所爱。

蓬头面垢眉犹赤，几转横波看不得。
衣裳颠倒语言异，面上夸功雕作字。
柏台多士尽狐精，兰省诸郎皆鬼魅。
还将短发戴华簪，不脱朝衣缠绣被。
翻持象笏作三公，倒佩金鱼为两制。
朝闻奏对入朝堂，暮见喧呼来酒市。
一声五鼓人惊起，声啸喧争如窃议。
夜来探马入黄城，昨日官军收赤水。
赤水去城一百里，朝若发兮暮应至。
凶徒马上暗吞声，女伴闺中潜生喜。
皆言冤情此时销，必谓妖徒今日死。
逡巡走马传声急，又道军前全阵入。
大台小台相顾忧，三郎四郎抱鞍泣。
泛泛数日无消息，必谓军前已衔璧。
簸旗掉剑却来归，又道官军屡败绩。
四面从兹多厄束，一斗黄金一斗粟。
尚让厨中食木皮，黄巢机上刲人肉。
东南断绝无粮道，沟壑渐平人渐少。
六军门外倚僵尸，七架营中填饿莩。
长安寂寂今何有，废市荒街麦苗秀。
采樵斫尽杏园花，修寨诛残御沟柳。
华轩绣毂皆消散，甲第朱门无一半。
含元殿上狐兔行，花萼楼前荆棘满。
昔时繁盛皆埋没，举目凄凉无故物。

内库烧为锦绣灰，天街踏尽公卿骨。
来时晓出城东陌，城上风烟如塞色。
路旁时见游奕车，坡下绝无迎送客。
霸陵东望人烟绝，树锁鹂山金翠灭。
大道俱成棘子林，行人夜宿长□月。
明朝晓至三峰路，百万人家无一户。
破落田园但有蒿，摧残竹树皆无主。
路旁试问金天神，金天无语愁于人。
庙前古柏有残折，殿上金炉生暗尘。
一从狂寇陷中国，天地晦盲风雨黑。
案前神水呪不成，壁上阴兵驱不得。
闲日徒歆□飨思，危时不助神通力。
我今愧恧拙为神，且向山中深壁匿。
寰中箫管不曾闻，筵上牺牲无处觅。
旋教魇（下阙）

此诗前后皆阙，尚存九百六十余字，当为晚唐诗中最长者。又才气俊发，自非才人不能作，惟语取易解，有类俳优，故其弟蔼编《浣花集》时，不以入集。不谓千百年后，乃于荒徼中发见之。当时敦煌写有数本，此藏于英伦者如此。巴黎国民图书馆书目有"《秦妇吟》一卷，右补阙韦庄撰"，既有书名及撰人姓名，当较此为完好，他日当访求之也。

伦敦博物馆有《季布歌》，前后皆阙，尚存三千余字，纪汉季布亡命事，以七言韵语述之，语更浅俗，似后世七字唱本。又有孝子《董永传》，亦系七言，其词略曰：

人生在世审思量，暂□□□有何妨。
大众志心须静听，先须孝顺阿爷娘。
好事恶事皆抄录，善恶童子每抄将。
孝感先贤说董永，年登十五二亲亡。
自叹福薄无兄弟，夜中流泪每千行。
为缘多生□姊妹，亦无知识及亲房。
家里贫穷无钱物，所买当身殡爷娘。

云云。实当时所作劝善诗之一种，江右某氏所藏敦煌书中，有目连救母、李陵降虏二种，则纯粹七字唱本云。

伦敦博物馆又藏唐人小说一种，全用俗语，为宋以后通俗小说之祖。其书亦前后皆阙，仅存中间一段云：

判官懆恶，不敢道名字。帝曰："卿近前来，轻道，姓崔名子玉，朕当识。"言讫，使人引皇帝至院门。使人奏曰："伏惟陛下，且立在此，容臣入报判官速来。"言讫，使者到厅前拜了，启判官："奉大王处太宗是生魂到领，判官推勘，见在门外，未敢引。"判官闻言，惊忙起立。（下阙）

此小说记唐太宗入冥事，今传世《西游演义》中有之。《太平广记》引唐张鷟《朝野佥载》，已有此事，但未著判官姓名云：

唐太宗极康豫，太史令李淳风见上，流泪无言。上问之。对曰："陛下夕当晏驾。"太宗曰："人生有命，亦何忧也。"留淳风宿。太宗至夜半，奄然入定，见一人云："陛下蹔合来，还即去也。"帝问："君是何人？"对曰："臣是生人判冥事。"太宗入见，判官问六月四日事（即太宗杀太子建成、齐王元吉之日），即令还。向见者又迎送引导出。淳风即观乾象，不许哭泣。须臾乃寤，至曙，求昨所见者，令所司与一官，遂注蜀道一丞。

近代郑烺撰《崔府君祠录》，引《滏阳神异录》一事，与《佥载》同，且以冥判为崔府君。曰：

一日，府君忽奉东岳圣帝旨，敕断隐、巢等狱。府君令二青衣引太宗至。时魏征已卒，迎太宗，属曰："隐、巢等冤诉，不可与辩，帝功大，但称述，神必祐也。"帝颌之。及对质，帝惟以功上陈，不与辩。府君判曰："帝治世安民之功甚伟。"（中略）敕二青衣送帝回，隐、巢等惶恐去。帝行，复与府君别。府君曰："毋泄也。"后帝令传府君像，与判狱神无异云云。

今观唐人所撰小说，已云冥判姓崔名子玉。故宋仁宗景祐二年，加崔府君封号诏，有"惠存滏邑，恩结蒲人，生著令猷，没司幽府"等语。可见传世杂说，其所由来远矣。又伦敦所藏尚有伍员入吴小说，亦用俗语，与太宗入冥小说同。

唐代不独有俗体诗文，即所著书籍，亦有平浅易解者，如《太公家教》是也。《太公家教》一书，见于李习之文集，至与文中之《中说》并称。宋王明清《玉照新志》亦称其书。顾世久无传本，近世敦煌所出凡数本，英、法图书馆皆有之。上虞罗氏亦藏一本。观其书多用俗语，而文极芜杂无次序，盖唐时乡学究之所作也。其首数行，自叙作书缘起云："□□□□代长值危时，望（亡之讹）乡失土，波进流离。只欲隐山居住，不能忍冻受饥；只欲扬名后代，复无晏婴之机。才轻德薄，不堪人师，徒消人食，浪费人衣。随缘信业，且逐时之随。辄以讨其坟典，简择诗书，依经傍史，约礼时宜，为书一卷，助幼童儿”云云。则其作书之人与作书之旨，均可知矣。书全用韵语，多集当时俗谚格言，有至今尚在人口者。辄举其要者如左：

得人一牛，还人一马，往而不来，非成礼也。知恩报恩，风流儒雅。

一日为师，终身为父；一日为君，终身为主。

他篱莫越，他事莫知，他贫莫笑，他病莫欺，他财莫取，他色莫侵，他彊莫触，他弱莫欺，他弓莫挽，他马莫骑；弓折马死，偿他无疑。

罹网之鸟，悔不高飞；吞钩之鱼，悔不忍饥。

男年长大，莫听好酒；女年长大，莫听游走。

含血噀人，先污其口；十言九中，不语者胜。

款客不贫，古今实语。

近朱者赤，近墨者黑；蓬生麻中，不扶自直。

凡人不可貌相，海水不可斗量。

勤是无价之宝，学是明月之珠。积财千万，不如明解一经；良田千顷，不如薄艺随躯。

香饵之下，必有悬钩之鱼；重赏之家，必有勇夫。

以上诸条，或见古书，或尚存于今日俗语中。张淏《云谷杂记》谓杜荀鹤《唐风集》中诗极低下，如“要知前路事，不及在家时”，“不觉里头成大汉，初看骑马作儿童”，前辈方之《太公家教》。是唐人用此种文体，惟有《太公家教》一书，故独举此以比杜荀鹤诗，当时亦甚轻视之，观其所就，决不能与唐人他种文学比矣。

敦煌所出《春秋后语》，卷纸背有唐人词三首，其二为《西江月》。其词云：

天上月，遥望似一团银。夜久更阑风渐紧，为（原作以）奴吹散月边云。照见负（原作附）心人。

五梁台上月，一片玉无瑕（原作暇）。迤逦（原作里）看归西海去，横云出来不敢遮。叆叇绕天涯。

又有《菩萨蛮》一首云：

自从宇内光戈戟，狼烟处处熏天黑。早晚竖金鸡，休磨战马蹄。淼淼三江水，半是离人泪。老尚逐今财，问龙门何日开。

又伦敦博物馆藏唐人书写云谣集杂曲子共三十首，中有《凤归云》二首。

其一云：

征夫数岁，萍寄他邦。去便无消息，累换星霜。月听砧杵，疑塞雁行。孤眠鸾帐里，枉劳魂梦，夜夜飞飏。想君薄行，更不思量。谁为传书与妾表衷肠。倚牖无言垂血泪，暗祝三光。万般无那处，一炉香尽，又更添香。

其二云：

怨绿窗独坐，修得为君书。征衣裁缝了，远寄边塞。想得为君贪苦战，不惮崎岖。终朝沙里口，凭三尺勇战奸愚。岂知红粉泪如珠，枉把金钗卜，卦口皆虚。魂梦天涯无暂歇，枕上虚待公卿，回日容颜憔悴，彼此何如。

又有《天仙子》一首云：

燕语莺啼三月半，烟蘸柳条金线乱。五陵原上有仙娥，携歌扇，香烂漫，留住九华云一片。犀玉满头花满面，负妾一双偷泪眼。泪珠若得似真珠，拈不散，知何限，串向红丝应百万。

此一首情词宛转深刻，不让温飞卿、韦端己，当是文人之笔。其余诸章，语颇质俚，殆皆当时歌唱脚本也。

王国维先生学术年表*

1877 年(光绪三年)

12 月 3 日(农历十月二十九),先生生于浙江海宁双仁巷旧宅。先生原名国桢,后改名国维,字静安(或庵),又字伯隅,号礼堂、观堂、永观等。父王乃誉,母凌氏。

1880 年(光绪六年)

10 月 17 日(农历九月十四),母凌氏病逝。

1883 年(光绪九年)

就读于潘绶昌处,接受启蒙教育。

1886 年(光绪十二年)

全家迁居县城西门内周家兜新宅。

1887 年(光绪十三年)

2 月,祖父嗣铎卒,父乃誉治丧后,里居不出,专心教先生读书。是岁,先生师从邑人陈寿田学习。

1892 年(光绪十八年)

7 月,入州学。岁试,列第二十一名。是岁,始读前四史,并研

---

* 本年表由苗怀明撰写,参考了袁英光、刘寅生编著的《王国维年谱长编》(天津人民出版社 1996 年版)和周一平、沈茶英所著的《王国维著述年表》(载其《中西文化交汇与王国维学术成就》,学林出版社 1999 年版),因系配合本书而编,故于王国维文学活动及著述较详,其他方面则稍略。

习骈、散文。

1893 年(光绪十九年)

应乡试不中,肄业于杭州崇文书院。

1894 年(光绪二十年)

应乡试,又不中。

1896 年(光绪二十二年)

11 月,娶莫氏。常读《时务报》,关心时事。

1897 年(光绪二十三年)

9 月,再赴杭州应乡试,又不中,此后不再就举业。

1898 年(光绪二十四年)

2 月,至上海,任《时务报》书记。

3 月,拜谒康有为。本月 22 日,罗振玉所办东文学社开学,先生往学,受到罗振玉器重。

7 月,因腿疾,归乡治疗。

11 月,返沪,因《时务报》关闭,遂任东文学社庶务。

1899 年(光绪二十五年)

先生任东文学社学监,因与同学关系不洽,遂罢职。

秋,师从日人田冈佐代治学习英文,开始接触西方哲学。

1900 年(光绪二十六年)

东文学社停办,先生为罗振玉翻译农报。

本年秋,罗振玉至湖北任农务局总理兼学堂监督。

1901 年(光绪二十七年)

春,受罗振玉之邀,任译述农学之事。

夏,罗振玉创办《教育世界》杂志,请先生任主编。

1902 年(光绪二十八年)

2 月,赴日本留学,就读于东京物理学校。

夏,因脚疾归国,任上海南洋公学执事。

11 月,应张謇之聘,任通州师范学堂教员。

1903 年(光绪二十九年)

3 月,至通州师范学堂任教。

1904 年(光绪三十年)

6 月,《红楼梦评论》在《教育世界》第 76、77、78、80、81 号相继刊出。

12 月,应罗振玉之请,至苏州江苏师范学堂任教员。

1905 年(光绪三十一年)

9 月,将刊于《教育世界》的文章及所作古今体诗 50 首汇集刊行,名为《静庵文集》。

11 月,辞去江苏师范学堂教职,在家赋闲。

是年,编辑刊行诗集《静安诗稿》。

1906 年(光绪三十二年)

2 月,罗振玉任学部参事,先生随其进京。

4 月,将数年间所填词作汇编刊行,名为《人间词甲稿》,并托名樊志厚为序,刊于《教育世界》第 123 号。

8 月,父乃誉病故,先生回乡奔丧,守制。

12 月,《文学小言》刊于《教育世界》第 139 号。

1907 年(光绪三十三年)

1 月,《屈子文学之精神》刊于《教育世界》第 140 号。

4 月,再去北京,经罗振玉引荐,任学部总务司行走、学部图书馆编辑。

5 月,《自序》刊于《教育杂志》第 148 号。

7 月,夫人莫氏病故。《自序二》刊于《教育杂志》第 152 号。

11 月,汇集《人间词甲稿》刊行之后所填词作,为《人间词乙稿》,仍托名樊志厚为序,刊于《教育世界》第 161 号。

1908 年(光绪三十四年)

3 月,娶继室潘氏。

7 月,辑成《唐五代二十一家词辑》,共二十卷。

8 月,撰《词录》。

9 月,撰成《曲录》初稿并序,共二卷。

11 月,《人间词话》于《国粹学报》第 47、49、50 期相继刊出。

12 月,《戏曲考源》于《国粹学报》第 48、50 期相继刊出。

冬,撰《跋曲品新传奇品》。

1909 年(宣统元年)

1 月,撰《罗懋登注拜月亭跋》。

2 月,撰《雍熙乐府跋》、《跋曲品》。

4 月,校南唐二主词,撰成《南唐二主词补遗》一卷、《校勘记》一卷。

6 -7 月,《明杂剧六种跋》刊于《东洋文库书报》第 8 号。修订《曲录》,编为六卷,并再撰序文一篇,收入《晨风阁丛书》刊行。

11 -12 月,撰《优语录》、《宋大曲考》、《录曲余谈》、《曲调源流表》、《跋曲品二》、《雍熙乐府跋二》等,其中《宋大曲考》刊于《国粹学报》第 63 -68 期。

12 月，撰《曲调源流考》。

1910 年（宣统二年）

2 月，校明精抄本《录鬼簿》。

3－4 月，细读《元曲选》，并校以《雍熙乐府》，撰《元曲选跋》。

12 月，影抄清初尤贞起抄本《录鬼簿》，并与明抄本对校，成《录鬼簿校注》二卷。撰《古剧脚色考》，刊于 1911 年《国学丛刊》。

1911 年（宣统三年）

2 月，撰《梦溪笔谈跋》、《宾退录跋》、《容斋随笔跋》。

11 月，先生与家人随罗振玉东渡日本，寄居京都。

1912 年

7 月，研究《元刊杂剧三十种》。

9 月，修改《古剧脚色考》。

12 月，着手撰写《宋元戏曲史》。

1913 年

1－2 月，撰成《宋元戏曲史》。

4 月，《宋元戏曲史》在《东方杂志》第 9 卷第 10、11 号、第 10 卷第 3－6、8、9 号相继刊出。

夏，撰《译本琵琶记序》。

7 月，在《盛京时报》开辟专栏《东山杂记》。

9 月，撰《杂剧十段锦跋》。

是岁尚撰有《宋椠大唐三藏取经诗话跋》等。

1914 年

2 月，与罗振玉合编《流沙坠简》三卷。

春，罗振玉校刊群书，请先生任编辑。

9 月，在《盛京时报》开辟专栏《二牖轩随录》。

1915 年

2 月，撰《殷虚书契》一、二卷释文。

3 月，携家眷回国。

4 月，随罗振玉再往日本。

9 月，在《盛京时报》开辟专栏《阅古漫录》。《宋元戏曲史》单行本由商务印书馆刊行。

10 月，撰《元刊杂剧三十种序录》。

1916 年

2 月，回国，至上海，任《学术丛编》编辑。

1917 年

1 月，应罗振玉之招，再赴日本。

2 月，回上海，撰《太史公年谱》。

3 月，校《竹书纪年》。

9 月，辞蔡元培京师大学堂教授之聘。

11 月，将数年间所撰文字，编集为《永观堂海内外杂文》一书。

12 月，以《唐语林》校《封氏闻见记》。

1918 年

1 月，再次婉拒蔡元培北京大学教授之聘。

9 月，日本京都大学欲聘先生任教。

是岁，兼任上海仓圣明智大学经学教授。

1919 年

1 月，再以《唐语林》校《封氏闻见记》。

8 月，撰《唐写本残小说跋》、《唐写本云谣集杂曲子跋》等。

10 月，赴天津养病。

11 月，回上海，兼任《浙江通志》分纂。

1920 年

4 月,《敦煌发见唐朝之通俗诗及通俗小说》刊于《东方杂志》第 17 卷第 8 号。

5 月,以蒋氏藏影元抄本《东京梦华录》校刘履芬旧藏乾隆刻本,撰《东京梦华录跋》。

1921 年

1 月,三拒北京大学之聘。

5 月,将数年间所撰学术论文,整理编集为《观堂集林》二十卷。

1922 年

3 月,撰《两浙古刊本考》。

春,受聘为北京大学研究所国学门函授导师。

8 月,撰《五代两宋监本考》。

11 月,为北京大学研究所国学门研究生拟定四个研究题目。

1923 年

3 月,《观堂集林》刊行。

4 月,被清逊帝溥仪任命为南书房行走。

5 月,经天津至北京,并定居。

1924 年

3－4 月,《唐写本韦庄秦妇吟又跋》刊于《国学季刊》第 1 卷第 4 号。

春,北京大学国学研究所欲请先生为主任,不就。

秋,清华大学创办国学研究院,欲聘先生为院长,婉拒。

1925 年

2 月,受聘清华大学国学研究院教授。

7 月,在清华大学暑期补习学校讲《最近二三十年中中国新发见之学问》。

9 月,清华国学研究院开学,先生每周为学生讲《古史新证》一小时、《尚书》两小时、《说文》练习一小时。

1926 年

9 月,清华大学国学研究院开学,先生每周为学生讲《仪礼》两小时、《说文》练习一小时。

11 月,为北京大学历史学会讲《宋代之金石学》。

1927 年

6 月 2 日(农历五月初三),先生自沉于昆明湖。

王国维和他的三种文学论著

苗怀明

虽然从事文学研究的时间并不长,前后算起来也只有近十年的时间,但王国维先声夺人,成就卓著,在中国文学研究史上谱写了十分精彩的篇章,成为这一学科当之无愧的开创者和奠基人。他以自己开拓性的研究开创了一个学术文化的新时代,正如一位学人所概括的:"足以转移一时之风气,而示来者以轨则。"①

王国维在学术研究上的成功有其良好天分及个人努力的因素,同时也与他所处的时代文化有着十分密切的关系。因此,要想全面、深入了解王国维的成长历程、学术成就、治学特色以及他在学术史上的地位,必须将其放到所处的社会文化语境中。俗话说:时势造英雄。这句话用在王国维身上也是十分贴切的。大体上可以这样说:是时代文化的变迁为王国维提供了成为中国现代学术开山祖师的机会,是个人的努力使他具备了开创学术文化新时代的优秀素质,时代的机遇和个人的努力就这样有机结合,成就了一位开疆拓土的学术大师。

① 陈寅恪:《王静安先生遗书》序,载《王国维遗书》卷首,上海古籍书店1983年版。

一

尽管生活在一个局势多变、动荡复杂的时代里，王国维的生平经历却相当平淡，没有什么传奇色彩的业绩和故事，那些具有标志性的重要历史事件基本上都与他无关，这与乱世出英雄的常理似乎有些不符。可以说，王国维是一个比较纯粹的学者，一生大部分时间都是在书斋中讨生活，其兴趣也主要在治学方面。他的门生周传儒对此曾有过十分准确的概括："静安先生一生都在学习，都在进步，在自沉之前，从未停顿过。不搞政治，不营生计，不交权贵，不广交游，不慕荣华，不图享受。全心全意治学，自幼至老，不离书本，粹然学者。学问是他的全部工作，全部事业，因而渊博、深沉、精到、突出，工具多，方法巧，做出了巨大贡献。"①也正是因为这个缘故，王国维对学术研究自身价值及特性的认知与当时的不少学人颇有不同："欲学术之发达，必视学术为目的，而不视为手段，而后可。……学术之发达，存于其独立而已。"②他还曾说过这样的话："生百政治家，不如生一大文学家。"③由此不难看出王国维独到的人生取向和价值标准。这样的见解即使在今天也很有现实感，给身受政治或商业因素困扰的学人以启发。

王国维治学涉猎领域广，建树多，限于本书性质，这里只谈其文学研究的方面。从王国维一生治学的情况来看，在不同的历史

---

① 周传儒：《王静安传略》，载陈平原、王枫编《追忆王国维》，中国广播电视出版社1997年版，第286页。

② 王国维：《论近年之学术界》，载《王国维遗书》第5册。

③ 王国维：《教育偶感四则》，载《王国维遗书》第5册。

时期，其治学兴趣及特色颇有差异，呈现出明显的阶段性。以下结合其研究文学的实际情况，将王国维的治学历程分为如下三个阶段：

从1898年在上海《时务报》担任书记至1903年，这是王国维治学的第一个阶段。此前，王国维与同时代的其他读书人一样，按照父亲制定的人生规划，遵照学而优则仕的古训，想走科举应试之路，早年也曾考中秀才，但随后两次参加乡试都失利了。当时就连王国维的父亲都不看好他："真是无筹算计，无识见无才用。大恨，谴责之。胸中磊磊，若是安望成家，吾复何望，及夜不安。"①

在准备应试之外，王国维还在诗文、经史等方面下了不少工夫，读了不少书。当时的情况正如其弟子徐中舒所概括的："二十二以前居海宁本籍，治举子业兼治骈散文。"②直至1898年的上海之行才改变了王国维的人生轨迹，成为其治学历程的一个重要转折点。

在上海工作、学习的几年时间里，王国维的兴趣主要集中在哲学方面。他对康德、叔本华的哲学思想有着特别的兴趣，下了很大工夫进行研习，有许多独到的体会。据当时一位日本学人的观察："中国青年中的志学者，大都对政治学、经济学有兴趣，所谓有志新学而尝试研究西洋哲学的，非常罕见。"③其间，王国维还学习了日文、英文和德文，打下良好的外文基础，并研修数理化等课程，得以

① 《王乃誉日记》，转引自袁英光、刘寅生《王国维年谱长编》，天津人民出版社1996年版，第11页。

② 徐中舒：《王静安先生传》，载陈平原、王枫编《追忆王国维》，第198页。

③ 狩野直喜：《回忆王静安君》，载陈平原、王枫编《追忆王国维》，第342页。

阅读不少西方自然科学和社会科学著作。这种兼具中、西背景的学术素养和知识结构在当时的年轻人中并不多见，奠定了王国维日后学术事业的重要基础。

同时还要指出的是，到上海不久，王国维即与罗振玉结识，并受到罗振玉的赏识和帮助，两人的密切交往与合作对王国维此后的人生道路及治学历程有着十分深远的影响。对两人较为复杂的关系，研究者多有探讨，评价不一，此不赘述。

精通西学为王国维日后治学打下了良好的基础，影响深远。这首先表现为新的学术文化观念的形成。比如戏曲、小说等通俗文学，“为体既卑，为时尤近，学士大夫论之者颇少”①，而王国维却能给予特别的重视，将其当作一门严肃的学问进行研究，与旧式文人的轻视和排斥形成鲜明对比。其实，这并不是一个能不能为的学养、能力问题，而是一个愿不愿为的思想观念问题，这正如王国维本人所说的：“非吾辈才力过于古人，实以古人未尝为此学故也。”②

其次表现为视野的拓宽。由于对西学的精通，故能时时从世界文学、文化的角度来观照本民族文学艺术的诸种特性。较之前人的研究，这实际上是增加了一个新的思考维度，可以说是开比较文学研究之先河。

再次则表现为科学缜密的思维方式，即对研究对象从宏观着眼，自微观入手。梁启超对王国维治学的这一特点十分欣赏，将其概括为“从弘大处立脚，而从精微处著力”。他同时又指出这得益

① 王国维：《曲录余谈》，载《王国维遗书》第16册。

② 王国维：《宋元戏曲考》序，载《王国维遗书》第15册。

于王国维早年的哲学训练:“其少年喜谭哲学,又酷嗜德意志人康德、叔本华、尼采之书,晚虽弃置不甚治,然于学术之整个不可分的理想,印刻甚深,故虽好从事于个别问题,为窄而深的研究,而常能从一问题与他问题之关系上,见出最适当之理解,绝无支离破碎专己守残之蔽。”①这段话即使是在今天,仍很有启发意义。

良好的西学素养和深厚的国学功底使王国维与其前辈学者比如乾嘉学派诸人相比,有着自己的学术优势。可以说,没有这个时期的学术训练和充分准备,就不会有他后来包括文学研究在内的巨大学术成就。一位学术大师的成功并非偶然,从王国维的治学历程可以很清楚地看到这一点。

从1904年撰写《红楼梦评论》到1913年撰写《宋元戏曲考》,这是王国维治学历程的第二个阶段,也是其学术研究的一个十分重要的收获期。在这十年时间里,王国维的治学兴趣从哲学转到文学,在诗词、小说、戏曲等领域皆有开拓性的贡献,其代表著作《红楼梦评论》、《人间词话》、《宋元戏曲考》等皆写于这一时期。其在文艺研究领域的建树及特点正如陈寅恪所总结的:“取外来之观念与固有之材料互相参证。凡属于文艺批评及小说戏曲之作,如《红楼梦评论》及《宋元戏曲考》等是也。”②

1913年之后,随着政治文化环境的改变,受罗振玉的影响,王国维结束了对文学艺术的集中探讨,从此转入史学研究,开始了其治学历程的第三个阶段。这一时期,王国维的治学“已入自创时

① 梁启超:《王静安先生纪念专号》序,载陈平原、王枫编《追忆王国维》,第99页。

② 陈寅恪:《王静安先生遗书》序,载《王国维遗书》卷首。

代”[1],并达到其学术事业的顶峰,在甲骨学、金文学、简牍学、敦煌学等领域做出许多开拓性的贡献,成为学界公认的一代宗师。对文学只是偶尔关注,再没进行过集中的探讨。

1927年6月2日,王国维以投湖自杀的方式中断了自己的生命,也结束了自己的学术生涯。对于此举真实、内在的动机,人们做出了许多推测,可谓众说纷纭,迄无定论,成为中国现代学术文化史上的一桩公案。

王国维一生治学,从哲学转向文学,再从文学转向史学,之所以发生两次大的学术转向,与其所处的时代文化环境有关,也与他个人的性格和心态有关,这是一个很值得深入思考的问题。对此问题,叶嘉莹在其《王国维及其文学批评》(河北教育出版社1997年版)一书中有深入、精彩的分析,可参看。限于篇幅,此不赘述。

二

《红楼梦评论》是中国现代学术史上一篇具有里程碑意义的著述,它同时也代表着《红楼梦》研究的一个新阶段的开始。这篇文章具有较为鲜明的时代色彩,与梁启超等人所提倡的小说界革命在精神上是相通的,同时又显露出作者独特的学术个性。

《红楼梦评论》一文共分五个部分:人生及美术之概观、《红楼梦》之精神、《红楼梦》之美学上之价值、《红楼梦》之伦理学上之价值及余论。文中提及的“美术”一词相当于现在通常所说的“文学艺术”。在这篇文章中,作者借用西方哲学家叔本华的观念来解读

① 徐中舒:《王静安先生传》,载陈平原、王枫编《追忆王国维》,第199页。

《红楼梦》,其基本理论前提是:“生活之本质何?欲而已矣。欲之为性无厌,而其原生于不足。不足之状态,苦痛是也”,“人生者,如钟表之摆,实往复于苦痛与倦厌之间者也”。人类的知识和实践“无往而不与生活之欲相关系,即与苦痛相关系”。而只有美术才能使人“超然于利害之外,而忘物与我之关系”,“欲者不观,观者不欲”。美术又有优美、壮美和眩惑之分,而真正能符合这种超然利害物我的标准的,只有《红楼梦》这部小说。

基于这一理论前提,作者提出了如下几个观点:

1.《红楼梦》的主旨在“示此生活、此苦痛之由于自造,又示其解脱之道不可不由自己求之者也”。

2.“书中真正之解脱,仅贾宝玉、惜春、紫鹃三人耳”,其中惜春、紫鹃的解脱是“存于观他人之苦痛”,而贾宝玉的解脱则是“存于觉自己之苦痛”,是“自然的”、“人类的”、“美术的”、“悲感的”、“壮美的”、“文学的”、“诗歌的”、“小说的”。因此“《红楼梦》之主人公所以非惜春、紫娟,而为贾宝玉者也”。

3.《红楼梦》“与一切喜剧相反,彻头彻尾之悲剧也”,这种悲剧属于那种“剧中之人物之位置及关系而不得不然”的悲剧,是“悲剧中之悲剧”。作品具有“厌世解脱之精神”,而且其解脱与“他律的”《桃花扇》不同,《红楼梦》的解脱为“自律的”。《红楼梦》的价值正在于其“大背于吾国人之精神”。

4.《红楼梦》的美学价值也符合“伦理学上最高之理想”。

5.“索此书中之主人公之为谁”与“作者自写生平”的做法及观点皆是错误的,因为“美术之所写者,非个人之性质,而人类全体之性质也”。

正是基于上述原因,作者对《红楼梦》给予很高的评价,称其为

“自足为我国美术上之唯一大著述”、“绝大著作”。

文章五个部分之间相互呼应，有着内在的逻辑关系，即先确立基本理论和批评标准，然后再谈其与《红楼梦》的契合关系，并从美学、伦理学的角度给予说明，最后对研究状况进行评述，指出将来的研究方向。

《红楼梦评论》一文在当时无疑具有开拓和典范意义。首先，它将西方的哲学理论与中国的文学作品结合起来，从一个新的角度对《红楼梦》这部小说进行了较为深入的分析和探索。全文论述系统严密，善用比较，视野开阔，比起先前那些直观、印象式的小说批评，无论是在内容上还是在表述方式上都给人以耳目一新之感。其次，作者从哲学、美学的角度来解读《红楼梦》，与当时较为流行的政治、道德层面的功利式解读有着明显的不同。对此，作者本人有着很清醒的认识：“观近数年之文学，亦不重文学自己之价值，而唯视为政治教育之手段，与哲学无异。如此者，其亵渎哲学与文学之神圣之罪固不可逭，欲求其学说之有价值，安可得也？”①作者似乎还有纠正时弊的深意在。在当时这固然显得有些不合时宜，但代表了《红楼梦》研究的正确方向，也展示了作者独特的学术个性。

不可否认，这篇文章的观点及论述方式也存在一些可议之处，其中最大的缺憾在直接以叔本华的哲学理论来套《红楼梦》，束缚了个人观点和才情的发挥，较之作者后来所写的《人间词话》，缺少灵活和变通，毕竟东西方文学产生、运行的社会机制、文化背景与发展轨迹不同，文学创作的情况各异，叔本华的理论

① 王国维：《论近年之学术界》，载《王国维遗书》第5册。

并不完全符合《红楼梦》的实际，只能说是部分契合，以欲望的受阻和自我解脱来解释《红楼梦》主要人物的动机和心态，并不十分贴切，颇有牵强之处。这种以外国理论来硬套中国小说的做法在当时具有实验和探索的意义，也是中国文学研究的必经之路。

需要指出的是，王国维开创的这种全新的红学研究之路在相当长的一段时间内并未得到正面、积极的回应，其意义和价值要经过一段时间的积累沉淀之后才会在人们的总结和追述中逐渐显露出来，毕竟新的学术范式的建立需要一个渐进的过程。正如王国维本人所批评的，当时人们的着眼点多在政治、教育，而不在学术本身，社会上还没有形成一个良好的学术氛围。直到“五四”新文化运动之后，随着中国文学研究这门现代学科的建立，人们才逐渐认识到《红楼梦评论》一文的开创意义。

令人遗憾的是，尽管日后由胡适、俞平伯等人开创的新红学研究建立在比较科学、规范的基础上，但由于研究者对考证的过分看重和强调，王国维所开创的从思想、美学、艺术角度切入的研究范式并未得到很好的继承和发扬，甚至被有意无意地淡化或忽视了。直到当下，红学研究中仍存在这一问题。经过一个世纪的红学风雨之后，再回过头来反观这段历史，对王国维这位先驱者的开拓精神和意义当会有更深的体会和理解。对《红楼梦》这样一部作者、成书、版本等问题都极其复杂的作品来讲，对有关文献资料的梳理和考证无疑是十分必要的，但考证本身并不是最终目的，而是一种重要的手段，其目的是为了更好地理解作品，注重作品本身的思想意蕴和艺术特性才是第一位的。

三

王国维平生治学涉猎广泛，仅就文学研究而言，也是涉及多个学术领域，小说、戏曲等通俗文学之外，他在词学方面的研究也是十分卓著且具有开创性的，《人间词话》代表着他在这一领域的学术成就，该书也是中国现代词学的奠基之作。

《人间词话》如今已成为词学研究的经典之作和必读书目，被多家出版社反复刊印，围绕这部书所进行的解读和阐释也已形成一个引人注目的学术现象。王国维在词学研究上何以能取得如此巨大的成就？除了学贯中西、功底扎实等学养方面的条件外，还有一个重要的因素，那就是王国维有着相当丰富的创作实践。他本人就是一位优秀的词人，写有词作115首，虽然数量不多，但不乏精彩之作，在近代词学史上有着重要的地位。对自己的词作，王国维颇为自负，他说："余之于词，虽所作尚不及百阕，然自南宋以后，除一二人外，尚未有能及余者，则平日之所自信也。虽比之五代、北宋之大词人，余愧有所不如，然此等词人，亦未始无不及余之处。"①很显然，如果不是体悟到作词的精髓，写出佳作，是不会这样自信的。深厚的学养加上丰富的创作实践，成就了《人间词话》这样一部学术经典之作。

和《红楼梦评论》一样，《人间词话》的篇幅并不长，但内容精当而丰富，提出许多重要且耐人寻味的问题。大体说来，该书的内容可以分为两大方面：

① 王国维：《自序二》，载《王国维遗书》第5册。

一是对词这种文学体裁特性的认识。在前人论词的基础上，拈出“境界”这一概念，是王国维论词的核心。按照学界的一般认知，王国维所说的“境界”是指文学作品中情景交融所形成的一种艺术形象或效果。围绕这个概念，王国维还提出“隔”与“不隔”、“有我之境”与“无我之境”、“造境”与“写境”等一系列新说。境界说影响着王国维词的创作、欣赏和批评，是他创作的最高追求，也是他评判他人词作的主要标准。

需要指出的是，“境界”并不仅仅局限于王国维的论词，也是他认识、评价其他体裁文学作品的重要依据和标准。后来他在《宋元戏曲考》一书中谈论元曲时，也使用了这个概念。可见，在王国维的文学研究中，有一些贯穿始终的观点。由此可以归纳出王国维的一些主要文学观点，那就是他非常注重个人真情实感的自然流露和表达，反对做作、虚伪的文字，哪怕这种做作、虚伪的文字十分精致。

二是对历代词作的评价。总的来看，王国维对五代、北宋时期的词家如李煜、欧阳修、秦观、周邦彦等人评价甚高，对南宋词家除辛弃疾、姜夔等少数几人外，则颇多微词。至于元代之后的词作，更是基本予以否定。这与他在《宋元戏曲考》中对戏曲史的评价有着内在的一致性。

之所以产生这样的认知，与王国维对“境界”、“自然”的推崇有关。在中国文学史上，一种文学样式的产生和发展，基本上都会经历一个从粗朴到精致、从民间到文人、从自然到人工的阶段，按照王国维的这种评价标准，不可避免出现“厚古薄今”的现象。他在探讨戏曲史时，喜欢元曲而不喜欢明清传奇，也是持这一标准。尽管这一观点学界未必都能认同，但它达到了相当的深度，并且提供了一种新的思路和标准,很有参考价值。

在表述方式上,《人间词话》较之此前的《红楼梦评论》和此后的《宋元戏曲考》,更为传统。他没有像《红楼梦评论》那样,直接借用叔本华的哲学理论来审视《红楼梦》,使用现代论文系统、规范的写作方式,而是采用词话这种传统的表述方式。词话历史悠久,是历代文人墨客品评词作的基本形式。王国维利用这种形式,并进行了创新。就继承的层面而言,他利用了词话表达自由灵活、较为感性的特点,充分表达了自己的观点;就创新的层面而言,《人间词话》虽然呈现的只是一个个片段,但相互之间有着内在的逻辑关系,放在一起,可以看到连贯、统一的观点和思路,避免了以往词话的随意性。三种主要文学论著,以三种不同的形式表达,作者本人也许带有实验和探讨的用意在,但同时也为后人提供了多种选择和启发。

值得关注的是,《人间词话》的版本问题,王国维在《国粹学报》和《盛京时报》公开发表的部分和他本人的原稿无论是在先后次序上还是在内容文字上,都有着相当的差异。这种差异显示出王国维在探讨词学问题时前后观点的变化,它对后人全面、深入了解王国维的文学思想及治学过程具有重要的参考价值。

就三种文学论著的撰写来看,《人间词话》和此前的《红楼梦评论》代表着王国维文学研究的第一个阶段,这与他后来撰写的《宋元戏曲考》一书在兴趣点及表述方式上存在一些差异。如他在前一个阶段更加注重作品自身的思想、美学内涵,注重感性的把握,将个人的生命体验融入对作品的欣赏中,到后一个阶段,则变得越来越理性,更加注重对历史真相的追索。这也预示着他的学术转向。

正因如此,《人间词话》的价值是多方面的,它不仅是一部探讨词学理论、词学史的重要论著,同时对普通读者阅读、欣赏词曲也有着重要的指导和参考价值。

四

王国维研究戏曲是从1907年开始的,这一年他被罗振玉举荐到北京学部及京师图书馆任职。此前,他对戏曲并没有太大的兴趣,之所以要专门进行探究,主要有如下两个因素:

一是因词的创作、研究成功而涉及戏曲,即他本人所说的"因词之成功,而有志于戏曲"。词、曲之间有着十分密切的关系,对词的深入探讨,势必会涉及曲,这是一种很自然的学术转向。

二是为了振兴戏曲。当时戏曲、话剧在中国与西洋各国社会文化地位的巨大反差、雅部戏曲的衰落等,使他意识到"吾中国文学之最不振者,莫戏曲若",中国戏曲中虽有佳者,但"比诸西洋之名剧,相去尚不能以道里计。此余所以自忘其不敏,而独有志乎是也"①。无论是由词而曲,还是为了振兴戏曲,更多的是出于自觉的学术目的和文化责任感。

在此后短短几年间,王国维不断有戏曲著述面世。此外,他还曾帮助罗振玉影印出版《元刊杂剧三十种》。1914年,他"取其最佳者,重为写定"②,整理了《七里滩》、《拜月亭》、《三夺槊》、《贬夜郎》四个剧目,表现出对新发现戏曲文献的浓厚兴趣。

---

① 以上见王国维《静庵文集续编》自序二,载《王国维遗书》第5册。

② 王国维:《王国维学术随笔》,社会科学文献出版社2000年版,第195页。

王国维的研究涉及戏曲学科的各个分支，从戏曲目录的编制到戏曲源头的考索，从基本典籍的校勘到演员资料的收集，从戏曲宫调的考察到戏曲角色的追溯，等等，无不在其探讨之列，其中不少工作具有开创意义。这是20世纪学术史上首次以自觉的学术意识对戏曲进行系统、深入的研究，与先前文人士大夫那种即兴式的曲话体写作无论是在学术思路、治学方法还是在表述方式上，都有着明显的不同。

在王国维的戏曲研究著述中，以《宋元戏曲考》一书成就最高，影响最大，也最具代表性，它可以看作是王国维数年戏曲研究成果的一个总结。该书原名《宋元戏曲史》，后改名《宋元戏曲考》，写于1912末至1913年年初，"乃以三月之力，写为此书"①。

在该书中，王国维对戏曲从萌芽到宋元时期的发展历程进行了全面、细致的梳理，重点在对元代戏曲的评述，并提出了一系列具有创建性的观点，对后世戏曲及文学艺术的研究产生重要影响。比如他提出"一代有一代之文学"的观点，认为戏曲代表了元代文学的成就和特点，"元杂剧之为一代之绝作"，"元之文学，则固未有尚于其曲者也"。这不仅是一个戏曲命题，同时也是一个文学命题，点出了文学内在变迁与时代文化外在因素之间的互动关系。

对宋元以前戏曲形成发展历程的梳理，王国维始终围绕着一个观念进行，那就是戏曲是以"歌舞演故事"，"必合言语、动作、歌唱以演一故事，而后戏剧之意义始全"。这是他对戏曲的界定，也是他辨析戏曲要素产生形成的重要依据。根据这一戏曲概念，加之对戏曲文学性的强调，他认为戏曲要到宋代才形成，此前不过是

① 王国维：《宋元戏曲考》序，载《王国维遗书》第15册。

戏曲单种元素的演进,它们并未有机地融合在一起,产生戏曲这种新的艺术样式,即他所说的“唐代仅有歌舞剧及滑稽剧,至宋金二代而始有纯粹演故事之剧;故虽谓真正之戏剧,起于宋代,无不可也”。

对于各个时代的戏曲,王国维显然最为推崇元代。这与他对悲剧、意境的推崇是分不开的。其中对悲剧的认识在其《红楼梦评论》一文中表述得较为充分,在这里又用来观照戏曲。“明以后,传奇无非喜剧,而元则有悲剧在其中”,这也是他对戏曲的考察止于元代的重要原因。他认为像《窦娥冤》、《赵氏孤儿》这样的作品“即列之于世界大悲剧中,亦无愧色也”。王国维引入悲剧的视角来评价中国的文艺作品,在方法论上具有开创性的意义,影响深远。

对意境的认识在其《人间词话》一书中有着形象生动且准确的描述,这是王国维评价文学作品优劣的一个标准。在这里,王国维又借用来评述戏曲,衡量曲文的文学性,并认为这是元曲的佳处所在:“元剧最佳之处,不在其思想结构,而在其文章。其文章之妙,亦一言以蔽之,曰:有意境而已矣。”这种意境体现为“写情则沁人心脾,写景则在人耳目,述事则如其口出是也”。在王国维看来,这种意境在中国各时代戏曲中,只有元代才有,“明以后其思想结构,尽有胜于前人者,唯意境则为元人所独擅”。对意境的推崇与王国维所赞赏的自然风格是一致的。对王国维来说,元代戏曲正好符合其上述审美理想,故为其所喜爱。

《宋元戏曲考》一书所体现的文学观念与此前的《红楼梦评论》、《人间词话》是一脉相承的,并有新的发展。过去人们多看重其考证的部分,忽视了其戏曲研究与词学、小说研究之间的内在联系。

虽然此前也有一些文人对戏曲进行品评鉴赏，撰写了像《曲品》、《传奇汇考》、《乐府考略》、《今乐考证》这样的戏曲著述，但作者多是出于个人爱好。鉴于主流文化的强大压力，他们还不可能像王国维这样出于明确的学术意识，将戏曲研究当作一门和经史一样的学问来做，前后纵向的对比正可彰显王国维戏曲研究的开创性贡献。

王国维对后世戏曲研究的影响，既表现为具体观念的启发，也表现为治学方法的启示。可以说，王国维为20世纪的戏曲研究构筑了一个较为坚实的学术平台，后学者基于这个平台与这位先辈对话，推动着学术的发展。

当然也不可否认，限于史料的缺乏和个人的认知，王国维的戏曲研究也存在着一些缺憾和局限。这主要表现在如下几个方面：

首先，他对戏曲特性的认识还不够全面、深入，将戏曲视作和诗词一样的文学样式，对其文学特性关注较多，认为"元剧之精髓，全在曲辞"①，而对舞台演出情况则关注不够。之所以如此，既有个人的因素，也有时代的影响。王国维虽然是现代戏曲史学的开创者，但他本人好读曲而不爱观剧，缺少这一领域应有的艺术实践。这些主客观因素限制了其研究视野，使其戏曲研究等同于戏曲文学研究，他所描述的戏曲发展史也只能是平面的戏曲文学史。也正是基于这种认识，他对明清两代的戏曲评价甚低，认为是死文学，不愿意进行研究，他曾对日本汉学家青木正儿说："明以后的戏曲没有味道。元曲是活的，明以后的戏曲，死去了。"②

① 王国维：《译本琵琶记》序，载《王国维遗书》第5册。

② 〔日〕青木正儿：《王先生的辫发》，载陈平原、王枫编《追忆王国维》，第366页。

其次，借鉴西方的文学艺术观念来观照中国的文学作品，这固然是一个创新，但是其中所隐含的弊端也是较为明显的，那就是未能充分考虑中国文学自身的特性。比如以悲剧的标准来衡量中国的戏曲、小说作品，就未必恰切，也不够公正。这种研究视角对后世的戏曲研究影响甚大，其后的戏曲研究基本上是按照这种模式进行的。随着文献资料的拓展，随着研究的深入，其弊端也逐渐显现了出来，成为整个戏曲学科发展所面临的困惑和难题，一些学者逐渐注意到王国维研究模式的局限性和有效性，并进行修补。

总的来说，瑕不掩瑜，这些缺憾并不影响人们对王国维在戏曲研究史上的学术地位的评价，正如一位学人所言："大辂椎轮，创始不易，其精神固甚可佩也。"①

五

下面对王国维三种文学论著的版本及整理出版情况进行简要介绍，为广大读者阅读、利用提供方便：

《红楼梦评论》最早刊布的时间为 1904 年 6 月，先后在《教育世界》第 76 - 78、80、81 号刊出。商务印书馆 1905 年出版的《静庵文集》收录了该文，后《海宁王静安先生遗书》亦收录。因该文文字不长，其后多被收录在王国维的文集或相关论文集中。单行本很少，笔者所见者只有俞晓红所著的《王国维红楼梦评论笺说》（中华书局 2004 年版）。

---

① 赵万里：《静安先生遗著选跋》，载《王国维学术研究论集》第 1 辑华东师范大学出版社 1983 年版，第 326 页。

《人间词话》最早于1908年11月在《国粹学报》第47、49、50期相继刊出。在《国粹学报》刊出的只是作者原稿的一部分,共64则,其中1则为作者发表时补写。这是作者本人的修订稿,是《人间词话》的核心内容。1914年9月至1915年7月间,王国维在《盛京时报》开辟《二牖轩随录》专栏,其间刊布《人间词话》31则。1928年,赵万里将《人间词话》原稿未刊行的部分、相关词话及一些诗文评论文字辑出,以《人间词话未刊稿及其他》为名,刊于《小说月报》第19卷第3号,共收录王国维词话48则,其中44则采自《人间词话》未刊稿和删稿,4则采自王国维其他论词文字。

1928年,罗振玉编辑刊行《海宁王忠悫公遗书》,收录《人间词话》,将刊于《国粹学报》者列为上卷,刊于《小说月报》者列为下卷[①],共112则,1940年,赵万里编印《海宁王静安先生遗书》,亦作如此处理。1939年,开明书店出版徐调孚校注本,增补王国维论词文字18则,作为补遗,全书共收录130则。到1947年重印时,又加入陈乃乾所辑王国维论词文字7则,收录137则。1960年,人民文学出版社出版王幼安校订本,在开明书店本的基础上,又进行增补,全书分人间词话、人间词话删稿、人间词话附录三部分,共收录142则,成为收录最多、最全的一个版本,影响甚大。

1981年,齐鲁书社出版滕咸惠校注本,该书首次依据王国维原稿整理而成,上卷收录《人间词话》126则,下卷为附录,收录王国维其他论词文字28则,共154则。1986年,该书出版修订本。1982年,陈杏珍、刘烜在《河南师大学报》第5期发表《人间词话》重订本,重订本也以王国维原稿为依据,上卷为《国粹学报》所刊

① 该书只保留其论词部分,论诗文及通论文学部分则被删除。

64 则，下卷为未刊手稿 49 则，附录则收入《二牖轩随录》所选词话 23 则、《人间词话》删稿 12 则及原稿卷首题诗。

此后出版的《人间词话》多以上述版本为底本或校本，其中质量较高、比较有特色的有如下一些：姚柯夫所编的《〈人间词话〉及评论汇编》（书目文献出版社 1983 年版）、佛雏校辑的《新订〈人间词话〉、广〈人间词话〉》（华东师范大学出版社 1990 年版）、周锡山编校的《人间词话汇编汇校汇评》（北岳文艺出版社 2004 年版）。

2005 年，浙江古籍出版社影印出版《〈人间词〉〈人间词话〉手稿》，读者得以看到《人间词话》的原貌。

《宋元戏曲考》写于 1912 年年底至 1913 年年初，当时作者寄居日本。该书最早于 1913 年 4 月起，在《东方杂志》第 9 卷第 10、11 号、第 10 卷第 3－6、8、9 号连载。1915 年，商务印书馆出版单行本，并多次重印，后收入《海宁王静安先生遗书》。其后各出版社多次出版，其中质量较高、较有特色者有：《王国维戏曲论文集》（中国戏剧出版社 1957 年版，1984 年新 1 版）、马美信疏证的《宋元戏曲史疏证》（复旦大学出版社 2004 年版）。

本书整理出版的王国维三种文学论著均以商务印书馆 1940 年刊本《海宁王静安先生遗书》为底本，其中《红楼梦评论》以人民文学出版社 1959 年出版的《中国近代文论选》、俞晓红所著的《王国维红楼梦评论笺说》（中华书局 2004 年版）为参校本；《人间词话》以《国粹学报》、《小说月报》原刊本为校本，同时参考了人民文学出版社 1960 年出版的王幼安校订本、浙江古籍出版社 2005 年影印出版的《〈人间词〉〈人间词话〉手稿》；《宋元戏曲考》以《东方杂志》1913－1914 年间原刊本、商务印书馆 1914 年出版的单行本为校本，同时参考了中国戏剧出版社 1984 年出版的《王国维戏曲论文集》。

为便于读者更为全面、深入地了解王国维的这三种文学论著及其在文学研究方面的相关成就，本书还选收了王国维的词作及一些相关的著述作为附录。这些附录也大多以商务印书馆1940年刊本《海宁王静安先生遗书》为底本，再以其他质量较高、较为可信的版本进行校对；其中依据其他版本者，则分别注明。

尽管整理者和编辑人员还算努力，尽量减少不必要的错误，但不妥之处一定还存在，恳请广大读者朋友批评指正。